AF304331

Sophie L. Gellar ist das Pseudonym einer deutschen Autorin, die unter ständigem Fernweh und unbändigen Plotbunnies leidet. Das geschriebene Wort fasziniert sie seit ihrer Kindheit und Bücher braucht sie wie die Luft zum Atmen.
Heute ist sie mehr oder weniger erwachsen, studiert Germanistik sowie Kunstgeschichte und träumt von einem Roadtrip durch die schottischen Highlands. Meist schreibt sie an mehreren Projekten gleichzeitig und das am liebsten nachts, wenn ihre Inspiration auf Hochtouren arbeitet, und mit Musik auf den Ohren.

Sophie L. Gellar

Der kleine Buchladen zum Verlieben

Ein Highland-Liebesroman

Überarbeitete Neuausgabe Juli 2023

© 2023 dp Verlag, ein Imprint der dp DIGITAL PUBLISHERS
GmbH

Made in Stuttgart with ♥
Alle Rechte vorbehalten

Der kleine Buchladen zum Verlieben

ISBN 978-3- 96817-769-4
E-Book-ISBN 978-3- 98778-568-9
Hörbuch-ISBN: 978-3-98778-647-1

Copyright © 2021, dp Verlag, ein Imprint der
DIGITAL PUBLISHERS GmbH
Dies ist eine überarbeitete Neuausgabe des bereits 2021 bei
dp Verlag, ein Imprint der DIGITAL PUBLISHERS GmbH erschiene-
nen Titels Der kleine Buchladen zum Verlieben
(ISBN: 978-3-96817-461-7).

Covergestaltung: ARTC.ore Design / Wildly & Slow Photography
Umschlaggestaltung: ARTC.ore Design
Unter Verwendung von Abbildungen von
shutterstock.com: © frescomovie, © hans engbers, © Foto2rich,
© Ewelina W, © Africa Studio, © Don Pablo, © Dmytro Fomenko, ©
Happy Author, © Chansom Pantip, © Elena Zajchikova, © Bespaliy
Lektorat: Daniela Pusch
Satz: dp DIGITAL PUBLISHERS GmbH
Druck und Bindung: Books on Demand GmbH, Norderstedt

Das Werk darf – auch teilweise – nur mit
Genehmigung des Verlages wiedergegeben werden.

Sämtliche Personen und Ereignisse dieses Werks sind frei
erfunden. Etwaige Ähnlichkeiten mit real existierenden Personen,
ob lebend oder tot, wären rein zufällig.

Für alle Träumer.
Dieses Buch ist der Beweis dafür, dass Träume wahr wer-
den.

»Träume sind wahr, solange wir sie träumen, und leben
wir nicht immer im Traum?«
Alfred Lord Tennyson

Vorwort

Dies ist eine überarbeitete Neuauflage des bereits erschienenen Titels Der kleine Buchladen zum Verlieben von Sophie L. Gellar. Da wir uns stets bemühen, unseren Leser:innen ansprechende Produkte zu liefern, werden Cover sowie Inhalt stets optimiert und zeitgemäß angepasst. Es freut uns, dass du dieses Buch gekauft hast. Es gibt nichts Schöneres für die Autor:innen und uns, zu sehen, dass ein beständiges Interesse an ästhetisch wertvollen Produkten besteht.
Wir hoffen du hast genau so viel Spaß an dieser Neuauflage wie wir.

Dein dp-Team

Kapitel 1

Arbeitslos, alleinerziehend und bald obdachlos.

Das waren meine Aussichten in der Millionenstadt London. Da war die Mitteilung, dass mein Onkel Gregory verstorben sei und mir seine Buchhandlung im schottischen Städtchen Glenessie vermacht hatte, meine einzige Chance auf einen Neuanfang.

Nun sitze ich mit nicht mehr als zwei Koffern voller Kleidung, einem winzigen Funken Hoffnung und meiner quengeligen fünfjährigen Tochter Ava im Gepäck am Flughafen von Edinburgh. Viel Zeit zu überlegen blieb mir nicht. Da es nicht schlimmer kommen konnte, habe ich Ava geschnappt und alles hinter uns gelassen. *Alles* bedeutet die schäbige, viel zu kleine Wohnung über einem China-Imbiss in Soho, die ich sowieso nicht mehr bezahlen konnte. Ich schätze, insgeheim war mein Vermieter glücklich, dass ich auszog und er mich nicht rausschmeißen musste.

»Grace Thompson?«

Ich reiße den Kopf herum und starre auf einen silberglänzenden SUV direkt vor mir. Aus dem Fahrerfenster schaut ein Typ mit dunkelblonden Haaren, die ihm achtlos ins Gesicht fallen. *Eine Rasur würde dem auch mal guttun*, denke ich. Ein Wunder, dass der Bart seinen Mund nicht überdeckt. Ob ihm wohl regelmäßig Essensreste darin hängenbleiben? Igitt, schnell an was anderes denken. An seine muskulösen, definierten

Arme oder den eisernen Blick, mit dem er mich mustert.

»Das bin ich!« Als ich vom Boden aufstehe, reiße ich fast die Koffer um und Ava lacht mich aus.

»Einsteigen«, brummt der Typ, nachdem er ausgestiegen ist und den Kofferraum geöffnet hat. Mühelos hebt er unser Gepäck hinein und setzt sich dann wieder hinters Lenkrad.

»Sind Sie ... Iona Murrays Enkel?«, frage ich sichtlich verwirrt, was ihm fast ein Lächeln entlockt. Aber nur fast.

»Aye, der bin ich.« Er nickt und blickt stur geradeaus, darauf wartend, dass wir endlich einsteigen.

Ich wende mich meiner Tochter zu und streiche ihr das blonde Haar, welches sie von mir hat, aus dem Gesicht. »Gleich sind wir in unserem neuen Zuhause, Schatz.«

»Endlich«, sagt sie und gähnt herzhaft.

Ich setze mich mit Ava auf die Rückbank des SUV und Mrs Murrays Enkel, der mir immer noch nicht seinen Namen verraten hat, startet den Wagen.

Bevor Ava und ich nach Schottland aufgebrochen sind, habe ich ein paar Mal mit Mrs Murray telefoniert, die, wie sich herausgestellt hat, eine Angestellte des Buchladens meines Onkels war. Mit ihr habe ich vereinbart, dass ihr Enkel uns am Flughafen in Edinburgh abholt. Nur hatte ich erwartet, dass ihr Enkel nicht so griesgrämig und ... gut aussehend ist. Mrs Murray scheint ziemlich erschüttert über den Tod meines Onkels Gregory zu sein. Ihren Erzählungen zufolge arbeitet sie schon zwanzig Jahre in der Buchhandlung. So kenne ich zumindest eine Person in dem schottischen

Vorstädtchen, die mir unter die Arme greifen kann. Ich habe zwar schon viele Jobs ausgeübt, aber niemals den einer Buchhändlerin. Es ist schon eine Ewigkeit her, seitdem ich das letzte Mal ein Buch in der Hand gehabt, geschweige denn gelesen habe. Seit Ava auf der Welt ist und ich mich darum kümmern muss, dass wir über die Runden kommen, bleibt dafür nicht viel Zeit.

»Haben Sie auch einen Namen?«, versuche ich die Situation auf scherzhafte Weise zu lockern.

»Hab ich.«

Wow, der Enkel scheint über einen großen Wortschatz zu verfügen. »Verraten Sie ihn mir?« Ich lächle, als er mir durch den Rückspiegel einen Blick zuwirft.

Sein Griff um das Lenkrad verstärkt sich, das erkenne ich daran, wie seine Sehnen an den Unterarmen hervortreten. Er räuspert sich leise. »Keir«, antwortet er mehr widerwillig.

»War das etwa so schwer?«, rutscht es mir heraus und ich schiebe ein unsicheres Lachen hinterher.

»Ich heiße Ava«, ruft meine Tochter dazwischen und betont dabei ihren Namen besonders lange.

Ein weiterer Blick durch den Rückspiegel, ein weiteres Räuspern, aber keine weiteren Worte seinerseits. Na gut, dann schweigen wir eben die restliche Fahrzeit, die hoffentlich nicht allzu lange dauert.

Als wir Edinburgh verlassen, fahren wir zunächst auf eine Autobahn und nach wenigen Meilen auf eine Landstraße. Die schottischen Highlands sind eine wahre Augenweide und in diesem Augenblick glaube ich das erste Mal, dass das hier ein Neustart werden könnte. Den alten Ballast zurücklassen und eine neue Zukunft schreiben, so lautet mein Motto. Ich wünsche mir, dass auch Ava glücklich wird. Sie ist schon immer ein fröhliches, aufgeschlossenes Mädchen gewesen und hat schnell Kontakte geknüpft. Ich hoffe, sie findet schnell neue Freunde.

***

Die Augen fallen mir allmählich zu, als wir nach dreißig Minuten anhalten und Keir mich ziemlich unwirsch weckt.

»Aussteigen«, raunt er, knallt die Autotür zu, um wenig später den Kofferraum aufzureißen.

Ava ist zwischenzeitlich eingeschlafen. Kein Wunder, schließlich war das ihr erster Flug und für sie ziemlich anstrengend. Ich nehme sie auf den Arm und folge Keir, der mir freundlicherweise die Tür aufhält, in ein Haus. Es riecht würzig nach Suppe und mir läuft das Wasser im Mund zusammen. Wann habe ich das letzte Mal etwas gegessen? Vor Aufregung habe ich nicht mal einen Bagel herunterbekommen, während Ava sich am Flughafen den Bauch vollgeschlagen hat. Für sie ist das ein Riesenabenteuer und ich wünsche mir, ich hätte auch etwas von ihrem Optimismus.

»Grace! Wie schön, dich endlich kennenzulernen.« Vor mir steht eine ältere Frau mit kurzen, lockigen Haaren und einem strahlenden Lächeln. Sie kommt auf mich zu und gibt mir einen Kuss auf die Wange, dann streicht sie über Avas und bedenkt sie mit einem warmen Blick. »Lass uns ins Wohnzimmer gehen, da können wir sie auf das Sofa legen. Du hast sicher Hunger, oder?«

»Und wie«, sage ich.

Nachdem Ava in eine Wolldecke eingekuschelt weiterschläft, bringt mir Mrs Murray einen Teller mit lecker duftender Suppe und eine Tasse Tee.

»Wie war euer Flug?«, fragt sie, als sie sich zu mir setzt.

»Ganz gut. Für Ava ist das alles total aufregend und sie ist wohl nicht ganz so ängstlich wie ihre Mum.« Ich lache auf.

»Die Kleinen verkraften das oft besser als man selbst«, erwidert sie.

»Danke für ... einfach alles, Mrs Murray«, sage ich und schiebe einen weiteren Löffel Suppe in meinen Mund, die einfach köstlich schmeckt.

»Nenn mich bitte Iona.« Sie lächelt und ich frage mich, wie zum Henker ihr Enkel das komplette Gegenteil von ihr sein kann. Verwandtschaft hin oder her, Keir ist der unfreundlichste Mensch, der mir je untergekommen ist. Meinen Ex ausgeschlossen.

»Ehrlich gesagt, bin ich jetzt schon von allem überfordert«, meine ich. »Ich muss mich um die Buchhandlung kümmern, Ava einen Platz in der Grundschule beschaffen und nebenbei noch die Wohnung umräumen.«

»Um die Buchhandlung kümmere ich mich, du kannst derweilen alles andere klären, Grace. Ihr müsst beide erst mal ankommen, dann können wir das Geschäft eröffnen, in Ordnung?«

Ich schlucke die Suppe herunter und starre Iona verblüfft an. »Das kann ich nicht annehmen, wirklich nicht.«

Iona legt ihre Hand auf meine. »Kannst du und wirst du, Liebes. Ihr zieht mehrere hundert Meilen weg, lasst euer altes Leben zurück – glaub mir, ich weiß genau, wie es euch geht.«

»Danke«, flüstere ich.

»Ich komme ursprünglich aus Irland, bin aber der Liebe wegen nach Schottland gezogen.« Sie bemerkt meinen Blick und setzt hinzu: »Ich habe einen Schotten geheiratet, mit ihm Kinder bekommen. Wir haben ein schönes Leben geführt, bis mein Sohn bei einem Autounfall ums Leben kam und ich meinen Enkel großziehen musste. Vor wenigen Jahren verstarb mein Mann an Krebs. In all der Zeit gab mir die Buchhandlung Halt und Gregory holte mich aus dem Loch heraus. Ich bin ihm sehr dankbar.«

Es hört sich so schön und zugleich so furchtbar traurig an. Doch das Lächeln in ihrem Gesicht, als sie von ihrem Mann und ihrem Sohn spricht, verrät dass sie aus ganzem Herzen geliebt hat und geliebt wurde.

An meine eigenen Eltern habe ich keinerlei Erinnerungen mehr, sie sind ebenfalls früh bei einem Autounfall ums Leben gekommen. Ich bin bei meiner Tante und meinem Onkel Gregory in London aufgewachsen und hatte eine schöne Kindheit. Selbst als sie sich trennten und Gregory nach Schottland ging, verlief alles harmonisch. Zwar hatte ich ihn nie besucht, aber wir schrieben uns regelmäßig Briefe und telefonierten. Onkel Gregory zog Briefe modernen Emails vor und tatsächlich fällt es mir bis heute schwer, elektronische Post zu verfassen. Handschriftliche Briefe haben etwas Persönliches, fast Intimes, und die Vorstellung, sie nach Jahrzehnten wieder zu öffnen, beschert mir ein wohliges Gefühl. Aber bisher habe ich nie von jemanden anderen als meinem Onkel einen Brief erhalten. Zu wissen, dass mein Briefkasten in der Zukunft leer bleiben wird, schmerzt mich.

Meine Tante Julia ist vor zwei Jahren an einem Schlaganfall gestorben, was mir immer noch ziemlich zusetzt. Sie und Onkel Gregory waren meine einzigen lebenden Verwandten, nun ist da niemand mehr. Wie eine Wunde, die niemals verheilt.

Ein Geräusch, das von dem Sofa kommt, lässt mich kurz zusammenzucken. Ich werfe einen Blick zu Ava, sie schläft jedoch seelenruhig.

»Ist, äh, Keir immer so ... Wie soll ich es sagen?« Ich lege nachdenklich die Hände um die Tasse und wähle die folgenden Worte sorgfältig aus. »Ist er immer so wortkarg?«

Iona lacht herzhaft auf und schlägt sich dann die Hand vor den Mund. »Entschuldige, aber es ist einfach entzückend, wie nett du Keir umschreibst.«

»Ich meine, vielleicht hat er auch einfach seine Periode oder zu lange keine Frau mehr gehabt.« Die Worte verlassen meinen Mund, bevor ich darüber nachdenke und so bin ich diejenige, die die Hand vor den Mund schlägt.

»Er hatte es nicht immer leicht«, sagt Iona, als ein Räuspern uns zusammenschrecken lässt. Im Türrahmen steht Keir, breit und groß und ein wenig angsteinflößend. Die Haare hat er nun zu einem unordentlichen Dutt zusammengebunden, das weiße T-Shirt hebt seine Bräune hervor und die Sehnen, die bedrohlich an seinem Unterarm zucken, machen mich ganz verrückt.

Ich schlucke den Kloß, der mir im Hals hängt, hinunter. Oh Mist, habe ich das gerade ernsthaft gesagt? Und hat er es mitbekommen? Ich möchte auf der Stelle im

Erdboden versinken! Okay, … an Erdboden, … an Erdboden, bitte lass mich in dich versinken.

»Wir sehen uns morgen, Iona. Dann schau ich mal, was deiner flotten Schnecke fehlt.« Er hebt zum Abschied die Hand und ist binnen weniger Sekunden in der Dunkelheit des Flurs verschwunden, einzig die Geräusche seiner schweren Stiefel sind noch zu vernehmen.

»Flotte Schnecke?«, frage ich und ziehe die Augenbrauen zusammen.

»Mein Auto. Ich nenne es liebevoll flotte Schnecke, weil es genau das Gegenteil von flott ist«, erwidert sie. »Aber ich liebe die Schrottschüssel einfach.«

Ich nicke. »Ich hoffe, er hasst mich nun nicht noch mehr als ohnehin.«

»Keir hasst die Menschen nicht, er leidet nur an seinem gebrochenen Herzen«, sagt Iona und nippt an ihrem Tee.

»Und das ist ein Grund, sich anderen gegenüber so unhöflich zu verhalten?«

»Das sollte keine Rechtfertigung sein, Grace. Ich weiß, wie er drauf sein kann und dass es nicht leicht ist, durch die harte Schale hindurchzukommen.«

»Dann ist eine Frau, die ihn aus seinem schwarzen Loch herausholt, möglicherweise das Richtige.« Ich zucke mit den Schultern.

»Dafür ist er wohl noch lange nicht bereit.«

Kapitel 2

»Das ist dein und Avas neues Reich.« Iona breitet die Arme aus und ich lasse den Blick durch die ausgebaute, renovierte Dachgeschosswohnung gleiten. »Gregory hatte nicht viel Möbel, er hat die meiste Zeit im Buchladen verbracht.«

Das sieht man. Der Esstisch, die vier Stühle, die Küchenzeile, das kleine, abgenutzte Sofa und der bücherüberladene Schreibtisch wirken vollkommen verloren in der geräumigen Wohnung. Das komplette Haus gehörte Onkel Gregory und nun mir, samt des Buchladens nebenan. Iona wohnt im Erdgeschoss, Ava und ich nun obendrüber. So muss ich mich glücklicherweise nicht darum bemühen, eine Wohnung für uns zu finden.

»Das könnte Avas Zimmer werden«, meint sie und öffnet eine Tür, die einen ungenutzten Raum offenbart. Nur vereinzelt zieren Gemälde die Wände. Wie geschaffen für meine Tochter.

»Ich glaube, das wird ihr gefallen«, bringe ich heraus.

Als wir schließlich das zweite Zimmer betreten, das über bodenlange Fenster verfügt, kann ich mir bereits vorstellen, wie ich es einrichten werde. Ein großes Bett nur für mich allein, ein überdimensionaler Kleiderschrank und ganz viele Pflanzen. Der Blick aus dem Zimmer ist überwältigend – ein kleiner, verlassener See, dahinter liegen die Highlands, auf denen schottische Hochlandrinder grasen. Wie kann ein Tag nicht gut starten, wenn man hier aufwacht und rausschaut?

***

Der Tag kann tatsächlich nicht gut starten, trotz dieser atemberaubenden Aussicht. Ein heulendes Motorengeräusch, gefolgt von einem »Mummy! Mummy!« von Ava reißen mich aus dem Schlaf. Sie hüpft neben mir auf der Matratze auf und ab, ihre Zöpfe fliegen dabei wild umher.

»Ava, bitte«, stöhne ich. »Ich bekomme noch Kopfschmerzen.«

Sie lässt sich auf das Bett plumpsen und kichert. »Machen wir Rührei? Oder Spiegelei? Lieber Rührei!«

»Schätzchen, lass mich erst mal aufstehen. Ich weiß nicht, ob wir überhaupt Eier im Haus haben. Wir müssen noch einkaufen gehen und –« Das ohrenbetäubende Geräusch eines Motors lässt mich erneut zusammenzucken und an die Decke gehen. Der erste Tag im neuen Zuhause und ...

Ich bleibe wie vom Donner gerührt stehen, als ich aus den Fenstern schaue.

Keir.

Oberkörperfrei.

Der Schweiß läuft ihm über den Rücken und die Haare kleben in seinem Nacken. Er hat sich über die Motorhaube der flotten Schnecke gebeugt und greift gerade zu einem Werkzeug, wirft es wieder fluchend auf den Boden und nimmt ein anderes.

Durchatmen, Grace, durchatmen.

»Huuuuunger, Mummy!« Ava springt an mir hoch und ich muss aufpassen, dass mein Sabber nicht auf ihren Kopf tropft.

»Zieh dir erst mal neue Klamotten an, Süße, danach gibt's Frühstück. Alles klar?« Ich gebe ihr einen Kuss auf den Mund und sie läuft fröhlich summend davon.

Als ich den Blick wieder aus dem Fenster gleiten lasse, starrt Keir mich an. Zu lange. Es wirkt fast beängstigend und unangenehm. Ich schäme mich nicht für meinen Körper, aber seinen Blick kann ich nicht einordnen. Doch ich halte ihm stand und bemerke zu spät, dass ich eine Unterhose mit Früchten darauf trage. Darüber ein weißes Trägertop, das meine aufgerichteten Brustwarzen nicht versteckt, sondern hervorhebt. Dass meine Haare ein einziges Vogelnest sind, muss ich wohl nicht erwähnen.

Als er sich wieder umdreht und weiterarbeitet, kann ich nur die Hände vors Gesicht schlagen. Auf welche Gedanken bringt mich dieser Typ nur? Dabei mag ich ihn nicht mal.

»Fertig!«, ruft Ava und betritt mein Zimmer. Sie trägt ein rosa Blümchenkleid und hat sich zwei ebenfalls rosa Spangen ins Haar gemacht. Die rosa Schühchen machen das Outfit komplett.

Ava zerrt mich aufgeregt in die Küche und ich öffne den Kühlschrank. Der Trommelwirbel in meinem Kopf setzt jedoch schneller aus als er angefangen hat. Keine Eier, keine Milch, nur ein Glas Rollmops, Gewürzgurken und Pharmaschinken.

»Ich schätze, wir müssen erst einkaufen«, sage ich, woraufhin Ava ein genervtes Geräusch von sich gibt.

Zwanzig Minuten später habe ich mich umgezogen, die Zähne geputzt und will mich mit Ava auf dem Weg zum nächsten Supermarkt machen, als der Wohnungsflur von einem köstlichen Duft erfüllt wird. Das riecht eindeutig nach Pancakes und gerade könnte ich so ziemlich alles verdrücken. Mein Magen gibt ein knurrendes Geräusch von sich, als würde er mir zustimmen.

»Los, Mummy, schneller!«, drängelt Ava und zieht an meinem T-Shirt. »Oder willst du, dass wir vor lauter Hunger umfallen?«

Ich lache auf. Immer, wenn sie vergisst zu trinken, sage ich ihr, dass das nicht gut ist. In meiner Kindheit habe ich auch immer zu wenig getrunken, was eines Sommers dazu führte, dass ich umkippte. Deshalb ist es mir wichtig, dass Ava immer genug Flüssigkeit zu sich nimmt. Das hat sie wohl auch auf das Essen übertragen und glaubt, mich immer überzeugen zu können, eine Extraportion beim Abendbrot zu bekommen.

Bevor ich jedoch etwas erwidern kann, wird die Tür zu Ionas Wohnung geöffnet und sie steht in Küchenschürze und mit einem Pfannenwender im Türrahmen.

»Guten Morgen, ihr zwei!«, begrüßt sie uns. »Kommt rein, es gibt Pancakes und dazu selbstgemachte Marmelade.« Dann beugt sie sich zu Ava herunter. »Du magst doch sicher Erdbeermarmelade, oder?«

»Ja!«, ruft sie freudestrahlend aus und flitzt an Iona vorbei in die Küche.

»Der Kühlschrank ist ziemlich leer, wir wollten erst mal einkaufen«, sage ich zu meiner Untermieterin.

»Ach, papperlapapp, das könnt ihr später auch noch machen«, meint sie und winkt mich in ihre Wohnung. »Keir will später in das nahegelegene Einkaufszentrum, da kann er dich gleich mitnehmen.«

»Sicher«, erwidere ich zähneknirschend und versuche, meinen Unmut durch ein Lächeln zu überspielen.

Eine weitere Autofahrt mit unangenehmen Schweigen und meinen erfolglosen Versuchen, eine Unterhaltung in Gang zu bringen? Darauf habe ich wenig Lust. Da ich aber noch kein Auto besitze, bin ich wohl oder übel auf Keir angewiesen. Ich setze einen weiteren Punkt auf meine To-Do-Liste: Auto kaufen. Schnellstens. Für eine alte Schrottschüssel, die fährt, müsste ich noch Geld übrighaben. Luxus wie eine Klimaanlage oder elektrische Fensterhebel kann ich mir nicht leisten und ist auch nebensächlich. Hauptsache einen fahrbaren Untersatz, mit dem ich Einkäufe erledigen und Ava zur Grundschule fahren kann.

Iona deckt den Esstisch und sie konnte sogar Ava dazu bringen, ihr zu helfen. In London haben wir immer im Wohnzimmer auf dem Sofa und am Kaffeetisch gegessen, Platz für einen Esstisch war da nicht.

»Mach es dir gemütlich, Grace«, sagt Iona. »Kaffee? Orangensaft?«

»Ein Kaffee wäre toll, danke.« Ich nehme auf einem Stuhl an dem runden Tisch Platz und Ava setzt sich neben mich.

»Für dich eine heiße Schokolade, Kleines?«

Begeistert klatscht meine Tochter in die Hände. »Ja!«

Während Iona den Kakao vorbereitet, schaue ich mich in der Wohnung um. Wohn- und Essbereich gehen ineinander über, dunkle Möbel dominieren den Raum, lassen es aber nicht erdrückend wirken. Große Gemälde und vereinzelte Bücherregale schmücken die Wände, was sehr gemütlich wirkt. Auch der kleine Ofen im Wohnzimmer macht es romantisch.

Gerade bekommt Ava die heiße Schokolade serviert und Iona wendet den letzten Pancake auf dem Herd, da wird die Tür aufgerissen.

»Morgen«, brummt Keir, der sich ein T-Shirt übergezogen hat und das nun an seinem Oberkörper klebt. »Deine Schnecke läuft wieder.«

»Danke, Liebling.« Iona gibt ihrem Enkel einen Kuss auf die Wange, den er nur widerwillig zulässt.

Dann setzt er sich gegenüber von Ava, die ihn mit großen Augen betrachtet. »Du bist ja riesig«, sagt sie und kichert.

Keir nickt. »Vielleicht wirst du eines Tages auch so groß«, antwortet er und für eine Millisekunde hellt sich sein Gesichtsausdruck auf.

Er kann tatsächlich lächeln. Na ja, wenn man das als Lächeln bezeichnen kann. Jedenfalls haben sich seine Mundwinkel ein kleines bisschen nach oben bewegt.

»Dann wäre ich das größte Mädchen auf der ganzen Welt«, gibt Ava erstaunt zurück.

»Du bist schon jetzt für mich das größte Mädchen auf der ganzen Welt«, sage ich zu ihr und küsse sie auf die Stirn. Dabei spüre ich Keirs Blick auf mir, doch als ich mich zu ihm umdrehe, schaut er sofort weg.

Gemeinsam sitzen wir am Tisch, essen Pancakes mit Ionas selbstgemachter Erdbeer-Marmelade, aber am Gespräch beteiligt sich Keir gar nicht. Stets die Augen auf seinen Teller gerichtet, isst er und trinkt den Kaffee in wenigen Zügen leer. Er sieht mich kein weiteres Mal an und auch meine Blicke ignoriert er. Na gut, anscheinend kann er mich nicht leiden, hat keine Lust, sich zu unterhalten oder spricht allgemein nicht gerne.

Komischer Typ. Das Lächeln steht ihm besser als der ständig grimmige Blick.

Nachdem er mehrere Pancakes vertilgt hat, stellt er seinen Teller und die Tasse in die Spüle, will gerade zur Tür hinaus, als Iona sagt: »Ach, Keir, sei so lieb und nimm später Grace mit zum Einkaufszentrum. Sie braucht ein paar Sachen, wie du weißt, hat Gregory nicht viel Zeit in seiner Wohnung verbracht.«

Mit dem Arm stützt er sich am Türrahmen ab, bedenkt mich mit einem ausdruckslosen Blick. »In einer Stunde?«

Ich nicke, er nickt ebenfalls und verschwindet nach draußen.

Kapitel 3

Unangenehmes Schweigen wäre zu nett ausgedrückt. Nicht einmal das Radio läuft und da ich mit Ava auf der Rückbank sitze, komme ich mit dem Arm auch nicht an den Anschaltknopf. Wobei es noch unbehaglicher wäre, direkt neben ihm zu sitzen.

Dann sitze ich lieber mit meiner Tochter hinten und spiele mit ihr *Ich sehe was, was du nicht siehst*. Er verzieht nicht eine Miene, als wir vor uns her kichern und Ava mit Argusaugen ein Hochlandrind dabei beobachtet, wie es … nun ja, das große Geschäft verrichtet. Sie findet das zum Schießen, nur Keir scheint das überhaupt nicht zu jucken.

Nach geschlagenen fünfundvierzig Minuten erreichen wir das Einkaufszentrum, das so riesig ist, dass es bestimmt eine eigene Postleitzahl hat. Überall wuseln Menschen herum und im Inneren duftet es nach leckerem Essen.

Keir schiebt den Einkaufswagen, bleibt dann plötzlich abrupt stehen. »Was brauchst du?«

»Äh …«, sage ich dümmlich, weil ich nicht darauf vorbereitet war, dass er auf einmal anfängt zu sprechen. »Moment …« Ich krame in meiner Jackentasche und ziehe einen Zettel heraus. »Wir brauchen …«

»Eine Liste?« Er zieht spöttisch eine Augenbraue noch oben.

»Was dagegen?«, erwidere ich nicht weniger schnippisch, woraufhin er abwehrend die Hände vor sich hält.

»Also?« Der genervte Unterton in seiner Stimme entgeht mir nicht und dann verdreht er noch die Augen.

Dieser eingebildete Vollidiot! Was bildet der sich eigentlich ein?

»Wenn du es schon so grausam findest, mit meiner Tochter und mir einkaufen zu gehen, wieso hast du dann zugestimmt?«, fahre ich ihn an und vereinzelt drehen sich Köpfe zu uns um, was mir aber piepegal ist. »Gib doch einfach zu, dass du keinen Bock hast!«

Sein Blick fixiert mich auf wieder mal unangenehme Art und Weise. Und dann tut er etwas, das ich nicht für möglich gehalten habe. »Okay.« Er lässt den Einkaufswagen los, der gegen meinen Bauch stößt, und läuft Richtung Ausgang.

Er geht.

Er tut es wirklich!

Er sieht sich nicht um und bevor ich kapiere, was ich da mache, renne ich ihm hinterher. »Keir, bleib stehen!«, rufe ich. »Bleib stehen!«

Und er bleibt tatsächlich stehen. Doch so unerwartet, dass ich gegen ihn stoße und er mich noch rechtzeitig auffangen kann. Seine Finger legen sich um meinen Arm und sie fühlen sich so warm, so stark an. Die Berührung ist ebenso unerwartet, aber tausendmal schöner.

Wir sehen uns in die Augen und in diesem Moment weicht der ausdruckslose Blick aus seinen. Sie glänzen ein wenig und das erste Mal lässt Keir durchblicken, dass er kein Mann ohne Gefühle ist. Ich erkenne sein gebrochenes Herz, das immer noch frisch und nicht verheilt ist.

Doch als er seine Hand von meinem Arm nimmt, ist der Augenblick vorbei und Keir wieder so starr und gleichgültig wie zuvor.

»Was ist?«, raunt er.

»Ich … es tut mir leid, Keir«, sage ich. »Ich muss noch so viel erledigen. In der Grundschule für Ava anrufen, ein Auto, damit ich dich nicht weiter behelligen muss, den Kühlschrank füllen und …«

»Ein Auto?«

»Ja.«

»Das ist das kleinste Problem.«

Ich ziehe eine Augenbraue hoch. »Ach ja?«

»Komm morgen in meiner Werkstatt vorbei, sie liegt wenige Meter neben dem Buchladen.« Dann greift er nach dem Einkaufswagen, hebt den Zettel vom Boden auf und Ava trottet ihm lächelnd hinterher.

Was war das denn gerade? Hat Keir mir ernsthaft seine Hilfe angeboten? Und meine Entschuldigung angenommen? Und was war das, als er mich berührt hat? Schon viel zu lange habe ich so etwas nicht mehr gespürt. Ich bin einfach zu anfällig, daran liegt es. Ich bin eine erwachsene, alleinerziehende, unabhängige Frau. Ich brauche keinen Mann. Weder in meiner Küche noch in meinem Bett. Probleme kann ich nicht gebrauchen und genau die machen Männer.

Kapitel 4

»Wunderbar, vielen Dank. Dann sehen wir uns morgen um zehn Uhr. Ja, Ava freut sich schon sehr.« Ich lege das Telefon auf und atme tief durch. Ein weiterer Punkt auf meiner To-Do-Liste ist abgehakt – morgen melde ich meine Tochter in der Grundschule an und in wenigen Wochen geht's los.

Die gestrige Einkaufstour mit Keir war schließlich doch noch ganz nett, auch wenn er nicht sehr gesprächig war. Mit Ava scheint er sich jedenfalls besser zu verstehen als mit mir. Sie konnte ihn sogar ein oder zweimal zum Lächeln bringen. Gerade hilft sie Iona im Garten, die beiden verstehen sich großartig und ich glaube, Ava sieht so was wie eine Oma in ihr. Iona scheint es aber zu genießen, daher lasse ich den beiden ihren Spaß.

Ich ziehe mir noch schnell ein frisches Oberteil an, bürste die Haare durch und verabschiede mich dann von den beiden Gärtnerinnen. »Bis später und wünscht mir viel Glück, dass ich ein Auto finde!«

»Daumen sind gedrückt!«, ruft Iona zurück und winkt mir mit einer Harke zu.

Als ich nach einigen Metern Fußweg die Werkstatt von Keir erreiche, schallt mir lauter Punk-Rock entgegen. Einen schlechten Geschmack hat er allerdings nicht. Wenn man als Jugendliche in London wohnt, verbringt man die Wochenenden meistens auf Konzerten. Hauptsache laut und zum Mittanzen.

Ich trete in die große, geräumige Werkstatt ein, deren Wände mit Postern von Bands und Musikern der vergangenen Jahrzehnte plakatiert sind. Mehrere Autos stehen herum, die Stoßstange beschädigt, Fensterscheiben eingeschlagen, platte Reifen oder sonstige Schäden. Zwischen einem roten Geländewagen mache ich Keir ausfindig oder zumindest seine Beine. Denn er hantiert unter dem Wagen herum.

Bevor ich weiter unschlüssig herumstehe, klopfe ich auf die Motorhaube und Keir krabbelt unter der Karosserie hervor. Seinen Gesichtsausdruck kann ich nicht deuten. Ist er erfreut, mich zu sehen, oder geht es ihm gegen den Strich? Ich habe mich ihm ja nicht aufgedrängt, er hat mir gestern angeboten, bei ihm nach einem Auto zum Kauf zu schauen.

»Also, was für einen Wagen hast du dir vorgestellt? Was großes oder kleines?«, fragt er ohne Umschweife.

Ich ziehe eine Augenbraue nach oben. »Wie wär's mal mit einem *Hallo*? Oder einem *Schön, dich zu sehen*? Wobei das wohl eine Lüge aus deinem Mund wäre«, platzt es mir heraus und ich verschränke die Arme vor der Brust.

Keir fährt sich mit der Hand durch den Bart, ohne den Blick von mir abzuwenden. »Woher willst du wissen, was in meinem Kopf vorgeht? Vielleicht freut es mich ja, dich zu sehen?«

»Ja klar«, gebe ich schnippisch zurück.

»Nennst du mich etwa einen Lügner?« Er wischt sich mit einem Handtuch über das schweißnasse Gesicht und das Funkeln in seinen Augen verrät mir, dass er mich wohl auf den Arm nimmt.

Ich komme auf ihn zu, lasse meinen Blick über ihn gleiten und fühle ein Verlangen, das mir in den letzten Jahren fremd geworden ist. Scheiße ja, er sieht gut aus. Sein trainierter Körper, die starken Arme und die Haare, die ihm auf der Stirn kleben. Und die Tatsache, dass wir allein in der Werkstatt sind, lässt mein Kopfkino zur Höchstform auflaufen.

»Was ist nun? Groß oder klein?« Keirs Stimme reißt mich aus meinen Gedanken.

Ich beiße mir auf die Lippe, um den zweideutigen Kommentar herunterzuschlucken, der mir auf der Zunge liegt. »Gibt's auch die Variante günstig?«

Ein Grinsen umspielt seine Lippen und er deutet mir, ihm zu folgen. Im Hinterhof der Werkstatt stehen noch mehr Autos und Keir zeigt auf einen Ford. Es glänzt silberfarben und hat sogar ein Dachfenster. »Baujahr 2001, keine Klimaanlage, dafür ein Dachfenster, läuft noch spitze.« Er öffnet die Fahrertür und ich nehme auf dem Autositz Platz. Ein Lenkrad, Gas- und Bremspedal sind vorhanden, alles in allem ein fahrbarer Untersatz.

»Wie viel?«, frage ich.

»Gib mir dreihundert.«

»Dreihundert was?« Ich starre ihn an. Das kann er unmöglich ernst meinen.

»Pfund, was sonst?«

»Bist du dir sicher?«

Er runzelt die Stirn. »Ganz sicher.«

»Aber ... wieso?«

»Du brauchst dringend ein Auto und ich helfe dir.«

»Das ist zwar immer noch keine richtige Antwort auf meine Frage, aber bevor du es dir anders überlegst«, entgegne ich schulterzuckend.

»Gut.« Dann dreht er sich um und ich muss fast rennen, um mit ihm Schritt zu halten. Als wir in einem Büro ankommen, bin ich etwas außer Atem. Keir setzt sich an den Schreibtisch, tippt auf dem Rechner herum und legt mir dann einen Kaufvertrag vor.

Es sind tatsächlich nur dreihundert Pfund. Ich kann mein Glück kaum fassen. Ob er mir das Auto wirklich so günstig verkauft, um mir zu helfen, werde ich wohl nie erfahren.

Ich setze meine Unterschrift darunter und Keir überreicht mir eine Kopie des Kaufvertrags. Dabei fällt mir ein Bild auf, das auf dem Tisch steht. Es zeigt eine Frau, schätzungsweise in meinem Alter, mit blonden Locken und einem strahlenden Lächeln. Sie ist die Art klassische Schönheit, an der selbst ein Kartoffelsack gut aussehen würde. Auf ihrem Schoß sitzt ein kleines Mädchen mit denselben blonden Locken und einem Lächeln, das eine Zahnlücke entblößt.

»Deine Familie?«, frage ich.

Keir nickt.

»Wie heißt deine Tochter? Vielleicht können Ava und sie mal zusammen spielen.«

»Maisie ... Ihr Name war Maisie«, antwortet er tonlos.

War.

Ihr Name *war.*

Keir steht auf, scheucht mich aus seinem Büro. »Ich muss jetzt weiter arbeiten ...«

Ich übersehe eine Stufe und sehe mich bereits auf dem kalten Boden aufschlagen, als Keir mich noch rechtzeitig auffängt. Seine Finger schließen sich um meinen Arm und er zieht mich an sich heran. Wir sind uns so nahe, sein Duft steigt mir in die Nase und ich kann seinen Atem rasseln hören. Sein Blick bohrt sich in meinen und wieder ist da diese unheimliche Spannung zwischen uns. Als wäre ihm die Berührung zuwider, als würde er nur darauf warten, mich endlich loslassen zu können. Und doch fühlt es sich so an, als würde er die Berührung brauchen und daraus Kraft saugen.

Dieser Mann ist voller Geheimnisse, voller Rätsel, so undurchschaubar.

»Keir«, wispere ich.

»Geh jetzt, Grace«, erwidert er harsch. »Ich mache das Auto noch sauber, morgen kannst du es abholen.«

Benommen und mit dem Vertrag in der Hand stolpere ich aus der Werkstatt. Dann höre ich wie Glas zerbricht und kurz darauf Keirs fluchende Stimme. Doch ich sehe nicht zurück, stattdessen laufe ich so schnell wie mich meine Beine tragen.

Verdammt, was war das denn? Habe ich einen Nerv bei ihm getroffen?

Als ich mit zitternden Händen die Tür zum Wohnungsflur öffne, höre ich bereits Ava trällern und finde sie mit Iona im Wohnzimmer wieder. Sie sitzen gemütlich auf der Couch, schlürfen Eistee und essen Kuchen.

»Mummy!« Ava springt mir in die Arme und ich wirble sie in der Luft herum.

»Na Liebes, wie war es?«, fragt mich Iona und deutet auf einen freien Platz auf dem Sofa. »Eistee? Kuchen?«

»Gern.« Nach dem, wie meist, aufreibenden Gespräch mit Keir, habe ich mir das verdient.

»Und, hast du bei Keir gefunden, was du gesucht hast?«

»Ja, einen Ford, er ist klein und fahrtüchtig und perfekt. Er hat mir einen sehr guten Preis gemacht.« Ich schiebe mir eine Gabel mit einem Stück Kuchen in den Mund und seufze genüsslich.

»Das freut mich«, entgegnet Iona. »Bist du bereit für deinen ersten Arbeitstag morgen im Buchladen?«

Stimmt, der Buchladen meines Onkels … Ob ich es hinbekommen werde, ein Geschäft zu führen? Ich habe schon Probleme dabei, eine Einkaufsliste aufzusetzen und rechtzeitig tanken zu gehen.

»Klar«, antworte ich wenig überzeugend.

Iona legt mir beschwichtigend die Hand auf den Oberschenkel. »Das wird schon, Grace.«

Ich hoffe inständig, dass sie recht behält. Denn falls nicht, gibt mir das Leben sicherlich keine weitere zweite Chance.

***

Das erste Mal betrete ich die Buchhandlung von Onkel Gregory. Unzählige dunkle Bücherregale reihen sich an den Wänden, dazwischen Tische mit Buchempfehlungen und gemütliche Sessel, die zum Verweilen in fiktionalen Welten einladen. Es wirkt urig und gemütlich und erinnert mich an das Reihenhaus, in dem ich mit meiner Tante und meinem Onkel in London gelebt hatte. Auch da hatten dunkle Möbel und vollgestopfte Bücherregale dominiert. Onkel Gregory hatte, egal wo wir hingingen, immer ein Buch dabei.

»Was gibt es Besseres, als sich lästiges Warten in fiktionalen Welten zu vertreiben?«, hatte er stets gesagt und mir zugelächelt.

Und tatsächlich hatte er recht. Als Jugendliche hatte ich deshalb fortan ein Buch dabei, falls ich auf den Bus oder im Arztzimmer warten musste. Ich hatte sogar einmal im Matheunterricht eins gelesen, was mir ziemlichen Ärger einbrockte, und weshalb mein Onkel sogar zum Direktor musste. Statt mich aber zu rügen, hatte er nur über die Beschwerde des Direktors geschmunzelt und mir beim Hinausgehen aus seinem Büro »Das hast du gut gemacht« zugeflüstert.

Die vielen Erinnerungen lassen mir unwillkürlich die Tränen in die Augen schießen.

»Du vermisst ihn auch, stimmt's?«, sagt Iona und legt mir den Arm um die Schulter.

»Meine Eltern sind früh gestorben und ich bin bei Gregory und meiner Tante aufgewachsen«, erzähle ich. »Sie haben alles für mich getan. Jetzt habe ich niemanden mehr.«

»Du hast die Buchhandlung, etwas Schöneres hätte Gregory für dich nicht zurücklassen können. Und du hast Ava und mich und na ja, Keir. Auch wenn er das vielleicht nicht ganz so sieht.« Sie lächelt und auch auf meinem Gesicht bildet sich ein kleines, aber feines Lächeln.

Mit den Fingerspitzen fahre ich über die Buchrücken in den Regalen und frage mich, was das letzte Buch war, das ich gelesen habe. So sehr ich auch versuche, mich an einen Buchtitel zu erinnern, mir fällt einfach keiner ein. Gott, ist es etwa schon so lange her, dass ich gelesen habe? Was Onkel Gregory wohl dazu sagen würde? Vermutlich würde er mir einen Stapel Literatur kaufen und einen Buchclub mit mir eröffnen. Bei der Vorstellung daran muss ich fast lachen, denn es kam tatsächlich häufig vor, dass er und ich uns über etwas Gelesenes austauschten.

»Was ist das denn?«, frage ich und deute auf einen überladenen Tisch zwischen zwei Ohrensesseln. Auf ihm stapeln sich unzählige Souvenirs, von denen ich nicht einmal von der Hälfte weiß, was sie sind. »Ist die Tischdecke etwa ein ... Kilt?«

»Richtig«, erwidert Iona. »Auch wenn dein Onkel ein waschechter Londoner war, hat er die schottische Kultur sehr verehrt. Sind dir schon die Vorhänge an den Fenstern aufgefallen?«

Mein Blick gleitet an die Fenster, die von Tartanmustern geschmückt werden. »Und das, obwohl England und Schottland nicht unbedingt eine rosige Vergangenheit haben.«

Ein Schmunzeln umspielt Ionas Mundwinkel. »Seltsam, oder? Die Muster und Farben stehen übrigens für die verschiedenen schottischen Clans.«

Ich streiche über den Stoff und betrachte ihn näher. Er ist größtenteils rot mit dicken grünen und blauen sowie dünnen weißen Streifen. »Und zu wessen Clan gehört dieser?«

»Der steht für den Fraser-Clan«, erklärt sie mir. »Am ehesten kennt man ihn aus den Zeitreise-Büchern von Diana Gabaldon.«

»Hab ich leider noch nicht gelesen.«

»Dafür muss man sich auch Zeit nehmen, das sind ganz schön dicke Schinken.«

Für dicke Schinken werde ich wohl in den nächsten Monaten keine Muße haben. Mich hier einzuarbeiten, wird vermutlich eine ziemliche Herausforderung. Kurz kommen mir Zweifel auf und ich bin selbst verwundert, London über Nacht und Nebel verlassen zu haben. Aber ich hatte ja nichts zu verlieren – außer einem penetrant nervenden Ex-Freund, der sich nicht an die Beschlusse des Gerichts halten wollte. Mehrere hundert Meilen zwischen uns zu bringen, schien mir der letzte Ausweg zu sein.

»Ich schätze, da muss ich mich noch in schottischer Kultur einarbeiten«, meine ich, den Blick auf die vielen Souvenirs gerichtet. »Ich habe nämlich keinen blassen Schimmer, was das alles sein soll.«

Iona deutet mit dem Finger auf einen Comic. »Das hier ist der wohl beliebteste schottische Comic, *Oor Wullie*, und wird uns von den Kindern noch heute aus den Händen gerissen, auch wenn er über achtzig Jahre alt ist.«

Ich greife nach dem Comic, blättere darin herum und runzle die Stirn. »Ist das in einer anderen Sprache?«

»Nein«, sie lacht auf, »das sind schottische Slangs. Keine Sorge, die lernst du noch schnell genug in Glenessie.«

Da bin ich mir nicht so sicher. Ich wage es nicht einmal, die Ausdrücke auszusprechen, da es sich bei mir wahrscheinlich anhört, als hätte ich einen Sprachfehler.

»Ob man mich hier als Londonerin überhaupt akzeptieren wird?«, murmle ich, während ich in einen Korb orangefarbener Getränkedosen greife.

»Vor den Leuten in Glenessie brauchst du dich nicht fürchten, Liebes. Du bist Gregorys Nichte, sie werden dich mit offenen Armen empfangen«, muntert Iona mich auf. »Das ist Irn-Bru, es ist sozusagen ein

Nationalgetränk in Schottland. Probier ruhig, wenn du möchtest.«

Die Dose öffnet sich mit einem leisen Klacken und kaum setze ich sie an meine Lippen an, benetzt die grellorange Flüssigkeit meine Zunge. Es schmeckt süßlich und erinnert mich an Kaugummi. »Gar nicht mal so schlecht.«

»Und das hier sind Postkarten mit Motiven bekannter Künstler aus der Umgebung, auch ein beliebtes Mitbringsel für Touristen«, fährt sie fort. »Schottischer Whisky und Gin dürfen natürlich auch nicht fehlen, dein Onkel hat den Abend gerne mal mit einem Glas davon ausklingen lassen.«

»Und einem Buch?«

Sie nickt wissend. »Und einem Buch. Ohne hat man Gregory fast nie angetroffen.«

Ein Lächeln stiehlt sich auf unsere Gesichter und für einen Moment scheinen wir beide in Erinnerungen zu schwelgen. Ich hätte mir niemand besseres als Iona vorstellen können, die mich hier aufnimmt und mir zeigt, wie alles läuft. Sie war die gute Seele der Buchhandlung und wird es immer bleiben.

»Das wohl ulkigste Mitbringsel sind aber die Tartan Brollys«, sagt Iona schließlich. »Es sind Regenschirme in verschiedenen Tartanmustern, schottischen Flaggen oder Scotty-Hunden. Du musst wissen, das schottische Wetter ist unberechenbar und man erlebt häufig alle vier Jahreszeiten an einem Tag.«

»Da kann man ja glatt ein Buch über die schottische Kultur schreiben«, merke ich an.

»Das hatte dein Onkel tatsächlich vor, aber dazu kam er leider nicht mehr.« Gedankenverloren berühren ihre

Finger den Kilt des Fraser-Clans. »Nun will ich dir aber zeigen, wie das Kassensystem funktioniert. Das ist kein Hexenwerk und wirst du im Handumdrehen hinbekommen.«

Ich hoffe, dass Iona recht behält, denn Zahlen sind nicht meine Stärke. Ich bin froh, wenn ich den Inhalt meines Wocheneinkaufs einigermaßen richtig überschlage.

Die Kasse, die auf einem abgenutzten Tresen mit weiteren Souvenirs steht, ist bestimmt hundert Jahre alt. Sie ist weinrot mit goldenen Akzenten und sieht, trotz einiger Beschädigungen, hochwertig aus. Ich traue mich kaum, sie anzufassen.

»Dein Onkel war modernen Sachen eher abgeneigt«, setzt Iona an. »Obwohl es einfacher gewesen wäre, sich ein elektronisches Kassensystem anzulegen, hat er lieber die Preise eigenhändig eingetippt.«

Ohje, mir schwant Übles. Bei meinen Rechenfertigkeiten wird die Buchhandlung schneller rote Zahlen schreiben als ich hier angekommen bin. Mein Gesichtsausdruck spricht wohl Bände.

»Keine Sorge, ein Taschenrechner liegt immer bereit.« Aus einer Schublade unter der Kasse zieht sie einen deutlich abgenutzten Taschenrechner hervor.

»Da bin ich beruhigt.«

Dann zeigt sie mir, wie ich den Preis eintippe und die Kasse sich mit einem lauten Pling öffnet und ich das Restgeld herausgebe. »Für jeden verkauften Artikel schreibst du hier eine Rechnung und heftest sie in den Ordner ein.«

»Klingt machbar«, sage ich, nachdem ich selbst den Preis mehrerer Artikel eingetippt habe und den Dreh raushabe. »Wird die Buchhandlung häufig besucht?«

»Allzu viele Touristen verschlägt es nicht in unser beschauliches Städtchen, aber hin und wieder verirren sich welche hierher«, erzählt mir Iona. »Die kaufen fast die ganzen Souvenirs leer, dein Onkel hatte da ein gutes Gespür. Als er mir von seiner Idee erzählte, neben den Büchern auch Souvenirs verkaufen zu wollen, glaubte ich nicht daran, dass wir die loswerden. Und nun muss ich im Sommer alle zwei Monate welche nachbestellen.«

»Und die Bewohner von Glenessie? Lassen die sich hier sehen?«, frage ich.

»Die meisten sind Stammkunden, aber auch mit Bestellungen für Schulbücher zum Schulbeginn kommt Geld in die Kasse.«

Ich nicke und merke, wie sich mein Kopf mehr und mehr mit Informationen füllt. Als ich auf die Uhr blicke und mir bewusst wird, dass wir bereits eine ganze Weile im Buchladen sind. Ava! Ich hatte ihr versprochen, dass ich nicht länger als zwei Stunden wegbliebe und sie versicherte mir hoch und heilig, ich könne sie alleine lassen.

»Iona hat soooo viele Puppen, mit denen ich spielen kann«, hatte sie mit einem Strahlen in ihren blauen Augen gesagt, dem nicht einmal Keir hätte widerstehen können.

Das war aber schon über zwei Stunden her und ich war es in London nicht gewohnt, meine Tochter alleine lassen zu können. Ständig läuteten Postboten, Vertreter, die einem etwas aufschwatzen wollen, oder aber

Väter, die damit drohen, einem das Kind wegnehmen zu wollen.

»Glenessie hat nur knapp tausend Einwohner, Grace, sie wird nicht verlorengegangen sein«, beruhigt mich Iona, während wir den Laden abschließen und zurück zum Haus laufen. Zum Glück sind es nur wenige Fußschritte. »Schau du nach Ava. Ich bereite uns ein leckeres Mittagessen vor, okay?«

Wieder einmal könnte ich ihr um den Hals fallen und mich für ihre überaus großzügige Gastfreundschaft bedanken. Was würde ich nur ohne Iona tun?

Als ich die Treppe zur Wohnung hochlaufe und dabei vor Sorge zwei Stufen auf einmal nehme, halte ich inne, als ich die Tür aufreiße. Das Bild, das sich mir bietet, ist auf gleiche Weise berührend wie seltsam.

Keir sitzt bei Ava auf dem Boden und gemeinsam spielen sie mit den Puppen. Ein Kerl wie Keir, groß, breitschultrig und einem Bart, auf den der Weihnachtsmann neidisch wäre, spielt mit Puppen. Die beiden scheinen mich nicht einmal zu bemerken, so sehr sind sie in ihr Spiel vertieft. Schon von klein auf hat Ava eine Art an sich, die Menschen in ihrer Umgebung zum Lächeln zu bringen, aber bei Keir sieht es ungewohnt aus.

Es steht ihm. In dem Augenblick wirkt er nicht wie ein grummelnder Einsiedler, sondern losgelöst und … fast glücklich. Als sei er ein anderer Mensch.

»Mummy!«

Ava springt auf und rennt auf mich zu, die Arme weit ausgestreckt. Ich gebe ihr einen Kuss auf die Stirn und streiche ihr das Haar aus dem Gesicht.

»Ich wollte euch nicht stören, ihr habt so schön gespielt«, sage ich.

»Wenn du jetzt immer so viel arbeiten musst, kann Keir ab sofort mit mir spielen«, schlägt mir meine Tochter vor und setzt einen Blick auf, bei dem ich mich frage, von wem sie das hat.

»Tut mir Leid«, sage ich an Keir gerichtet, der immer noch mit einer Puppe in der Hand auf dem Boden sitzt, »wir haben total die Zeit vergessen. Kaum zu glauben, was es in so einem kleinen Laden zu beachten gibt.«

In Keirs Gesicht spiegeln sich keinerlei Reaktionen wider, dann setzt er die Puppe in seiner Hand zu den anderen und erhebt sich. »So macht man das hier. Jeder hilft jedem.«

»Ich hätte das nicht von dir erwartet«, platzt es aus mir heraus und schiebe ein »Danke« hinterher.

»Warum nicht?« Es sind nur zwei Worte und doch lösen sie so viel mehr in mir aus. Ich habe den plötzlichen Drang, mich bei ihm zu entschuldigen, weil er sich scheinbar angegriffen fühlt. Dabei ist er es, der sich mir gegenüber distanziert und oft unfreundlich verhält. Es ist doch offensichtlich, dass er etwas gegen mich hat. *Und doch fährt er mit dir ins Einkaufszentrum, verkauft dir für einen Spottpreis ein Auto und passt auf deine Tochter auf*, redet mir meine innere Stimme zu.

»Ava, Liebling, geh doch nach unten zu Iona. Sie kann bestimmt deine Hilfe beim Zubereiten des Abendessens brauchen.«

»O ja!« Sie stürmt sofort nach unten und als ihre Schritte auf der Treppe ausklingen, breitet sich eine unangenehme Stille zwischen Keir und mir aus.

Er steht einfach nur da, die Hände in die Hosentaschen geschoben und seinen ausdruckslosen Blick auf mich gerichtet. Einen Preis für den furchteinflößendsten Blick bekommt er allemal.

»Hör zu, Keir«, setze ich an, »ich weiß, du magst mich nicht und das ist vollkommen in Ordnung. Du musst das alles nicht für mich machen, wenn es dir offensichtlich dermaßen gegen den Strich geht.«

Die Stille erdrückt mich und ich halte sie kaum aus, so sehr steht sie zwischen uns.

»Wer sagt, dass ich dich nicht mag?«, brummt er.

»Deine Körpersprache, dein Gesichtsausdruck. So ziemlich alles, was du machst.«

Ohne den Blick von mir zu nehmen, kommt er auf mich zu. Er ist mir so nahe, dass sein herber, männlicher Duft in meine Nase steigt. Seinen Bart muss er getrimmt haben, er sieht nicht mehr ganz so unordentlich aus. Die Farbe seiner Augen ist unergründlich, irgendetwas zwischen Braun und Grün, und doch weiß ich, dass mehr hinter ihnen steckt. Mehr als nur abwehrendes Verhalten und unverständliches Gemurmel.

Er leidet noch an seinem gebrochenen Herzen, hatte Iona an meinem ersten Tag in Glenessie gesagt.

Aber in wie viele Teile ist sein Herz gebrochen? Hunderte, tausende? Wie tief sind die Schnitte?

»So aufmerksam betrachtest du mich also?« Ein Schmunzeln umspielt seine Lippen und ehe ich es begreife, ist es aus seinem Gesicht verschwunden. Eines muss man ihm lassen, Gefühlsregungen kann er besser verbergen als jeder andere, den ich kenne.

»So würde ich es nicht ausdrücken. Ich, äh, kommuniziere eben gern mit meinen Mitmenschen und ...«, versuche mich erfolglos herauszureden.

»Das hab ich schon gemerkt. Ich nicht.«

»Da haben wir tatsächlich was gemeinsam. Das hab ich nämlich auch schon bemerkt, als du Ava und mich am Flughafen abgeholt hast«, rutscht es mir heraus.

Warum funktioniert mein Mund schneller als mein Gehirn? Warum muss ich alles herausposaunen, was mir im Kopf herumgeht? Kann ich nicht einmal nachdenken, bevor ich spreche?

»Gut.«

Gut? Das ist das einzige, was ihm dazu einfällt? Dieser Mann ist mir von Anfang an ein Rätsel und wird es wohl immer bleiben.

»Wann kann ich morgen das Auto abholen? Ich muss um zehn Uhr bei der Grundschule sein, also-«

»Ich bin früh da.«

»Um acht?«, hake ich nach.

Er wendet sich zum Gehen ab. »Aye.«

»Heißt das ja?«

Am Treppenabsatz bleibt er stehen. »Du musst noch viel lernen, bonnie lass.«

Ich runzle die Stirn. Was soll das schon wieder heißen? *Aye*? *Bonnie lass*? Aber bevor ich ihn das fragen kann, ist er bereits die Treppe runtergelaufen. Durch die offene Tür zieht der Duft von leckerem Essen in die Wohnung und mit einem großen Fragezeichen im Gesicht und grummelndem Magen bleibe ich zurück. Es ist eindeutig Zeit, etwas zu essen, damit mein Gehirn wieder richtig funktioniert und ich genügend Kraft für den morgigen Tag habe.

Kapitel 5

Nach einem ausgiebigen Frühstück am darauffolgenden Tag mit Iona und meiner Tochter ziehe ich mir noch etwas Schickeres an, um in der Grundschule einen guten Eindruck zu hinterlassen.

»Mach keinen Unsinn«, sage ich zu Ava und streiche ihr über das blonde Haar.

»Vielleicht spielt Keir später wieder mit mir!«, meint sie erfreut.

»Keir muss arbeiten und ist danach sicher müde.«

Ihre Mundwinkel verziehen sich nach unten. »Schade. Dann helfe ich Iona wieder im Garten.«

»Dann zieh dir deine Handschuhe an und pack mit an«, schaltet sich Iona ein. »Ich glaube, die Blumen haben schon wieder Durst.«

Und schon flitzt Ava mit ihren rosafarbenen Handschuhen in den Garten, wo ich sie unaufhörlich mit den Pflanzen plappern höre.

»Danke, dass du wieder auf sie aufpasst«, sage ich zu Iona.

Sie winkt ab. »Das ist doch nicht der Rede wert. Ava ist ein wahres Goldstück und so schnell zu begeistern.«

»O ja, das stimmt.«

»Und was habe ich da mitangehört? Sie will mit Keir spielen?« Im Gegensatz zu ihrem Enkel versucht sie nicht, ihre Gefühle zu unterdrücken. Sie zeigt ihre Neugier ganz unverfroren, das gefällt mir.

»Er hat gestern mit ihr mit den Puppen gespielt«, kläre ich sie auf.

Ihre Augen weiten sich. »Das überrascht mich.«

»Das war ich auch im ersten Moment.«

»Du und Ava tun ihm gut«, meint Iona mit einem Unterton in der Stimme, der mir nicht entgeht und den ich nicht deuten kann.

Ich zucke mit den Schultern. »Ich muss dann los, das Auto bei Keir abholen und danach zur Grundschule.«

»Viel Erfolg!«, ruft sie mir hinterher und wieder fällt mir der Unterton in ihrer Stimme auf.

Wofür sie mir wohl viel Erfolg wünscht? Für Keir oder den Termin?

Kurz bevor ich Keirs Garage erreiche, aus der laute Rockmusik hallt, halte ich inne. Ich streiche den Stoff des Blazers glatt und atme geräuschvoll aus, ehe ich sie betrete. Warum bin ich so nervös? Liegt es an Keir? *Nein, bestimmt nicht*, denke ich, *es ist wegen des Termins an der Grundschule.*

Keirs Beine schauen unter einem Auto hervor, an dem er gerade herumwerkelt, und ich klopfe auf die Motorhaube, um auf mich aufmerksam zu machen. Sofort rollt er unter dem Wagen hervor, die Hände ganz ölverschmiert und der Blick grimmig wie immer.

»Ich hab den Wagen schon so gut wie fertig«, sagt er, ohne jegliche Begrüßung und wischt sich die Hände am T-Shirt ab. Schweißperlen stehen auf seiner Stirn und unwillkürlich fühle ich mich zu ihm hingezogen. Obwohl er verdreckt und verschwitzt ist, finde ich ihn sexy. Oder gerade deswegen.

»O gut«, erwidere ich, versucht mir nichts anmerken zu lassen. Die gestrige Situation, als ich ihn mit Ava beim Spielen erwischt habe, und das darauffolgende Gespräch – wenn man es denn so nennen kann – waren seltsam genug.

»Ich hol den Schlüssel und die Papiere, dann kannst du ihn mitnehmen.« Keir verschwindet im Büro, taucht kurz darauf wieder auf und öffnet den silberfarbenen Ford, der nun mir gehört. Mit einer Handbewegung deutet er mir einzusteigen.

Ich lasse mich auf den Fahrersitz fallen, stelle meine Handtasche neben mir ab und ziehe den Sitz ein Stück nach vorne, damit ich die Pedale erreichen kann.

»Hier die Papiere und das Wichtigste – der Schlüssel.« Er lässt ihn in meine Hand fallen und wendet sich zum Gehen ab.

»Wie? Das war's?«, frage ich verdutzt.

»Du kannst doch Autofahren, oder?« Er runzelt die Stirn.

»Sicher.«

»Dann weißt du ja, wo Gas- und Bremspedal sind.«

»Vielen Dank auch«, zische ich und will gerade die Fahrertür zuschlagen, als ...

»Tut mir leid, Grace.«

Hat er sich gerade entschuldigt? Und hat er das allererste Mal meinen Namen ausgesprochen? Oder hab ich mich verhört?

»Was tut dir leid?« Ehrlich, Grace, das fällt dir als erstes ein?

Er fährt sich mit der Hand durch das Haar, in dem Öl hängen bleibt, und kommt schließlich auf mich zu.

Und dann schaltet er das Radio ein.

Unsere Arme berühren sich und die Wärme, die von ihm ausgeht, ist so elektrisierend, dass sich eine

Gänsehaut auf meinem bildet. Scham überkommt mich, weil es so offensichtlich ist, was für eine Wirkung er auf mich hat. Während ich einen inneren Kampf vollführe, drückt Keir an den Knöpfen des Radios herum, bis sich ein guter Empfang einstellt. Der Moment ist vorbei und mit ihm auch meine Fähigkeit, eine Minute den Atem anzuhalten.

»Jetzt kannst du auch Musik hören.«

»Danke«, stammle ich und krame in der Handtasche nach meinem Handy, um darin die Adresse der Grundschule einzugeben.

»Navigationssysteme kannst du vergessen«, meint Keir. »Die funktionieren hier in Glenessie nicht und führen dich nur in die Irre.«

»Oh«, mache ich.

»Fahr einfach die Shore Road immer geradeaus und an der Wiese mit den Hochlandrindern rechts in die nächste Ortschaft, die Duninlochan Primary School ist nicht zu übersehen.«

»Dunin ...«

»Duninlochan School«, wiederholt er mit hochgezogenen Augenbrauen.

Ich muss hier weg, sein schottischer Akzent macht mich noch ganz verrückt. Verrückter, als ich ohnehin schon bin.

»Woher weißt du, wo die Grundschule ist?«

Keir zuckt mit den Achseln, hat sich bereits umgedreht und verschwindet unter einem Wagen, als er murmelt: »Alle Kinder im Umkreis von 12 Meilen besuchen diese Schule.«

Da es bei ihm anscheinend weder Begrüßung noch Verabschiedung gibt, starte ich meine neue

Errungenschaft und fahre aus der Garage. *Einfach geradeaus*, hat er gesagt, dann wollen wir mal.

***

Dass ich die Grundschule trotz meines unterirdischen Orientierungssinns erreiche, grenzt an ein Wunder. Selbst in London, wo ich aufgewachsen bin, habe ich es fertiggebracht, mich zu verlaufen. Da das neue Schuljahr erst in wenigen Wochen beginnt, ist das Gelände wie leergefegt, und ich parke direkt vor dem Eingang des steinernen Gebäudes, welches etwas in die Jahre gekommen aussieht. Die Fenster werden von bunten Fensterbildern geschmückt und der Pausenhof verfügt über mehrere Schaukeln sowie Rutschen, auf denen sich die Kinder austoben können.

Während ich auf die Eingangstür zulaufe, fallen mir die vielen Kreidemalereien auf dem Asphalt auf und ich lächle in mich hinein. Wahrscheinlich mache ich mir viel zu viele Sorgen um Ava. Sie hat ein aufgeschlossenes, lebendiges Wesen und schafft es sogar, Keir ein Lächeln zu entlocken. Da wird es ein Klacks für sie sein, in unserer neuen Heimat Freunde zu finden.

Da das Sekretariat ausgeschildert ist, finde ich es rasch und stehe einer bebrillten Frau mittleren Alters gegenüber.

»Wie kann ich Ihnen helfen?«, fragt sie freundlich und rückt sich die Brille auf der Nase zurecht.

»Ich habe einen Termin um zehn Uhr, um meine Tochter Ava für das kommende Schuljahr anzumelden.«

»Ah ja«, sagt sie, nachdem sie in einem Terminkalender herumgeblättert hat. »Ms Thompson, richtig?«

»Genau.«

Ein Lächeln bildet sich auf ihrem Gesicht. »Ich bin Ms Paterson. Es freut mich sehr, Sie kennenzulernen. Über die erforderlichen Unterlagen haben wir ja schon am Telefon gesprochen, oder?«

Ich hole aus meiner Handtasche die Unterlagen hervor und lege sie vor ihr auf den Tresen. »Sie müssten vollständig sein«, entgegne ich.

Ms Paterson sieht sich die Geburtsurkunde und den Sorgerechtsbeschluss an, murmelt ein zufriedenes »Mhm« und schiebt mir das Anmeldeformular für Ava zu. »Das müssen Sie noch ausfüllen und dann ist Ihre Tochter in drei Wochen offiziell Grundschülerin.«

Ich trage in das Formular Avas Namen, Geburtsort, unsere neue Adresse und meine Handynummer für den Notfall ein. Bei den Allergien setze ich kein Kreuzchen und auch das Feld für eine zweite Kontaktperson bleibt leer. Ich würde einen Teufel tun, Avas Erzeuger reinzuschreiben. Am Ende würde er einen Notfall nur dafür ausnutzen, sie mir wegzunehmen. Bei Gelegenheit frage ich einfach Iona, ob ich sie als Kontaktperson eintragen kann. Ihr vertraue ich mehr als meinem Ex, der jahrelang bewiesen hat, dass er weder als Vater noch als Ehemann geeignet ist.

»Sie sind nicht von hier, oder?«, fragt Ms Paterson, als ich ihr das ausgefüllte Formular reiche und sie einen Stempel darauf drückt.

»Nein, wir sind erst vor Kurzem von London hierhergezogen«, antworte ich.

»Das ist bestimmt eine Umstellung für Sie. Ich meine, von einer Großstadt in ein beschauliches Örtchen wie Glenessie.«

»Ich schätze, Ava tut sich damit nicht so schwer wie ihre Mum«, ich grinse. »In London hat uns nicht mehr viel gehalten und so habe ich mich entschlossen, mit Sack und Pack hierher zu ziehen und den Buchladen meines Onkels zu übernehmen.«

Ms Paterson hält in ihrer Bewegung inne und setzt ihre Brille ab. »Sie sind die Nichte von Gregory?«

»Ähm, ja.« Das ist wieder etwas, was mir fremd ist. In London kannte ich nicht einmal den Nachbarn rechts von mir geschweige denn gegenüber. Einzig die ältere Dame aus dem ersten Obergeschoss, die hin und wieder auf Ava aufpasste, und für die ich im Gegenzug Einkäufe tätigte. Sie war nicht mehr gut zu Fuß und hatte sonst nur ihre fünf Katzen. Ich vermute, dass das der einzige Grund war, warum Ava sich immer freute, Zeit bei ihr zu verbringen.

»Ach, wie schön«, ruft Ms Paterson erfreut aus. »Also natürlich nicht die Tatsache, dass Gregory von uns gegangen ist, aber dass Sie hier sind. Er hat oft von Ihnen erzählt.«

»Hier scheint ja jeder jeden zu kennen«, erwidere ich, bemüht mein Erstaunen zurückzuhalten. Mir wird klar, dass ich vom Leben meines Onkels in den schottischen Highlands so gut wie nichts weiß. Wir schrieben uns zwar Briefe, aber sie können eben nicht das Gefühl von Familie vermitteln. Als Kind wurden mir meine Eltern entrissen und dass ich Ava ebenso ihrem Vater Ethan entreiße, setzt mir immer noch zu. Dabei weiß ich, dass es so besser für uns ist. Selbst das Gericht hat sich für das alleinige Sorgerecht für mich entschieden, aber dennoch fühle ich mich schlecht. Wie meine Tante und mein Onkel immer versuchten mir das Beste zu ermöglichen, versuche ich das für Ava. Ich will, dass sie ohne Sorgen und Tränen in den Augen aufwächst.

»Schön, dass der Buchladen doch nicht schließt. Ich habe mir gerne Lektüretipps von Ihrem Onkel geholt. Er wusste immer, was mir gefällt.« In ihren Augen erkenne ich denselben Blick wie in denen von Iona, als sie von meinem Onkel spricht. »Das ist Avas Stundenplan«, fährt Ms Paterson fort und reicht ihn mir. »Ich bin mir sicher, sie wird sich schnell einleben.«

»Oh, das glaube ich auch«, stimme ich zu. »Sie versteht es, andere um den Finger zu wickeln.«

»Fast hätte ich es vergessen: Der Schulbus sammelt die Kinder aus den umliegenden Ortschaften ein, in Glenessie trifft er um halb acht ein. Es steigen noch zwei weitere Kinder hinzu.« In geschwungener Schrift schreibt sie mir die Uhrzeit des Busses oben auf den Stundenplan.

Danach bedanke ich mich bei Ms Paterson für ihre Mühe und wir verabschieden uns überschwänglich voneinander. Es scheint mir, als seien die meisten Menschen hier umgänglich und treten mir, der fremden Londonerin, aufgeschlossen gegenüber – mit Ausnahme von Keir. Aber Ausnahmen bestätigen die Regel, oder?

Gerade öffne ich schwungvoll die Tür, um in die kühle Luft hinauszutreten, da pralle ich mit jemandem zusammen.

»Oh, Verzeihung«, stoße ich hervor und blicke in ein Gesicht, das nicht annähernd so verärgert aussieht, wie ich es erwartet habe. In London wurde man schon mit einem bösen Blick gestraft, wenn man jemanden in der Tube nur versehentlich streifte. Als hätte es irgendjemand in öffentlichen Verkehrsmitteln darauf abgesehen, mit Fremden Körperkontakt zu haben. Das kam mir nicht mal in der Phase in den Sinn, als ich zwei Jahre keinen Mann mehr gehabt und vermutet hatte, dass sich untenrum bald Spinnweben sammelten.

»Halb so schlimm«, wiegelt die brünette Frau ab und entblößt ein strahlend weißes Lächeln.

»Da bin ich aber froh.«

»Sind Sie neu hier?«

»Ja.« Wie oft ich diese Frage wohl noch beantworten muss?

Sie streckt mir die Hand entgegen. »Ainsly Leshman«, stellt sie sich vor.

»Ich heiße Grace. Grace Thompson.« Wir geben uns die Hand. »Was hat mich verraten? Mein britischer Akzent?«

»Nein«, sagt sie und lacht. »In so einem kleinen Ort kennt jeder jeden und Sie sind mir ein unbekanntes Gesicht.«

»Bald hat sich sicher herumgesprochen, dass sich eine Londonerin mit ihrer Tochter nach Glenessie verirrt hat und dann habe ich kein unbekanntes Gesicht mehr«, scherze ich.

»Sie kommen aus London?« Ihre braunen Augen, die fast denselben Braunton wie ihre Haare haben, weiten sich. »Wie ist es da so?«

»Laut, überfüllt und dreckig.« Fakt ist, mit dieser Antwort locke ich wohl keine Touristen in die Stadt.

»Ihr Zynismus gefällt mir, Grace«, sagt Ainsly überraschenderweise. »Sie sagten, Sie sind nach Glenessie gezogen? Da lebe ich mit meiner Tochter und meinem

Mann auch! In der Henderson Street, gleich gegenüber der Bäckerei.«

Warum wird mein Orientierungssinn hier so strapaziert? Am besten sollte ich mir ein T-Shirt mit der Aufschrift *Ich verfüge über keinerlei Orientierung* drucken lassen. Wobei ich dafür vermutlich erst in die nächstgrößere Stadt fahren musste, hier gab es bestimmt keine Druckerei. Ein Teufelskreis.

»Äh, ich wohne neben dem Buchladen meines Onkels«, erwidere ich, in der Hoffnung, dass sie einen besseren Orientierungssinn hat als ich – was nicht sonderlich schwer ist.

»Gregory? Sein Buchladen war wie eine Oase! Zu schade, dass er ...«

»Dann werden Sie sicher von mir gehört haben. Das hat offensichtlich so ziemlich jeder hier in der Umgebung.« Meine Stimme verbirgt leider nicht meinen Unmut über die Tatsache und so zucke ich mit den Schultern. »Ich bin Gregorys Nichte.«

»Sie sind ... Nein, wie wunderbar!« Sie reißt mich in eine Umarmung und ihre Impulsivität macht sie mir noch sympathischer. »Dann führen Sie den Buchladen weiter?«

»Das habe ich vor.«

»Iona hilft Ihnen bestimmt.«

Natürlich, Iona ist hier auch überall bekannt. Sie lebt schließlich schon mehrere Jahrzehnte hier.

»Ohne sie wäre ich wohl aufgeschmissen«, gebe ich zu.

»Das wird schon, Grace, machen Sie sich keine Sorgen.« Sie legt mir beschwichtigend eine Hand auf den

Unterarm. »Dann fahren unsere Kinder bald zusammen in die Grundschule, Cait wird sich freuen.«

»Ava freut sich schon den ganzen Sommer auf die Schule. Ich hingegen machen mir viel zu viele Gedanken, ob sie Anschluss findet.« Ich verdrehe die Augen.

Sie winkt ab. »Wem sagen Sie das.«

»Es hat mich gefreut, Sie kennenzulernen, Ainsly, aber ich muss nun los. Zuhause passt Iona auf Ava auf und dann muss ich mich noch um den Buchladen kümmern …«

»Richten Sie ihr liebe Grüße aus. Ich werde demnächst mal wieder im Laden vorbeischauen«, erwidert Ainsly.

Wir verabschieden uns und als ich in meinem neuen Auto sitze, das Dachfenster hochgekurbelt und die Musik, die aus dem Radio dudelt, eingeschaltet, fällt mir ein Stein vom Herzen. Vielleicht wird das doch ein Neuanfang. Ganz ohne die Befürchtung, die Miete nicht mehr zahlen zu können oder am Ende des Monats nichts mehr auf dem Teller oder im Geldbeutel zu haben. Der Buchladen läuft nach wie vor gut und wirft genug Einnahmen ab. Ja, vielleicht kann ich endlich durchatmen und mit Ava ein ruhiges Leben beginnen.

Ich starte den Wagen und lenke ihn aus der Parkbucht auf die menschenleere Straße. Die schottischen Highlands mit ihren sattgrünen Wiesen, auf denen Hochlandrinder grasen, ziehen während der Fahrt an mir vorbei. Keine vorbeirauschenden Busse, keine drängelnden Menschenmassen, kein nervtötendes Autohupen, das einen zusammenschrecken lässt. Nur die endlos weiten Highlands Schottlands. So muss sich Freiheit anfühlen.

Kapitel 6

Kaum betrete ich das Haus, steigt mir der Duft von Mittagessen in die Nase. Ich streife mir Blazer und Schuhe ab und gehe in die Küche, wo Ava und Iona am Herd stehen und etwas köcheln.

»Das riecht ja lecker«, sage ich, woraufhin sich die zwei Köpfe zu mir umdrehen.

Auf Avas Gesicht bildet sich ein strahlendes Lächeln. »Schau mal, Mummy. Wir haben Scotch Broth gemacht!«

»Scotch … was?« Ich sollte eindeutig *Oor Wullie* lesen, meine Tochter scheint sich jedenfalls bestens einzuleben. Sie wird wahrscheinlich schneller, als ich Scotch-was-auch-immer sagen kann, zur Schottin mutieren.

»Scotch Broth, Mummy«, wiederholt sie in einem Ton, als wäre das vollkommen verständlich.

»Ach ja!«, spiele ich mit und klatsche mir die Hand gegen die Stirn. »Scotch Broth, natürlich. Wie konnte ich das nur vergessen?«

Iona, die die Szene zwischen uns beobachtet hat, verkneift sich ein Lachen und bittet Ava, den Tisch zu decken. Es duftet herrlich, keine Frage, aber es wäre schön, zu wissen, was dieses Scotch Broth ist.

Ein plötzliches Poltern lässt mich herumfahren und Keir steht im Türrahmen. Das T-Shirt klebt ihm am schweißnassen Oberkörper und einzelne Haarsträhnen haben sich aus seinem Zopf gelöst. Er wischt sich die ölverschmierten Hände am T-Shirt ab, was schwarze Spuren darauf hinterlässt.

»Ich hab ja gesagt, du musst noch viel lernen, bonnie lass«, sagt er.

Da war er schon wieder, dieser Ausdruck. *Bonnie lass.* Was es wohl heißen mag? In einer ruhigen Minute werde ich Iona danach fragen, langsam habe ich es satt, die Unwissende zu sein.

Doch bevor ich etwas darauf erwidern kann, hat er sich bereits an den Tisch gesetzt und leert ein Glas Wasser in einem Zug. Ich versuche, seinen Blick aufzufangen, aber entweder will er mich nicht bemerken oder er ist mit seinen Gedanken woanders.

»Kann ich helfen?«, frage ich daher Iona.

»Setz dich ruhig, Grace, der Eintopf ist gleich fertig«, antwortet sie und wendet sich Ava zu, der sie einen Löffel zum Probieren hinhält. »Schmeckt dir das, Schätzchen?«

Ava leckt sich mit der Zunge über die Lippen, nachdem sie gekostet hat. »Yummy!«

Wie immer heitert Ava mit ihrem lebendigen Wesen die Stimmung im ganzen Raum auf, aber dennoch fühle ich mich unbehaglich, als ich mich zu Keir an den Tisch setze. Er hat den Blick stur auf etwas in der Ferne gerichtet.

»Läuft er?«, fragt er auf einmal.

»W-was?«, stammle ich, obwohl ich ihn die ganze Zeit angestarrt habe.

»Der Ford. Läuft er?«

»Ja, perfekt.«

Er nickt und damit scheint die Sache für ihn erledigt. Wieder fokussiert er etwas in der Ferne und ich kann meinen Blick einfach nicht von ihm nehmen. Er sieht angestrengt und konzentriert aus und ich wundere mich, woran er gerade denkt. An das nächste Auto, das er reparieren muss, dass er es bereut, mir so günstig eines verkauft zu haben oder daran, dass es ihm gegen den Strich geht, hier mit mir am Tisch zu sitzen?

Das Klirren von Besteck reißt mich aus meinen Gedanken. Ava hat gerade neben mir Platz genommen und Iona serviert den Eintopf. Unsere Teller dampfen und ich puste einige Male, ehe ich den ersten Löffel zu meinem Mund führe.

»Das schmeckt köstlich!«, rufe ich erfreut aus und nehme eine weitere Kelle.

Iona lächelt zufrieden. »Siehst du, Keir, nicht jeder ist so eingefahren wie du.«

Ihr Enkel gibt ein Geräusch von sich, das sich wie ein Schnaufen anhört. »Nur weil ich nicht alles in den Mund nehme, was mir vorgesetzt wird.«

»Na ja, ich nehme auch nicht alles in den Mund«, erwidere ich.

Keir führt gerade den Löffel zu seinem und hält inne, ehe mir klar wird, wie zweideutig man meinen Satz aufnehmen kann.

Ich schaue zu Ava neben mir, die dem Wortwechsel nicht so aufmerksam folgt, weil sie viel zu sehr damit beschäftigt ist, den Eintopf in Lichtgeschwindigkeit auszulöffeln. »Also, ich meine-«

Iona gluckst und dabei tropft etwas vom Eintopf von ihrem Löffel auf den Tisch. »Keir ist immer so mäkelig, was Essen angeht. Schon als kleines Kind.«

»Da habe ich wohl Glück mit Ava. Wie man sieht, ist sie nicht wählerisch und isst sogar ... Scotch Broth.«

Wieder schnauft Keir, aber diesmal weiß ich nicht, ob es wegen meiner katastrophalen Aussprache oder wegen Ionas Anekdote ist. Ich lasse mir nichts anmerken und löffle weiter den Eintopf.

»Scotch Broth«, fährt Iona fort, »ist ein Eintopf aus Wurzelgemüse, Gerste und Lamm. Ich kann mich noch ganz genau daran erinnern, als ich es das erste Mal für Keir gemacht habe – das war kurz nach dem Unfalltod seiner Eltern. Er wollte mir tatsächlich weismachen, er habe eine Allergie gegen Gemüse, was ich ihm natürlich nicht abgenommen habe.« Sie lacht auf. »Also habe ich mit ihm gewettet. Sollte er auf das Gemüse allergisch reagieren, darf er eine Runde mit meinem Auto fahren. Damals war er gerade mal acht Jahre alt, aber schon besessen von Autos.«

»Und wer hat gewonnen?«, hake ich nach.

»Dreimal darfst du raten, Grace. Kleiner Tipp: Er hat es immer wieder versucht.«

Wir beide lachen und die ausgelassene Stimmung scheint selbst Keir anzustecken. Seine Mundwinkel heben sich ein kleines bisschen. Warum versucht er, ein Lächeln zurückzuhalten? Ein Lächeln ist so klein und doch kann es vieles bewegen. Es kann aufmuntern, hoffen lassen oder die schlichte Antwort auf eine Frage sein. Ein Lächeln kann vieles sein, aber nicht verborgen.

»Na und, Auto gefahren bin ich in dem Alter trotzdem«, gibt Keir in seiner üblichen Manier zurück, ohne den Blick von seinem Teller zu nehmen.

»Das hast du von deinem Dad, er war in deinem Alter genauso.« Ihr Lächeln hat jegliche Sorglosigkeit verloren, stattdessen erkenne ich darin Traurigkeit und

Melancholie. Als schwelge sie in alten Erinnerungen. »Er hat Keir schon mit sechs Jahren auf seinen Schoß genommen, als er am Lenkrad saß. Vollkommen verrückt, wenn du mich fragst, Grace, aber nachdem ... nachdem seine Eltern nicht mehr da waren, habe ich ihn trotzdem immer wieder fahren lassen.«

»Es reicht jetzt, Nana.«

Der schneidende Unterton in seiner Stimme lässt mich zusammenzucken und eine unangenehme Stille legt sich zwischen uns. Keir hat seine Eltern verloren, genauso wie ich, und ist bei seiner Großmutter Iona aufgewachsen, die ihren Sohn verloren hat. Möglicherweise ist das der Grund dafür, warum er sich so abweisend verhält. Über den Tod der eigenen Eltern oder des eigenen Kindes kommt man nie hinweg, der Schmerz ist immer da, die Erinnerung ist immer da. Die Trauer verfliegt nach einer Weile, aber der Druck auf der Brust, der einem die Luft nimmt, wenn man an sie denkt – der ist immer da.

»Wir sollten uns zum Buchladen aufmachen«, versuche ich, die angespannte Situation zu überspielen, »Geld verdient sich nicht von alleine, oder?« Ich mache Anstalten, die Teller in die Spüle zu räumen. »Ava, nimm dir doch ein paar Spielsachen mit in den Laden«, sage ich an meine Tochter gewandt.

Sie zieht einen Flunsch und reicht mir ihren Teller. »Kann ich nicht wieder mit Keir spielen? Das hat so Spaß gemacht!«

Ich streiche ihr über das blonde Haar. »Nein, Liebling, Keir muss auch arbeiten.«

»Aber allein spielen ist langweilig!«

»Es geht nun mal nicht anders, Ava. In ein paar Wochen, wenn die Schule beginnt, lernst du bestimmt Freundinnen kennen, mit denen du den ganzen Nachmittag spielen kannst.«

»Das ist so unfair!«, hält sie dagegen und verschränkt ihre Ärmchen vor der Brust, was mehr niedlich als wütend aussieht.

»Ava, bitte ...«

»Genau genommen muss ich nicht arbeiten«, schaltet sich Keir auf einmal ein.

Mein Kopf schnellt in dem Moment herum, in dem Iona »Ach, nein?« sagt und ihren Enkel mit hochgezogenen Augenbrauen anschaut. Er kratzt sich mit der Hand am Hinterkopf, die plötzliche Aufmerksamkeit scheint ihm nicht zu gefallen.

»Hast du gehört, Mummy? Keir muss nicht arbeiten!« Ihr vor Wut verzogener Gesichtsausdruck weicht einem Engelsblick.

Und wie ich das gehört habe. Ich bin mir nur nicht sicher, was ich davon halten soll. »Also, ich weiß nicht ...«

»Ich hab nur noch zwei Autos zu erledigen und das kann ich auch morgen machen.« Keir zuckt mit den Schultern.

Als wäre es selbstverständlich. Als würde er mich nicht mit einem Blick bedenken, mit dem er mich töten könnte oder mir Worte entgegenschmeißen, die mich verdattert zurücklassen. Nichts an seinem Vorschlag ist selbstverständlich, aber so könnte mich Iona ungestört einarbeiten und Ava müsste sich nicht langweilen. Und offensichtlich hatte sie Spaß dabei, mit Keir zu spielen. Warum sollte ich es nicht annehmen?

»Na gut«, sage ich schließlich, »wenn es dir nichts aus-
macht.«

»Tut es nicht.«

»Okay, dann ...«

Ava verlässt die Küche schneller, als ich gucken kann,
und so flitzt sie mit ihm die Treppe hinauf in unsere
Wohnung. *Die beiden werden sich wohl amüsieren*, denke
ich.

Kapitel 7

»Wie war der Termin in der Grundschule? Hat alles geklappt?«, erkundigt sich Iona, während wir eine Ladung neu bestellte Bücher in die Regale einräumen.

»Es lief alles bestens. Ich habe sogar eine andere Mutter kennengelernt, Ainsly heißt sie und sie wohnt auch in Glenessie.«

»Ach, stimmt, Ainslys Tochter kommt jetzt auch in die Schule. Sie wohnen direkt gegenüber der-«

»Bäckerei, ich weiß.« Ich lache. »Obwohl Glenessie so klein ist, kenne ich mich kaum aus.«

»Du wirst dich hier bald zurechtfinden, Grace, mir ging es damals genauso.«

Ich öffne einen Karton Bücher, die den Covern nach zu urteilen Fantasyromane sind. Ich lasse den Blick über die unzähligen, vollgestopften Regale gleiten und finde endlich eines mit der Aufschrift »Fantasy«. Mein Onkel hat die Bücher nach ihren Genres sortiert in die Regale gestellt, so ist es wohl üblich. Die Buchhandlung ist zwar klein, aber man mag kaum glauben, wie viele Bücher sich hier befinden. Von historischen Romanen bis hin zu Erotikbüchern und Reiseführern findet man hier alles. Er hat sich damit einen Traum erfüllt und auch wenn Gregory es nicht mehr hören kann, bin ich stolz auf ihn. In seinen Briefen hatte er immer von Schottland geschwärmt und dass ich ihn doch irgendwann besuchen solle. Dass ich mich aber jeden Monat abkämpfte, die Miete und Essen zu bezahlen, verschwieg ich ihm. Er hatte sich sein ganzes Leben lang um mich gekümmert, mich mit seiner Frau bei sich aufgenommen und mich großgezogen, als sei ich sein eigenes Kind. Er hatte stets genug und noch viel mehr für mich getan, weshalb ich ihm nicht mit meinen Geldsorgen auf der Tasche liegen wollte. Aber ich war ja selbst dran schuld, zumindest wenn man den Vater meiner Tochter fragte.

»Du hast dich schwängern lassen, also sieh zu, wie du klarkommst«, hatte er mir an den Kopf geschmissen, als er kurz nach Avas Geburt abgehauen war.

Von Verantwortung und einer Vaterrolle wollte er nichts wissen, nur sein Geld war ihm wichtig. Dass ich auf meine Portion beim Abendessen verzichtete, nur damit Ava satt war, war ihm egal.

»Ist alles in Ordnung, Grace?«, holt mich Iona aus meinen Gedanken zurück.

»Ja, ja ... Kann ich dich etwas fragen?« Ich streiche mit den Fingerspitzen über einen Buchdeckel, dessen Cover in goldenen Akzenten glänzt.

»Natürlich«, sagt Iona.

»Was bedeutet ... *bonnie lass*?«, finden die Worte endlich den Weg aus meinem Mund.

»*Bonnie lass*? Das ist ein schottischer Ausdruck und heißt hübsches Mädchen.«

Hübsches Mädchen? Keir hat mich ein hübsches Mädchen genannt?

»Das kann ... unmöglich sein. Bist du dir sicher?«, frage ich nach.

»Ich lebe seit über zwanzig Jahren in Schottland, Liebes, du kannst mir also trauen.«

»So war das nicht gemeint, Iona, wirklich. Es ist nur so … Keir hat das zu mir gesagt. Zweimal«, erkläre ich mich.

Sie legt ein Buch zur Seite und spitzt die Lippen. »Hat er das?«

Ich nicke. »Und dann noch sowas wie … *Aye*.«

»*Aye* bedeutet Ja. Das ist ein gängiger Ausdruck, den wirst du noch schnell genug draufhaben«, lacht sie.

England und Schottland sind nur ein anderer Staat und doch komme ich mir manchmal vor wie auf einem anderen Planeten. Es herrscht eine völlig andere Kultur und auch ihre Sprache unterscheidet sich von meinem britischen Englisch. Und vor allem finde ich Keirs schottischen Akzent viel anziehender als ich sollte.

Schweigend räumen wir die restlichen neuen Bücher in die Regale, die sich seit Gregorys Tod angesammelt haben, und sind damit sage und schreibe vier Stunden beschäftigt. Die Abenddämmerung setzt bereits ein und ich kann mir ein Gähnen nicht verkneifen.

»Ich mache die restlichen Bücher, ist nur noch ein Karton«, sage ich zu Iona. »Du hast schon so viel für Ava und mich getan, ruh dich aus.«

»Das macht mir überhaupt nichts aus, Grace. Ich weiß, wie viel du deinem Onkel bedeutet hast. Er würde wollen, dass ich dich wie meine eigene Tochter aufnehme und das fällt mir bei dir und Ava auch nicht schwer«, entgegnet sie. »Ihr habt ein bisschen Glück verdient.«

Die Tränen stehen mir in den Augen und ich weiß zunächst nicht, mit so viel Großzügigkeit umzugehen. Keine Worte der Welt können beschreiben, was gerade

in mir vorgeht. Deshalb ziehe ich Iona kurzerhand in
eine Umarmung.

»Für heute entlasse ich dich aber trotzdem«, sage ich,
als wir uns voneinander lösen. »Sobald Ava zur Schule
geht, starten wir wieder richtig mit der Buchhandlung
durch, damit Gregory stolz sein kann.«

»Das ist er jetzt schon, Grace.«

Wir wechseln ein Lächeln aus und als schließlich die
Ladentür hinter Iona zufällt, beschließe ich einen Blick
in das Büro zu werfen. Es befindet sich in einem Neben-
zimmer hinter der Kasse, das wenige Quadratmeter
groß ist. Ein Schreibtisch, ein Stuhl, viele Ordner und –
wie sollt es anders sein – Bücher stehen darin.

Ich lasse mich auf den Stuhl fallen und wische mit
den Fingern den Staub auf der Computertastatur weg.
Neben einer Tischlampe, deren Farbe bereits abblät-
tert, stehen zwei Fotorahmen. Sie zeigen einmal meine
Tante und ihn auf ihren Flitterwochen, die sie, wie ich
weiß, in der Karibik verbracht haben. Meine Tante
strahlt in die Kamera, die blonden Locken hat sie zu einem hohen Pferdeschwanz gebunden und sie trägt ein
schickes Cocktailkleid, das ihre umwerfende Figur hervorhebt. Mein Onkel hat den Arm um ihre Hüfte gelegt
und lächelt genauso breit und glücklich. Auf dem zweiten Foto bin ich mit ihnen zu sehen, wie wir vor der
Achterbahn eines Freizeitparks posieren. Während
mein Onkel die Zunge herausstreckt, drückt mir meine
Tante einen Kuss auf die Wange. Ich muss ungefähr
zehn und es mein Geburtstag gewesen sein, denn wir
drei tragen alle dicke Jacken und ich sogar eine Mütze.
Gregory wollte es mir ausreden, meinen Geburtstag in
einem Freizeitpark zu verbringen, da es im Herbst nass

und kalt war und deshalb weniger Spaß machen würde. Aber ich hatte es mir in den Kopf gesetzt und so fuhren wir doch in den Freizeitpark. Zugegeben es war ein ziemlich windiger Geburtstag, doch nicht weniger schön.

Ich erhebe mich vom Stuhl und betrachte die vielen Ordner in den Regalen. Sie sind alle beschriftet und so wie es aussieht, hat Gregory immer ordentlich Buch geführt. Das ist schon mal gut und erleichtert mir den Papierkram. Auch kann ich daraus entnehmen, dass es um den Buchladen finanziell gut steht. Onkel Gregory hat alle Rechnungen stets zuverlässig beglichen und der Laden wirft genug Einnahmen für den Lebensunterhalt ab.

Ich straffe die Schultern und sehe ein letztes Mal zu den beiden Fotos, ehe ich das Büro verlasse und den Buchladen abschließe.

***

Im Haus empfängt mich schon wieder ein köstlicher Duft und obwohl ich mich glatt daran gewöhnen könnte, von Iona bekocht zu werden, befürchte ich, dass sich das gute Essen bald an meinem Hosenknopf bemerkbar machen wird. In London gab es nur einfaches und günstiges Essen, Fast Food, Selbstgekochtes lediglich in Ausnahmefällen. Zwar kann ich kochen, aber bei Weitem nicht so Festmahle wie Iona.

Ich steige die Treppen zur Wohnung hinauf und kann bereits die Stimmen von Keir und Ava vernehmen. Ich lege die Hand auf den Türknauf und halte inne. Drinnen ist Avas helle Stimme zu hören und daraufhin ein dunkles Lachen, gefolgt von einem Motorengeräusch, das eindeutig von Keir stammt. Avas Glucksen dringt durch die Tür und erst dann bemerke ich, wie ich mein Ohr dagegen gedrückt habe.

Bevor ich hier draußen noch Wurzeln schlage, öffne ich die Tür und finde die beiden wie letztes Mal spielend auf dem Boden wieder. Sofort setzt sich Keir kerzengerade auf und wirft mir einen kurzen, nichtssagenden Blick zu.

»Mummy! Willst du mitspielen?«, fragt mich Ava, die sich auf dem Teppichboden herumrollt, ohne ihre Puppe loszulassen. »Du kannst Keirs Frau spielen.«

Ich bin so überrumpelt von ihrer Frage, dass ich zur Salzsäure erstarre. Keirs Frau? Das würde mir gerade noch fehlen. Ich werde niemandes Frau mehr, ich brauche keinen Mann und Ava keinen Vaterersatz, der sich davonschleicht. Ich will meine Tochter vor einem gebrochenen Herzen bewahren, denn es reicht, wenn eine von uns eines hat.

»Mummy war arbeiten, sie braucht jetzt Ruhe«, sagt Keir zu meiner Überraschung und stupst mit seiner Puppe die von Ava an.

Ihn so losgelöst zu sehen und wie er mit Ava umgeht, macht mich immer noch sprachlos. Er wirkt wie ausgewechselt und ich bekomme schon fast ein schlechtes Gewissen, weil ich die beiden unterbrochen habe.

»Ich glaube, du hast Keir genug beansprucht, Schatz«, klinke ich mich ein. »Du kannst Iona aber bestimmt in der Küche helfen.«

»Na gut«, meint sie und setzt ihre Puppe ordentlich zu den anderen dazu. »Spielen wir morgen wieder?«

»Wenn du möchtest und es deine Mummy erlaubt«, antwortet Keir.

»Das tust du doch, oder, Mummy?«

Woher hat Ava diesen verdammt süßen Engelsblick aufgeschnappt? Wenn sie mir damit gegenübersteht, kann ich ihr kaum was abschlagen.

»Natürlich.«

Sie jauchzt und flitzt die Treppe herunter, woraufhin Keir sich erhebt. Er streift sich die Jeans glatt und mir fällt auf, dass er das schweißnasse, dreckige T-Shirt durch ein anderes ausgetauscht hat. Es ist ein dunkelrotes Poloshirt, das am Kragen bereits Fäden zieht.

»Du musst das nicht«, stoße ich hervor.

Er zieht die Augenbrauen zusammen. »Was?«

»Das«, ich gestikuliere zwischen uns, »du musst nicht auf Ava aufpassen, wenn du es nicht willst.«

»Aber ich will es«, hält er dagegen.

»Warum?«

»Kannst du es nicht einfach annehmen?«

Darauf fällt mir nichts mehr ein. Aber er hat recht, ich sollte dankbar sein und es nicht hinterfragen.

»Möchtest du im Gegenzug dafür etwas? Immerhin opferst du vier Stunden deines Tages.«

»Ich will nichts, Grace, lass es gut sein.« Er hat den Blick gesenkt und die Hände in die Hosentaschen geschoben, als wäre ihm das Gespräch unangenehm.

Stille breitet sich aus. Was ist sein Problem? Warum ist er ... so? Bei jedem anderen wäre es mir egal, aber er geht mir nicht aus dem Kopf. Sein ganzes Verhalten nicht. Es ist paradox, ich will keinen Mann in meine Nähe lassen, aber ich suche ständig seine Nähe.

»Meine Eltern sind auch bei einem Autounfall ums Leben gekommen«, platzt es aus mir heraus.

»Und?« Die Ausdruckslosigkeit in seiner Stimme ver-
ängstigt mich.

»Ich ... also was ich damit sagen will, ich weiß, wie es
dir geht. Mit solch einem Verlust klarzukommen ist
schwer. Schwerer als alles andere.«

»Du weißt gar nichts«, schießt er zurück. Seine
Stimme hört sich nicht nur ausdruckslos sondern auch
kalt an. Als würde ihn alles nichts angehen und an ihm
abprallen.

»Aber Kier, ich-«

»Ich hab gesagt, lass es gut sein, Grace.« Er kehrt mir
den Rücken zu und hat die Hand auf den Türknauf gelegt.

»Du hast mich ein hübsches Mädchen genannt.«

»Was?«

»*Bonnie lass*. Hübsches Mädchen. Das hast du zu mir
gesagt«, fahre ich fort, »zweimal.«

Langsam dreht er sich wieder zu mir um. »Und?«

Und? Das war alles? Herrgott, es ist so schwer, mit
ihm ein Gespräch aufzubauen. Es kostet mich Nerven.
Und dennoch tust du es, ruft mir meine innere Stimme
in Erinnerung. Ja, weil ich total durchgeknallt bin.

»Du findest mich hübsch?«

Er zuckt mit den Schultern. »Hätte ich es sonst gesagt?«

»Beantwortest du jede Frage mit einer Gegenfrage?«

Seine Augen schließen sich und er fährt sich mit beiden Händen durch das Haar. »Was willst du von mir,
Grace?«

Er macht mich wahnsinnig. Warum ist es so schwer
für ihn, auf eine normale Frage zu antworten? Oder
miteinander zu sprechen?

»Keine Ahnung?«, speie ich ihm ungehalten entgegen. »Dich kennenlernen? Verstehen, wer du bist? Warum du so bist und dich so verhältst? Meine Güte, ist das so abwegig? Du spielst immerhin mit meiner Tochter!«

»Ich spiele aber nicht mit Frauen.« Und dann reißt er die Tür auf und verschwindet. Seine Schritte auf der Treppe hallen nach.

Was zum Teufel will er mir damit wieder sagen? Seine Antworten auf meine Fragen geben nur noch mehr Fragen auf. Allerdings kann ich diesmal Iona nicht um eine Übersetzung bitten.

Ich erinnere mich an ihre Worte an meinem ersten Abend in Glenessie. Als sie meinte, er leide noch an seinem gebrochenen Herzen.

Was ist ihm widerfahren?

Kapitel 8

Der nächste Morgen beginnt ruhig und ich werde ausnahmsweise nicht von Avas morgendlicher Heiterkeit geweckt. Ich schäle mich aus der warmen Bettdecke und strecke mich. Dabei fällt mein Blick auf den See vor meinem Fenster. Er liegt verlassen und abseits vor den hügeligen Highlands. Ich sollte ihn nach dem Frühstück aufsuchen, denke ich, ein bisschen frische Luft und Ruhe täte mir gut.

Ich öffne gerade meinen Kleiderschrank und greife nach einem frischen Oberteil, als mir etwas ins Auge fällt. Ich schaue zu den unzähligen Autos auf dem Hof von Keirs Werkstatt, wo er an einem rostigen Wagen herumhantiert und zur Musik, die aus dem Radio schallt, pfeift. *Er pfeift.* Dass ich sowas mal erlebe.

Und ob ich es zugeben will oder nicht, ich bin ein kleines bisschen enttäuscht, dass er ein T-Shirt trägt. Wobei es nicht weniger anziehend ist, ihn so verschwitzt zu sehen. Wie von der Tarantel gestochen drehe ich mich um, als Keir zu mir hochblickt und verstecke mich hinter den Türen meines Kleiderschranks. *Du bist verrückt, Grace,* denke ich, *und hast eindeutig zu lange keinen Mann mehr gehabt.* Ich muss mich auf mein Leben hier konzentrieren, auf Onkel Gregorys Buchladen und darauf, dass es nicht den gleichen Lauf nimmt wie in London. Ich will Ava etwas bieten und dazu gehört kein Mann, vor allem keine einmalige Bettgeschichte.

In der Hoffnung, dass ein kalter Wasserstrahl mich von meinen irrwitzigen Gedanken befreit, stelle ich mich unter die Dusche. Das Wasser prasselt angenehm auf meinen Körper und so steige ich mit frischgewaschenen Haaren, die ich notdürftig mit einem Handtuch trockenrubble, aus der Dusche. Dann ziehe ich mir frische Klamotten an und werfe einen letzten Blick in den Spiegel. Ich war schon immer blass und habe mir es damit erklärt, dass in London häufig schlechtes Wetter ist und so gut wie nie die Sonne scheint. Meine blonden Haare wellen sich an den Spitzen, sind aber ansonsten pflegeleicht. Ein Schnitt würde ihnen allerdings guttun.

Da ich von Ava noch keinen Mucks höre, beschließe ich nach unten zu Iona in die Küche zu gehen. Als ich dort ankomme, glaube ich, ich sehe nicht richtig. Ava steht mit Iona am Herd und sie brutzeln Speck, Würstchen und Eier.

»Guten Morgen«, begrüße ich die Zwei.

Sie drehen sich zu mir um und meine Tochter wirft sich mir in die Arme.

»Hast du gut geschlafen, mein Schatz?«, frage ich sie.

Sie nickt und ihre Zöpfchen wippen hin und her. »Wie ein Stein!«

»Sie stand auf einmal in der Küche und wollte mir unbedingt helfen«, meint Iona, während sie das Frühstück auf vier Teller verteilt.

»Und ich habe mich schon gewundert, warum es so leise ist.« Ich grinse. »Da bist du schon am frühen Morgen fleißiger als deine Mummy«, sage ich an meine Tochter gerichtet.

»Darf ich heute wieder mit Keir spielen, während du arbeiten bist?«

»Ich hatte vor, heute zu dem verlassenen See zu laufen«, offenbare ich meine Pläne. »Willst du mich nicht begleiten?«

»Och nö, wandern.« Sie zieht einen Flunsch. »Ich spiele lieber mit Keir.«

»Ich weiß nicht, ob das eine so gute Idee ist.«

»Du hast es aber gestern erlaubt!«, hält Ava dagegen.

Das war, bevor mir die Hutschnur geplatzt ist und Keir mich mal wieder mit einer rätselhaften Antwort stehenlassen hat. Gut, vielleicht war es nicht die feine Art, ihm gegenüber so ausfällig zu werden, aber ich bin jemand, der auf Konfrontation geht. Wenn mich etwas stört, kann ich nicht hinter dem Berg halten. Zumal meine Zunge da ganz eigene Entscheidungen trifft und die Worte meinen Mund verlassen, ohne dass ich es kontrollieren kann. Meine direkte Art gefällt nicht jedem und hat mir schon oft einen Strich durch die Rechnung gemacht, vor allem bei Vorgesetzten. Oder meinem Ex. Aber warum soll ich etwas einfach so hinnehmen, statt es anzusprechen?

»Ava, versteh doch, auch Keir muss arbeiten«, versuche ich, meine Tochter zu besänftigen.

»Du hast es erlaubt!« Sie schiebt die Unterlippe vor und rennt aus der Küche in den Garten hinaus.

Ich sinke auf dem Stuhl nieder und stütze mein Kinn auf den Händen ab. Jetzt ist auch noch meine Tochter auf mich sauer, dabei will ich sie nur beschützen. Ich will nicht, dass sie sich so gut mit Keir versteht, dass sie sich irgendwelche Hoffnungen macht. In London konnte ich sie nicht immer aus den Streitereien und

Wortgefechten mit ihrem Vater raushalten, aber hier will ich sie von genau solchen Dingen fernhalten. Von Dingen, die nicht gut ausgehen können, wenn man ihnen zu viel Bedeutung beimisst. Keir kann unser Nachbar und der Typ mit der Autowerkstatt sein, der hin und wieder mit uns zu Abend isst, aber nicht der Typ, der ständig mit meiner Tochter spielt. Ihn an sie heranzulassen bedeutet, ihn auch an mich heranzulassen. Und Männer bedeuteten in meinem Leben bisher nur Ärger.

»Kann es sein, dass es wegen des gestrigen Gesprächs zwischen Keir und dir ist?«, fragt Iona, die gerade Speck, Würstchen und Eier auf vier Teller verteilt.

»Du hast es gehört«, mutmaße ich.

Sie schmunzelt. »Nun ja, es war nicht zu überhören.«

Frustriert fahre ich mir mit den Händen über das Gesicht und stöhne auf. »Ich weiß auch nicht, was in mich gefahren ist.«

»Mach dir keine Vorwürfe, Grace. Manchmal braucht Keir einen Denkanstoß, auch wenn er etwas lauter ausfällt.« Sie stellt die Bratpfanne zurück auf den Herd. »Ich nenne es einfach temperamentvoll.«

»Ich glaube, er hasst mich nun.«

»Ach, Quatsch, das tut er nicht«, widerspricht Iona. »Weißt du, Keir hatte es in den letzten Jahren nicht leicht. Er musste einiges ... wegstecken.«

Ich bin mir sicher, dass es etwas mit der Frau und der kleinen Tochter zu tun hat, die auf dem Foto abgebildet sind, welches auf seinem Schreibtisch in der Werkstatt steht. *Ihr Name war Maisie*, hatte er gesagt. Es war nur ein Wort mit drei Buchstaben, aber es sagt so viel mehr aus. *War. Ihr Name war Maisie.* Ich will mir nicht ausmalen, nicht einmal daran denken, was passiert sein könnte. Ich schiebe all die schrecklichen Gedanken beiseite und wage es nicht einmal, nachzufragen.

»Und jetzt ist auch noch meine Tochter sauer auf mich, das fehlt mir gerade noch«, murmle ich.

Als plötzlich Ava mit Keir im Schlepptau die Küche betritt, tue ich so, als hätte mir Iona nicht gerade eben offenbart, dass ihm etwas Schlimmes zugestoßen ist.

»Also Keir hat gesagt, er spielt gerne mit mir«, verkündet Ava und erst da fällt mir auf, dass sie Keirs Hand umklammert hält.

»Nein, Ava, ich habe mit Iona besprochen, dass du ihr im Garten hilfst. Ein anderes Mal vielleicht.«

»Aber Mummy, das ist-«

»Es werden sich noch genügend Möglichkeiten ergeben, mit Keir zu spielen, mein Schatz«, entgegne ich und versuche den genervten Unterton in meiner Stimme mit einem gezwungenen Lächeln zu überspielen.

Sie murmelt etwas Unverständliches und lässt sich auf den Stuhl neben mir fallen, während Keir sich gewohnt stumm an den Tisch setzt. Doch diesmal bin ich diejenige, die seinen Blicken, die er mir hier und da zuwirft, ausweicht.

***

Nachdem wir den Tisch abgeräumt haben, Keir ohne ein Wort den Raum verlassen hat und Iona mit Ava in den Garten ist, schnappe ich mir eine dickere Jacke und durchquere den Trampelpfad, der durch den Garten zum See führt. Der Blick auf die hügeligen Highlands ist atemberaubend und durchströmt mich mit einer

inneren Ruhe, die ich im Trubel Londons immer verge-
bens gesucht habe. Graue Schatten ziehen über die Fel-
sen und nur vereinzelte Sonnenstrahlen durchdringen
die Wolken. Wie es sich wohl anfühlt, durch die Highlands zu wandern und von dort hinab auf die kleinen
Ortschaften zu schauen?

Der See ist größer, als ich vermutet habe, und sein
Wasser ist so klar, dass ich die Pflanzen auf dem Grund
sehen kann. Ich setze mich auf einen umgefallenen
Baumstamm, ziehe die Knie an und lasse den Blick über
die unberührte Natur gleiten. Es kam mir nie in den
Sinn, mit Ava London zu verlassen, auch wenn wir es
dort oft schwer hatten. Es ist die Stadt, in der ich aufgewachsen bin und die gewohnte Umgebung gab mir,
trotz unserer Probleme, Halt. Doch hier zu sitzen und
einfach die Gedanken schweifen zu lassen, bestärkt
mich in meiner Entscheidung. Immerhin habe ich mittlerweile ein Auto, Ava ist in der Grundschule angemel-
det und ich habe sogar schon eine andere Mum kennengelernt. Bald bin ich auch richtig im Buchladen ein-
gearbeitet und kann in Onkel Gregorys Fußstapfen treten, da bin ich guter Dinge. Zwar muss ich mich hier
noch einleben, aber das sollte mir bei den Vorausset-
zungen nicht allzu schwerfallen. Was soll schon groß
passieren?

»Hey.«

Oh, richtig. Keir. Er trägt ein rotkariertes Flanell-
hemd, darunter ein ölverschmiertes T-Shirt.

»Darf ich mich zu dir setzen?«, fragt er.

Ich zucke mit den Schultern und er setzt sich neben
mich. Näher, als mir lieb ist. Unsere Ellbogen berühren
sich und sein Blick ist auf die weite Ferne gerichtet.

Gerade schiebt sich eine dicke Wolke vor die Sonne und ihre Strahlen finden nur schwer den Weg zur Erde.

»Diesmal bin ich wohl derjenige, der versucht ein Gespräch aufzubauen«, setzt Keir an und als sich unsere Blicke kurz treffen, glaube ich, den Anflug eines Lächelns auf seinem Gesicht erkannt zu haben.

»Scheint so«, antworte ich kurzgebunden.

»Ich kann es dir nicht verübeln.«

Was erwartet er, dass ich darauf sage? *Ja, du hast dich wie ein Arsch verhalten, ich aber auch.* Nein, bestimmt nicht. Ich habe keine Lust, mich wieder auf ein Gespräch einzulassen, dessen Ausgang so befriedigend ist wie ein Diäteis ohne Schokolade.

»Hör zu, Grace, ich war gestern Abend nicht nett zu dir«, fährt er fort. »Ich wollte mich für mein Verhalten bei dir entschuldigen.«

»Ist okay, Keir«, sage ich zu meiner Überraschung und meine es genauso. Offensichtlich hat er Gründe für sein Verhalten, was natürlich kein Freifahrtschein dafür ist, sich wie ein Arsch zu benehmen.

»So bin ich nun mal. Ist eine faule Ausrede, ich weiß, aber wir kommen besser miteinander zurecht, wenn du das akzeptierst.«

Ich sehe ihn an und in diesem Augenblick scheint er nicht dichtzumachen. Er hält meinem Blick stand und ich verstehe, dass er es nicht böse meint. Dass es kein böswilliges Verhalten ist, sondern ein Schutzmechanismus, den er ausfährt, sobald ihm jemand näherkommt.

»Das tue ich, Keir, versprochen«, gebe ich ihm mein Wort. »Ich war auch ziemlich ... temperamentvoll.«

Ein kurzes, tiefes Lachen dringt aus seiner Kehle. »Gut ausgedrückt.«

»Genaugenommen kommt der Ausdruck von Iona.«

»Das sieht ihr ähnlich. Sie versucht in allem etwas Positives zu sehen.«

»Na ja«, sage ich, wissend, dass ich mich mit den nächsten Worten auf dünnem Eis bewege, »was bringt es, Trübsal zu blasen? Das Leben bietet so viel mehr als schlechte Laune und Selbstmitleid.«

Er blickt stur geradeaus und ballt die Hand zur Faust und fast glaube ich, keine Antwort mehr zu erhalten, als er entgegnet: »So beugt man Enttäuschungen vor.«

»Aber Keir-«

»Du wolltest es akzeptieren«, geht er dazwischen und sieht mich an, als wolle er sichergehen, dass ich es auch so meine. Also nicke ich stumm und bin froh, als wir uns wieder damit begnügen, auf den See und die Highlands zu schauen.

»Du solltest Ava nicht unter unseren Diskrepanzen leiden lassen. Sie war vorhin am Boden zerstört, als du ihr verboten hast, mit mir zu spielen.«

Mein Kopf schnellt herum und ich habe das Grinsen bereits in seiner Stimme erkannt. Er findet das wohl lustig.

»Ich war eben ...«

»Beleidigt?«, rät er und versucht jetzt nicht einmal mehr, das Grinsen zu verheimlichen.

»Etwas«, gebe ich verärgert zu. Er soll sich bloß nicht zu viel darauf einbilden. »Was ist so lustig daran?«

Er zuckt mit den Schultern. »Ich kann auch mal lächeln.«

»Steht dir.«

Mit einem Mal ist die Stimmung zwischen uns angespannt. War es zu viel? Ich weiß nie, woran ich bei ihm bin. Aber ich habe ihm versprochen, sein Verhalten zu akzeptieren – so seltsam es mir auch vorkommen mag.

Die Wolken am Himmel haben sich inzwischen verdichtet und ein dunkler Schauer zieht auf. Sanfte Wellen schieben sich über den See.

»Es kommt mir vor, als seien wir schon seit Wochen in Glenessie«, nehme ich das Wort an mich, in der Hoffnung, Keir mit meiner Bemerkung nicht von mir gestoßen zu haben, »dabei kenne ich nur den Weg zur Buchhandlung, zu deiner Werkstatt und der Grundschule.«

Er räuspert sich und nestelt an den Knöpfen seines Flanellhemds herum. »Ich kann dir die Gegend zeigen.«

Ich bin so überrascht von seinem Vorschlag, dass ich die Luft einziehe. »Das würdest du tun?«

»Wenn du willst.«

»Ich will!« Okay, das klang jetzt doch etwas komisch. Er hat mir schließlich keinen Antrag gemacht. »Ich hätte gerne, dass du mir die Umgebung zeigst. Dann weiß ich auch endlich, wo sich die Bäckerei befindet, von der alle reden.«

»Okay, gut, abgemacht.«

Seine Einsilbigkeit macht mich verrückt. Aber so ist er nun mal, rede ich mir zu. Ich mache es ihm gleich und schaue wieder auf die Highlands vor uns.

»Dort oben auf den Hügeln zu stehen und hinabzublicken, muss sich unwirklich anfühlen«, wispere ich, mehr zu mir als zu ihm. »Unwirklich, weil die Schönheit der Natur kaum zu fassen ist. So ruhig und kraftvoll.«

»Kraftvoll trifft es gut«, stimmt Keir mir zu.

»Lebst du schon immer hier?«

»In Glenessie nicht, nein«, antwortet er. »Ich bin in Benroch aufgewachsen, das ist ein Dorf ein paar Meilen entfernt. Nach dem Tod meiner Eltern bin ich zu Iona und meinem Onkel gekommen, seitdem lebe und arbeite ich hier.«

»Ich mag deinen schottischen Akzent.« Sofort schlage ich die Augen nieder, weil ich befürchte, etwas Falsches gesagt zu haben. Dabei ist es mir nur rausgerutscht.

»Ich mag deinen Akzent auch«, gibt er das Kompliment zurück.

Vielleicht bilde ich es mir nur ein, vielleicht ist es aber tatsächlich so – es fühlt sich wie ein Fortschritt an. Wie ein Schritt aufeinander zu.

»Ich bin in London geboren und aufgewachsen. Meine Eltern sind früh bei einem Autounfall ums Leben gekommen und meine Tante und Gregory haben mich dann großgezogen«, erzähle ich. »Ich hätte mir keine schönere Kindheit vorstellen können, wobei, nein, das stimmt nicht. Sie wäre noch schöner gewesen, wenn ich sie mit meinen Eltern hätte erleben können.«

»Ein Kind sollte nie ohne seine Eltern aufwachsen«, ist alles, was Keir dazu sagt.

Seine Worte treffen mich. Sie treffen mich irgendwo zwischen den tausend Teilen meines Herzens, das so verwundbar ist, dass ich mich angegriffen fühle. »Na ja, ich sehe das etwas anders«, murmle ich. »Vater oder Mutter zu werden und Vater oder Mutter zu sein, ist etwas komplett anderes.«

»Ist das dein Ernst?«

Die plötzliche Wut in seiner Stimme lässt mich herumfahren und auf sein Gesicht hat sich ein erboster

Ausdruck gelegt, der einzig und allein mir gilt. Noch nie hat mich jemand mit solch einem Zorn angesehen.

»Weißt du, es gibt noch Menschen außer dir, die Gründe für ihr Verhalten haben!«, schleudere ich ihm entgegen.

Er erhebt sich, die Hände in die tiefen Taschen seiner Jeans geschoben. »Ich hätte alles getan, um ...«

»Um was?«

Stille.

Nur das Rauschen des Windes.

Dann geht er und verschwindet zwischen den Autos in seinem Hof, kurz darauf ertönt laute Musik.

Tränen der Wut schießen mir in die Augen. Was nimmt er sich für ein Recht, über mich zu urteilen? Er war derjenige, der mich darum gebeten hat, sein Verhalten so hinzunehmen. Aber meine Worte hat er nicht hingenommen, sondern sofort über mich geurteilt, ohne meine Gründe zu kennen. Ohne mein Schicksal zu kennen.

Ich will Ava eine möglichst unbeschwerte Kindheit ermöglichen und ein aggressiver, schreiender Vater, der es sich zum Ziel gesetzt hat, uns das Leben zur Hölle zu machen, gehört nicht dazu. Ich musste sie vor ihrem eigenen Vater beschützen und er hat es sich selbst zuzuschreiben, dass wir uns nicht das Sorgereicht teilen. Er war nie ein Vater für Ava und wird es nie sein, er hatte es nie vor.

Deshalb treffen mich Keirs Worte so hart. Er hat keine Ahnung, was wir durchgemacht haben, und dann haut er ab. Ich will nur einmal in meinem Leben glauben, dass Männer nicht nur abhauen. Ob das jemals passieren wird?

Nachdem ich mich gesammelt und mir die Tränen aus dem Gesicht gewischt habe, stapfe ich auf Keirs Werkstatt zu. Je näher ich komme, desto lauter dröhnt die Musik in meinen Ohren.

»Ich nehme deine Unfreundlichkeit und schlechte Laune hin, aber du akzeptierst nicht meine Meinung«, brülle ich über die Musik hinweg.

Keir, der mit irgendwelchem Werkzeug herumhantiert, dreht sich zu mir um. »War's das?«

»Ob's das war? Nein, Keir, ganz und gar nicht.«

Es fühlt sich an, als würde sich die Spannung, die sich zwischen uns aufgebaut hat, in nur wenigen Augenblicken entladen. Unsere Wut, gemischt mit dem Schmerz, der auf uns lastet, ist gefährlich.

Die Musik hallt in ohrenbetäubender Lautstärke über den Hof und die Werkstatt. Ohne es zu wollen oder meinen Körper kontrollieren zu können, gehe ich auf Keir zu. Er steht einfach da, den Blick auf meinen Mund gerichtet und einen zornigen Ausdruck im Gesicht.

Unsere Schuhspitzen berühren sich, so nahe stehen wir voreinander. Wie es sich wohl anfühlt, von ihm berührt zu werden? Seine rauen, dreckigen Hände, seine Bartstoppel, die an der Wange kitzeln. Zaghaft streifen seine Finger meine und diese kurze, flüchtige Berührung lässt mich erschaudern.

»Keir«, flüstere ich.

Die Musik scheint verstummt zu sein, denn ich nehme nur noch uns wahr. Wir verharren in unserer Bewegung, als hätten wir Angst vor einer weiteren Berührung. Vor einer Berührung, die mehr als ein zaghaftes Streifen ist. Eine Berührung, die sich nach mehr anfühlt.

Doch bevor es soweit kommen kann, wendet Keir sich ab und der Moment ist vorbei. Er erlischt wie ein Feuer, über das Wasser gekippt wurde.

Ich verlasse die Werkstatt, ohne zurückzublicken, und versuche, mein inneres Chaos zu ordnen. Diesmal kann ich ihn nicht leugnen, den Wunsch, von ihm geküsst zu werden. Ich habe es ihm angesehen, er wollte, aber konnte es nicht.

Kapitel 9

»Wie war dein Ausflug an den See? Hat er gutgetan?«, fragt Iona, als ich sie mit Ava im Wohnzimmer vorfinde. Sie haben es sich auf dem Sofa mit einer Tasse Tee und Keksen gemütlich gemacht.

»Ja, schön. Sehr schön«, murmle ich. »Die Arbeit wartet auf uns, oder? Ava, nimm dir doch ein paar Spielsachen mit.«

»Okay«, brummt sie widerwillig.

Zehn Minuten später schließe ich den Buchladen auf und als ich eintrete und den Blick durch den Raum gleiten lasse, verspüre ich eine gewisse Zufriedenheit. Neue Bücher sind eingeräumt, ich weiß einigermaßen die Kasse zu bedienen und der Rest, nun ja, der wird sich ergeben. Das hatte mir zumindest Iona versichert.

»Der Mensch wächst mit seinen Aufgaben«, waren genauer gesagt ihre Worte.

Ava hat es sich mit ihren Spielsachen bei den Kinderbüchern gemütlich gemacht, während ich die Bestseller auf einem Tisch nahe des Eingangs sortiere. Draußen hat sich die Sonne durch den verdichteten Wolkenhimmel gekämpft und strahlt auf Glenessie. Zwar hat die Ortschaft nicht viele Einwohner, aber wir sind die einzige Buchhandlung im Umkreis von 12 Meilen und bisher hat sich niemand hierher verwirrt. Das macht mir Sorgen. Was, wenn keiner mehr einen Fuß hier reinsetzen will, weil jemand anderes den Laden übernommen hat? Ainsly und Iona zufolge kennt mich aber schon so gut wie jeder, da Gregory wohl immerzu von seiner Nichte erzählt hat. Ob es sich überhaupt schon herumgesprochen hat, dass die Buchhandlung wieder geöffnet hat?

»Ist es eigentlich ... normal, dass wir noch keine Kunden haben?«, spreche ich meine Gedanken laut aus.

Iona, die die Rechnungen der letzten Monate überprüft, sieht zu mir herüber. »Mach dir keine Sorgen, Liebes. Jeder weiß, wer du bist und dass Gregory sich niemand anderen hätte vorstellen können, der seinen Laden übernimmt. Sie wissen, dass du dich erstmal einarbeiten musst.«

»Okay, na gut«, sage ich besänftigt und betrachte den Tisch mit den Bestsellern. »Eine solche Freundlichkeit habe ich nicht erwartet.« Und kenne ich auch nicht. In London wurde mir stets Unverständnis entgegengebracht, weil ich auf jeden Pence achten musste und mir keine großen Sprünge erlauben konnte. Jeden Monat hatte mein Vermieter verächtlich das Gesicht verzogen, wenn ich die Miete ein oder zwei Tage später zahlte. Dabei hatte er mehr als einmal mitbekommen, wie mein Ex gegen die Wohnungstür trommelte, nach Ava verlangte, mir die wüstesten Beleidigungen an den Kopf schmiss und handgreiflich wurde. Ethan hatte es sogar geschafft, beim Versuch mir Ava zu entreißen, ihr eine Prellung zu verpassen.

»Dein Onkel konnte sich mit dem Buchladen zwar keine renovierte Burg leisten, aber er kam immer gut über die Runden.«

Ich lege die Stirn in Falten. »Eine Burg?«

»Er liebte Burgen und hatte tatsächlich die ein oder andere besichtigt, die zum Verkauf stand«, erklärt sie.

Da horcht selbst Ava auf und ihr Kopf ragt zwischen den Bücherstapeln und dem Ohrensessel hervor. »Eine Burg? Wie bei den Rittern und Königen?«

»Ja, Süße. Stell dir mal vor, wir würden auf einer Burg leben«, sage ich zu ihr. »Wie würde dir das gefallen?«

Ihre Augen leuchten. »Das wäre toll!«

»Du würdest sogar einen Thron bekommen. Und weißt du, warum?«

»Warum, Mummy?«

»Weil du meine Prinzessin bist.« Ich gebe ihr einen Kuss auf die Stirn und als sie ihre Arme um mich schlingt, weiß ich, dass unser Streit vergessen ist.

»Dann bist du die Königin!«, erwidert sie freudig.

»Ganz genau.«

»Und Iona auch!«

Wir alle beginnen, aus vollem Halse zu lachen. Ein Königreich mit einer Prinzessin, zwei Königinnen und eine Burg, die nur uns gehört. Die Vorstellung gefällt mir.

»Und Keir ist der König!«

Fast verschlucke ich mich beim Lachen und versuche, mir nichts anmerken zu lassen. *Ja, sicher, Keir ist der König, wir würden sicher ein schönes Königspaar abgeben*, denke ich missmutig.

Das Läuten der Glöckchen über der Eingangstür lässt unser Lachen verebben und ich hoffe, dass es nicht Keir ist, als ich mich umdrehe. Es ist tatsächlich ein mir bekanntes Gesicht.

»Ainsly, hallo«, begrüße ich sie und das kleine Mädchen, das ihr wie aus dem Gesicht geschnitten und daher bestimmt ihre Tochter ist.

»Wenn ich schon in der Nähe bin, dachte ich, ich schaue mal vorbei«, sagt sie.

»Natürlich, gerne. Ich freue mich, endlich Kundschaft zu haben.«

»Das ist Cait, meine Tochter«, stellt Ainsly sie mir vor.

Ich beuge mich zu dem Mädchen vor. »Schön, dich kennenzulernen, Cait. Das da hinten ist Ava«, ich deute auf ihren blonden Kopf, der zwischen den Büchern neugierig herausschaut, »meine Tochter.«

Die beiden Mädchen winken sich zu.

»Ihr werdet beide demnächst zusammen zur Schule fahren«, verkündet Ainsly.

Ava und Cait schauen sich an und in ihren Augen liegt dasselbe Leuchten. Als könnten sie es kaum erwarten, Freundinnen zu werden.

»Willst du mit mir spielen?«, fragt Ava, woraufhin Cait energisch nickt und die großen, braunen Locken ihr ins Gesicht fallen.

Sofort plappern die Mädchen los und sind binnen weniger Sekunden in ein gemeinsames Spiel vertieft.

»Vorhin war sie noch sauer auf mich und jetzt hat sie vermutlich den größten Spaß des Tages«, meine ich.

Ainsly lacht. »Sie halten einen ganz schön auf Trab, was?«

»Da sagen Sie was.«

»Gehen wir doch zum Du über, oder?«, schlägt sie vor.

Und so schnell und unkompliziert wie meine Tochter habe auch ich meine erste Freundin in dem kleinen Örtchen gefunden. Ainsly sieht sich im Laden um, während unsere Töchter spielen und Iona mir etwas zu den Rechnungen erklärt. Meine Gedanken aber schweifen immer wieder ab und die vielen Zahlen schwirren in meinem Kopf herum, ohne dass ich sie zuordnen kann.

»Ein befreundeter Steuerberater deines Onkels hat ihm immer gegen einen kleinen Obolus geholfen«, schließt Iona ihre Erklärungen ab und verstaut den Ordner wieder in der Schublade unter der Kasse.

Ich seufze. »Da bin ich beruhigt.«

Iona lacht auf, da legt Ainsly ein Buch vor mich und zückt ihr Portemonnaie.

»Wie immer kann ich den Laden nicht ohne ein Buch verlassen«, sagt sie mit einem breiten Grinsen.

»Du weißt doch, bei Gregory ging nie jemand ohne ein Buch raus«, erwidert Iona. »Er hatte das Talent, eine Reise in eine fiktionale Welt wie einen All-Inklusive-Urlaub in die Karibik zu verkaufen.«

Der Vergleich trifft es gut, genauso hatte Gregory mich zum Lesen gebracht. In einem Buch kann man reisen, wohin man möchte. Ins schaurige Mittelalter, vor den imposanten Weihnachtsbaum vor dem Rockefeller Center oder in die magische Welt von Narnia. Einfach überallhin.

Ich tippe den Preis des Buches in die Kasse ein, nehme das Geld entgegen und gebe Ainsly das Rückgeld raus.

»Wow, mein erstes verkauftes Buch.«

Ainsly und Iona applaudieren mir und die Mädchen stimmen mit ein, auch wenn sie vermutlich nicht wissen, weshalb. Die Geste rührt mich so sehr, dass ich mir die Tränen aus den Augen blinzeln muss.

»Ich glaube, Ava und Cait sind jetzt schon die dicksten Freunde«, meint Ainsly und verstaut das Buch in einem Stoffbeutel. »Wollt ihr nicht mal zum Tee und Kuchen bei uns vorbeischauen? Dann können die Mädchen spielen und wir quatschen.«

»Das hört sich klasse an. Wie wäre Sonntag?«

»Perfekt. Einfach die Shore Road geradeaus und die dritte Gasse rechts nehmen, wir haben das Häuschen mit der violetten Haustür.«

Unsere Töchter verabschieden sich voneinander und vollführen einen kurzen Freudentanz, als wir ihnen mitteilen, dass sie bald wieder zusammen spielen dürfen. Dann verlassen Ainsly und Cait den Laden. Die Erleichterung darüber, wie glatt bisher alles läuft, lässt mich lächeln.

Die nächsten zwei Stunden verbringen Iona und ich damit, den Staub von den Regalen zu wischen und die Bücher wieder ordentlich reinzustellen. Draußen setzt bereits die Abenddämmerung ein, Ava wird immer quengeliger und auch mein Magen grummelt vor Hunger.

»Sag mal, ist alles in Ordnung? Du hast dich vorhin so komisch verhalten, als du vom See zurückgekommen bist«, fragt mich Iona, als wir die Lichter im Laden löschen.

»Nein, wieso? Alles bestens.«

»Bist du dir sicher, dass es nicht wegen Keir ist? Ich habe gesehen, dass er sich zu dir gesetzt hat.«

»Ach, tatsächlich?«, erwidere ich und weiß nicht, ob ich über ihre Neugier grinsen oder pikiert sein soll.

»Ich wollte euch nicht beobachten, Grace«, entgegnet sie. »Vom Garten aus hat man einen guten Blick auf den

See und als ich plötzlich eine weitere Silhouette bemerkt habe, war ich verwundert.«

Auf Iona kann ich nicht länger sauer sein, schließlich
hat sie schon viel für Ava und mich getan und ist eine
der liebsten Menschen, die mir untergekommen ist.

Ich seufze. »Verwundert war ich auch.«

»Möchtest du darüber reden?«, fragt sie.

»Selbst, wenn ich darüber reden wollte, gäbe es nicht
viel. Immer wenn ich glaube, das Eis zwischen uns ist
gebrochen, friert es wieder zu.«

Sie bedenkt mich mit einem warmherzigen Blick. »So
wie du Zeit brauchst, in deiner neuen Welt anzukom-
men, braucht er es auch.«

»Er ist mein Nachbar, nicht mehr und nicht weniger«,
ist das einzige, was mir darauf einfällt, um klarzustel-
len, dass nicht mehr zwischen Keir und mir ist. Warum
nur fühlt es sich wie eine Lüge aus meinem Mund an?

***

Als ich in der Nacht aus dem Fenster in meinem
Schlafzimmer blicke und die kühle Luft meine nackten
Arme streift, denke ich über den Moment in Keirs
Werkstatt nach, als wir uns fast geküsst hätten. Viel-
leicht ist es gut, dass es nur beinahe zu einem Kuss kam.
Denn es würde alles zwischen uns ändern, vor allem
das ohnehin seltsame Verhältnis zwischen uns. Seine
Körperhaltung spricht eine andere Sprache als seine
Augen und ich weiß nicht, welcher ich trauen soll. Oder
ob ich es überhaupt tun oder all die Zeichen vergessen
soll.

Kapitel 10

Am darauffolgenden Vormittag schleppe ich mit meiner Tochter ein paar Eimer rosa Wandfarbe, die Iona im Keller des Hauses gefunden hat, die Treppe hoch in unsere Wohnung. Zu meiner Überraschung stelle ich fest, dass die Farben sogar noch haltbar sind. So kann ich die Wohnung etwas aufhübschen, und sobald die Buchhandlung etwas Geld abwirft, auch ein paar neue Möbel kaufen. Die Essgruppe von Onkel Gregory und der Zweisitzer, dessen Liegefläche ganz abgenutzt ist, haben schon besser Tage gesehen.

Das Bett in Avas Zimmer hat Iona günstig von einem Bekannten aus einem Nachbarort bekommen, dessen Name ich nicht aussprechen kann, ohne einen Knoten in der Zunge zu bekommen. Geld wollte sie dafür nicht annehmen. Ich schätze, sie ist froh, dass vor allem mit Ava etwas Leben in die Bude kommt.

»Ich glaube, ich weiß, in welches Zimmer die rosa Wandfarbe kommt«, rufe ich und sofort streckt Ava den Kopf aus ihrem Kinderzimmer.

»In meins, Mummy, in meins!« Sie rennt auf mich und zieht mir am Zipfel des übergroßen T-Shirts, das ich mir vorhin übergezogen habe.

»Hast du dein Zimmer schon aufgeräumt, Schatz?«, frage ich sie. »Deine Möbel und Spielsachen sollen ja nicht mit Farbe bekleckert werden.«

»Ist schon erledigt! Los, los, los!« Mit ihren kleinen Händen versucht sie erfolglos, den Farbeimer anzuheben. Schließlich zieht sie den Eimer mit voller Kraft hinter sich her in ihr Zimmer und ich staune über ihre Willenskraft.

Die nächsten Stunden verbringen wir damit, zwei Wände in Avas Zimmer rosa zu bestreichen. Wobei Ava eher damit beschäftigt ist, mit dem Pinsel Figuren und Muster auf die Wände zu kritzeln und sie dann mühevoll zu übermalen.

Die Farbe, die auf unsere Klamotten und den mit Zeitungspapier ausgelegten Boden tropft, hätte bestimmt noch für eine weitere Wand mehr gereicht. Aber als ich in Avas strahlendes Gesicht sehe, ist all die Mühe und die rosa Farbe auf meinem Körper vergessen.

»Können wir da noch Glitzer drauf machen, Mummy?«, fragt Ava.

»Da müssen wir zuerst in den Baumarkt fahren«, sage ich und wische mir den Schweiß von der Stirn.

»Jetzt?«

»Nein, Schatz, jetzt-«

»Ava, Grace! Es gibt Mittagessen, kommt ihr?«, ruft Iona uns aus der Küche herbei und wie so oft, bin ich froh über die Unterbrechung. Zumal ich etwas zwischen den Zähnen gut vertragen könnte. Fast allein zwei Wände zu streichen kann ganz schön anstrengend sein.

Ich bin so sehr in meinen Gedanken vertieft und darin, wie ich die Wohnung gemütlicher gestalten kann, dass ich nicht darauf gefasst bin, in der Küche Keir anzutreffen. Er sitzt in seiner üblichen Montur am Esstisch, die Hände um einen dampfenden Kaffeebecher gelegt. Als sein Blick mich für wenige Sekunden streift, zucken seine Mundwinkel.

»Was gibt es denn Leckeres?«, frage ich und schiele in den brodelnden Kochtopf auf der Herdplatte.

»Cullen Skink«, antwortet meine Tochter und ich frage mich wiedermal, wo sie die perfekte Aussprache gelernt hat.

»Ich bin wohl die einzige Engländerin in dem Raum«, murmle ich.

Ein Geräusch, das ich nicht zuordnen kann, lässt mich herumfahren. Keir hat den Blick auf den leeren Teller vor sich gesenkt und hebt ihn, als er bemerkt, dass ich ihn anschaue. Hat er eben sowas wie gelacht? Er? Er, der immer grimmig dreinschaut? Und dann noch über meinen Kommentar?

»Was ist so lustig?«, frage ich.

Er zuckt mit den Schultern und wendet den Blick schneller wieder ab, als ich reagieren kann. Was war das denn?

Der Moment steht still und erst Avas aufgeregtes Geplapper durchbricht ihn und katapultiert mich ins Hier und Jetzt. Iona hat uns allen Cullen Skink – was auch immer das ist – serviert und alle, außer mir, beginnen zu essen.

»Und was ist da drin?«, hake ich nach, den Löffel starr in meiner Hand.

»Geräucherter Fisch, Zwiebeln und Kartoffeln«, antwortet Iona und lächelt mir zu. »Probier ruhig, Grace.«

»Ja, Mummy, du musst probieren«, redet mir meine Tochter zu, deren Teller fast leer ist. »Das schmeckt lecker!«

In London konnte Ava Fisch nichts abgewinnen. Wenn wir uns Fish'n'Chips holten, pickte sie die Chips heraus, während für mich der Fisch übrigblieb. Sie scheint wohl zur Schottin zu mutieren.

»Oder bist du nun auch so mäkelig wie Keir?«

»Sicher nicht«, gebe ich schärfer zurück als beabsichtigt und schiebe mir schnell einen Löffel Suppe in den Mund.

Der Rest des Mittagessens verläuft weitestgehend ruhig, bis Ava von der neuen Wandfarbe in ihrem Zimmer spricht. Dabei leuchten ihre Augen und sie vergisst fast ihren zweiten Teller Suppe aufzuessen.

»Und Mummy hat mir Glitzer versprochen!«

»Ja, Schatz, aber wir müssen dafür in den-«

»Baumarkt, ich weiß doch«, entgegnet Ava in einer Ernsthaftigkeit, als sei sie keine fünf, sondern fünfundachtzig.

»Vielleicht nächste Woche, okay?«

»Aber das ist ja eine Ewigkeit hin«, beschwert sie sich und plötzlich hellt sich ihr Gesichtsausdruck auf. »Kannst du uns nicht fahren, Keir?«

Mit dem Löffel in der Hand verharre ich in meiner Bewegung. Ich brauche keinen Mann, um handwerklichen Dinge zu erledigen. Genauer gesagt, will ich Keir nicht beauftragen oder ihm mit Bitten in den Ohren liegen.

»Liebling, wir haben ein Auto«, entgegne ich, »und ich habe auch eine Arbeit, um die ich mich kümmern muss. Das verstehst du doch, oder?«

Sie nickt und stochert missmutig mit ihrem Löffel in der Suppe herum. »Du hast gesagt, wenn wir hierherziehen, hast du mehr Zeit.«

Es tut mir in der Seele weh, diese Worte aus ihrem Kindermund zu hören. In London war ich ständig auf der Suche nach einem Gelegenheitsjob, um uns über die Runden zu bekommen. Ich hatte uns beiden einen Neuanfang versprochen und den werde ich mit Sicherheit nicht vergeigen.

Ich knie mich vor Ava hin und nehme ihr Gesicht in meine Hände. »Das werden wir auch haben, versprochen. Zuerst muss ich aber Onkel Gregorys Buchladen ins Rollen bringen und danach werden wir ganz viel Zeit zusammen verbringen, mein Schatz, hörst du? Hab ich jemals meine Versprechen gebrochen?«

»Nein, Mummy, das hast du nie«, entgegnet sie.

»Siehst du. Und ich verspreche dir, dass du das schönste, glitzerndste Glitzer bekommst, das wir kriegen können.«

Der traurige Ausdruck auf ihrem Gesicht weicht einem breiten Lächeln und der dumpfe Schmerz in meiner Brust, den ihre vorherigen Worte bei mir verursacht haben, schwindet. Ich drücke ihr einen Kuss auf die Stirn und sie erwidert ihn auf gleiche Weise.

Iona, die die leergeputzten Teller in die Spüle räumt, streicht Ava über das Haar. »Wie wäre es, hilfst du mir dabei, die neuen Blumensamen einzupflanzen?«, fragt sie.

»O ja!« Sie springt auf und zieht Iona an der Hand hinaus in den Garten.

Wiedermal bleibe ich mit Keir allein in der Küche zurück. Wiedermal wird mir ganz unbehaglich. Ich beschließe, noch eine Wand in der Wohnung zu streichen und gerade will ich die Küche verlassen, da stellt sich mir Keir in den Weg.

»Ähm«, mache ich wenig geistreich.

Ich schaue ihm ins Gesicht und unsere Blicke finden sich, ohne sich gesucht zu haben. Seine braunen Augen wirken unergründlich auf mich. Verschlossen und doch mit einer Tiefe, in der ich mich zu verlieren drohe.

»Hatten wir nicht vereinbart, Ava nicht in unsere Streitigkeiten miteinzubinden?«, fragt er mit rauer Stimme.

»Du machst es mir nicht einfach.«

»Warum?«

Meint er das ernst? Er will wissen, warum er es mir nicht einfach macht? Es liegt doch auf der Hand.

»Ich werde nicht schlau aus dir«, wispere ich.

Darauf sagt er nichts. Nicht einmal eine winzige Reaktion kann ich in seinem Gesicht erkennen. Da streift er plötzlich mit seinem Daumen über eine Stelle knapp über meiner Oberlippe. Ich erschaudere unter der Berührung.

»Du hast da einen Farbklecks.«

Ich weiß, dass er mich nicht küssen wird. Und genauso weiß ich, dass der Moment in wenigen Wimpernschlägen vorbei sind wird.

»Wahrscheinlich nicht der einzige Farbklecks auf meinem Körper.«

Sein Blick ist auf meinen Mund geheftet und ich warte und warte und warte. Bis es vorbei ist. Bis der Moment in tausend Teile zerbricht. Aber er hält an und ich hasse mich dafür, dass ich es genieße. Es widerspricht allen meinen Vorsätzen.

Doch diesmal bin ich diejenige, die den Moment beendet. Ich wende mich ab und gehe.

»Grace.«

Die Hand auf dem Treppengeländer halte ich inne
und drehe den Kopf zu ihm.

»In deiner Wohnung kannst du Glenessie nicht kennenlernen.«

Und obwohl sich alles in mir dagegen sträubt, grinse
ich. Und dann grinst auch er.

Kapitel 11

Eine halbe Stunde, eine erfrischende Dusche und neue Klamotten später, führt mich Keir durch Glenessie. Ein lauer Wind streift durch die Hauptstraße, die Shore Road, aber die Sonne wirft ihre warmen Strahlen auf meine Arme.

Obwohl Keir und ich vorhin wieder einen dieser Augenblicke hatten, in dem wir uns irgendwo zwischen Unbehagen und der Sehnsucht nach Nähe befanden, ist die Stimmung ausgelassen.

»Von der Shore Road gehen Gassen aus, in denen kleine Geschäfte sind«, beginnt er zu erzählen. »In der Shore Road selbst findest du natürlich auch Geschäfte, zum Beispiel das von Harris. Bei ihm bekommst du den besten Fisch weit und breit. Immer frisch und zu einem fairen Preis.«

»Hat Iona da auch den Fisch für das Cullen Skink her?«, mutmaße ich.

Keirs Mundwinkel heben sich. »Wenn es Fisch gibt, dann nur von Harris.« Dann deutet er auf einen unscheinbaren Laden, in dem allem Anschein nach Licht brennt. »Das ist Elspeth' Schneiderei. Sie mag zwar eine alte Lady sein, aber sie ist immer auf Zack. Wenn du bei ihr ein Kleidungsstück zur Änderung abgibst, kannst du es nach zwei Stunden wieder abholen. Wolle gibt's bei ihr auch.«

»Wolle?«

»Die Winter in Schottland sind oft eisig kalt«, erklärt er, während wir eine gepflasterte Gasse passieren, »und ohne gestrickte Socken an den Füßen wirst du nicht in deine Winterstiefel schlüpfen.«

»Ich hab gar keine Winterstiefel«, entfährt es mir.

»Dann solltest du dir im Herbst welche besorgen, sonst hast du nach dem Winter mindestens zwei abgefrorene Zehen.«

Mit weit aufgerissenen Augen starre ich ihn an. Meine Zehen würde ich gerne noch einige Winter lang behalten, dafür bin ich definitiv zu jung. Und habe meine Zehen zu gern.

»Bei euch in London gibt's wohl keine Winter«, brummt Keir in seiner üblichen Manier.

»Nicht solche, nein«, sage ich mehr zu mir als zu ihm und richte den Blick auf den kleinen Dorfplatz vor mir, zu dem man über eine Brücke gelangt. Zwischen zwei hohen Bäumen, die bestimmt schon seit hunderten von Jahren hier stehen, befindet sich eine Kirche. Daneben eine Reihe von Fachwerkhäusern, in einem ist eine Gaststätte untergebracht.

Ein Fluss schlängelt sich unter der Brücke entlang und als wir sie betreten, bleibt Keir stehen. Zuerst glaube ich, dass er auf das Wasser hinabschaut, bis ich bemerke, dass er mit dem Finger über eine Einkerbung im Holz des Geländers streicht. Ich weiß nicht warum, aber ich habe das Gefühl, ihn in einem privaten Moment zu stören, der nur ihm gehört. Deshalb bringe ich Abstand zwischen uns und stütze mich mit den Armen auf dem Geländer auf der anderen Seite der Brücke ab. Ich blicke in das klare Wasser, lege dann den Kopf in den Nacken und schließe die Augen. Ob ich London vermissen werde? Das immerzu aufgeregte Treiben in den Straßen? Oh nein. Den Gestank des alten Fetts des China-Imbisses unter der Wohnung? Oh nein. Im Laden gegenüber um Mitternacht eine Tafel Schokolade kaufen? Oh ja.

»Kommst du?«, brummt Keir und als ich mich zu ihm umdrehe, ist er bereits einige Meter voraus.

Bevor ich ihm nacheile, betrachte ich die Einkerbung auf dem Geländer, die sich Keir so lange angeschaut hat. Es sind zwei Anfangsbuchstaben in das Holz eingeritzt. *K + A.* Ich streiche mit dem Finger darüber, ehe ich zu Keir aufschließe. Was bedeuten die zwei Buchstaben? Keir und … ?

»Das ist die Gaststätte von Hamish, falls du mal außerhalb essen willst«, meint er und deutet auf ein verblichenes Schild über der Eingangstür.

Ich lache auf. »Bei Ionas Kochkünsten wohl eher nicht.«

Ohne ein weiteres Wort zu verlieren, geht er weiter und wir laufen durch eine schmale Gasse, in der sich Häuser dicht an dicht ansiedeln. Die Gasse ist so eng, dass Keir und ich gerade so nebeneinander durchlaufen können. Flüchtig berühren sich unsere Arme und jedes Mal fröstelt es mich. Er hingegen lässt sich nichts anmerken.

In der Mitte der Gasse hat sich eine Menschentraube gebildet und im Minutentakt verlassen Personen den Laden, woraufhin wieder neue folgen.

»Was ist da vorne los?«, frage ich.

»Das«, antwortet Keir und legt eine bedeutungsschwere Pause ein, »ist die Bäckerei.«

In großen, geschwungenen Buchstaben steht *MacNally's Bakery* über der gläsernen Eingangstür. In den Vitrinen stehen dutzende Leckereien, Kuchen und sogar eine riesige Torte, bei deren Anblick mir schon das Wasser im Mund zusammenläuft. Während ich völlig gebannt von den süßen Teigwaren bin, hat sich Keir schon in der Schlange eingereiht.

»Grace!«

Plötzlich steht Ainsly mit Cait vor mir, die beide jeweils einen vollen Korb mit Leckereien mit sich tragen.

»Ainsly! Cait!«, erwidere ich ebenso freudig überrascht über das Zusammentreffen.

»Vor Sonntag hätte ich nicht damit gerechnet, dich wiederzusehen«, sagt Ainsly.

»Ich bin mit Keir hier. Er wollte mir die Gegend zeigen, weil ich außer dem Haus und der Buchhandlung meines Onkels noch nicht viel gesehen habe.«

Ein Ausdruck, den ich nicht deuten kann, legt sich auf ihr Gesicht. »Mit Keir? Ach, das ist aber schön. Das freut mich wirklich. Da steht *MacNally's Bakery* natürlich ganz oben auf der Sightseeingtour durch Glenessie.«

»Den vielen Menschen die anstehen zufolge auf jeden Fall.«

»Da bist du ja, Ainsly«, ruft auf einmal jemand, als ein großer Mann mit braunem Haar vor mir steht. »Lag ich doch richtig in meiner Annahme, dass du dich verquatscht hast.«

Ainsly legt ihm eine Hand auf den Arm. »Das ist Grace, Liebling, die Nichte von Gregory. Sie übernimmt seine Buchhandlung.«

»Ich bin Callun, Ainslys Mann.« Er streckt mir die Hand entgegen. »Es ist schön zu hören, dass du den

Laden deines Onkels übernimmst. Er war ein großartiger Mann.«

»Danke, das freut mich.«

»Sie ist mit Keir hier«, sagt Ainsly zu ihm in einer Tonlage, als käme es nicht oft vor, dass er sich in Glenessie herumtreibt.

»Mit Keir? Wie hast du denn das geschafft, Grace?«

Völlig irritiert von seiner Frage, blicke ich zwischen den Eheleuten hin und her. Es scheint mir, als wüssten hier alle etwas über Keir, nur ich nicht. Na gut, sie leben schon seit Jahren hier und ich bin die Neue, die Fremde, die noch ihren Platz finden muss.

»Er müsste irgendwo in der Schlange stehen«, murmle ich.

»Aye, warum gehst du nicht zu ihm und unterhältst dich mit ihm?«, schlägt Ainsly ihrem Mann vor.

»Wenn ihr Zwei sowieso noch quatscht«, grinst Callun, »ich hab ihn ewig nicht mehr gesehen.«

Ich schaue ihm hinterher, wie er Keir anspricht, der ziemlich verärgert darüber aussieht. Aber vielleicht ist das einfach sein freundlicher Gesichtsausdruck? Vorausgesetzt er besitzt sowas überhaupt.

»Und, was wollt ihr euch noch so ansehen?«, fragt Ainsly.

Ich zucke mit den Schultern. »Ich verlasse mich ganz auf ihn, Keir ist der Touristenführer.«

»Na ja, du hast die Bäckerei gesehen, also damit das Wichtigste von Glenessie überhaupt.« Sie legt sich einen Zeigefinger unter das Kinn und überlegt. »Hat Keir dir schon gezeigt, wo es den besten Fisch gibt?«

»Ja, bei … Harris.«

»Da musst du unbedingt welchen kaufen!«

»Ich habe noch kein einziges Mal, seitdem wir hier sind, gekocht«, räume ich ein. »Iona übernimmt das immer. Ich fürchte, bald platzt der Knopf an meiner Jeans.«

»Ich beneide Iona um ihre Kochkünste! Zum Herbstfest kocht sie immer einen Eintopf, da muss man schnell sein, um einen Teller abzukommen.«

»Herbstfest?«, frage ich.

»Das findet immer im Oktober auf dem Dorfplatz statt und ist sowas wie ein nettes Beisammensein«, klärt Ainsly mich auf. »Das gab's schon bei meinem Opa und dessen Opa, also eine ziemlich alte Tradition.«

Ich will zu einer Antwort ansetzen, als auf einmal Callun und Keir zu uns stoßen. Keir hält eine Papiertüte in der Hand und guckt mich an.

»Können wir?«, fragt er.

»Wir sehen uns am Sonntag«, sage ich zu Ainsly und Cait. »Hat mich gefreut, dich kennenzulernen, Callun.«

Dann folge ich Keir und die Drei winken uns noch hinterher, doch Keir ist so schnell unterwegs, dass ich kaum Schritt halten kann. Er biegt in eine Gasse ein und bald darauf kommen wir wieder auf dem Dorfplatz an, von dem aus Keir einen Pfad besteigt, der langsam eine Steigung annimmt. Ich gebe mir nicht einmal mehr die Mühe, mit Keir mitzuhalten, da ich den Eindruck habe, dass er gerade nicht auf meine Gesellschaft erpicht ist. Wobei – wann ist er jemals auf Gesellschaft aus? In dem Moment, in dem er beschloss, mir Glenessie zu zeigen? Wo wir uns fast wieder geküsst haben? *Ich werde sowas von nicht schlau aus ihm*, denke ich.

Nach einem kurzen Fußmarsch bleibt Keir abrupt stehen, sodass ich fast in ihn reinlaufe. Aber die atemberaubende Aussicht, die sich mir bietet, lenkt meine gesamte Aufmerksamkeit auf sich. Vor mir erstrecken sich die Highlands mit ihren himmelhohen Bergspitzen, den endlosen Grasebenen in sattem Grün und dazwischen ein großflächiger See. Die Sonne wirft ihre Strahlen auf die Berggipfel und lässt die gesamte Landschaft in prachtvollen Farben erleuchten.

Diese Schönheit. Sie ist mit nichts zu vergleichen. Dafür lohnt es sich ein Stück zu wandern. Ob ich Ava mal dazu bringen kann?

»Nicht die Bäckerei, sondern das«, sagt Keir, »ist das Wichtigste, was du sehen solltest, wenn du in Glenessie bist.«

»Gott, es ist unglaublich«, stoße ich hervor.

»Mir ist es schleierhaft, wie man freiwillig in Großstädten leben und sowas verpassen kann.«

Ich werfe ihm einen bösen Blick zu, der – wie sich herausstellt – leider nicht seinen Zweck erfüllt. Denn Keir fängt lauthals an zu lachen. *Er. Lacht.* Losgelöst, ohne grimmigen Gesichtsausdruck oder mit in die Hosentaschen geschobenen Händen.

»Würdest du die Stadt verlassen, in der du aufgewachsen bist?«, frage ich ihn.

»Nein.«

»Siehst du, ich auch nicht.«

»Und doch hast du es.«

»Mir blieb nichts anderes übrig.«

Keir macht es sich auf dem Gras gemütlich, steckt sich ein Gebäck in den Mund und deutet mir, mich neben ihn zu setzen. Dann hält er mir die Papiertüte von *MacNally's* hin und ich nehme mir blind einen Scone daraus. Als ich reinbeiße, stöhne ich genüsslich auf. Ainsly hat nicht zu viel versprochen.

»Warum blieb dir nichts anderes übrig?«

Ich bin überrascht, dass er fragt. Damit habe ich nicht gerechnet. »London ist teuer«, setze ich an. »Ich musste jeden Job annehmen, den ich finden konnte, um Ava und mich über die Runden zu bekommen.« Ich beschließe, ihm die schmerzhaften Einzelheiten vorzuenthalten und ihm die harmlose Variante zu erzählen. Vielleicht, um mich nicht so verletzlich zu machen. Schließlich kennt fast niemand die Wahrheit darüber, was ich mir von meinem Ex habe gefallen lassen müssen und wie er sowohl mit Ava als auch mit mir umging.

»Was ist mit Avas Dad?«, erkundigt er sich, den Blick stur auf die Highlands vor uns gerichtet.

Auf die Frage war ich gefasst, denn sie wird mir so gut wie immer gestellt. Sie ist berechtigt, aber trotzdem überkommt mich jedes Mal Übelkeit. Zu schnell wird geurteilt, wenn man vom Schicksal des anderen weiß.

»Er hat mich kurz nach ihrer Geburt verlassen und seitdem musste ich für uns allein aufkommen.«

Stille tritt ein und der laue Wind fährt mir durch die Haare, wirbelt sie auf. Ich knabbere an dem Scone herum und lecke mir mit der Zunge die Krümel von den Fingern.

»Das tut mir leid, Grace«, sagt Keir.

Ich glaube es ihm, das tue ich wirklich. Und wie immer habe ich den kleinen Funken Hoffnung, dass er mich nicht verurteilt. Dass er es stattdessen als Teil meiner Selbst ansieht und akzeptiert.

»Vielleicht verstehst du jetzt, warum ich so reagiert habe, als du meintest, ein Kind solle nie ohne Vater oder Mutter aufwachsen. Viele werden Vater oder Mutter, aber sind es letztendlich nicht.« Der letzte Satz verlässt meinen Mund, ohne dass ich darüber nachdenke. Aus ihnen spricht der Schmerz der Vergangenheit.

»Nein, Grace, das tue ich nicht.«

Seine Worte fühlen sich wie messerscharfe Spitzen an, die in meinen Brustkorb stechen.

»Es gibt nicht nur deine Sichtweise. Was ist mit denen, die Vater oder Mutter sein wollen, aber nicht dürfen? Oder können?«, fährt er fort. »Die lässt du außer Acht.«

»Ich – Moment mal, was? Du hast mich vollkommen falsch verstanden, Keir!«

Er erhebt sich und läuft davon. Unsere erhitzten Gemüter stehen in Flammen und würde sich nur ein Tropfen Benzin auf sie ergießen, würden sie explodieren.

»Du haust ab? Ist das dein Ernst?«, speie ich und laufe ihm hinterher. »Das könnt ihr Männer ja sowieso am besten!«

Unerwartet bleibt er stehen und dreht sich zu mir um. Ich komme nur wenige Zentimeter vor ihm zum Stehen, unsere Schuhspitzen berühren sich fast. Die Wut steht in seinem Gesicht geschrieben wie in meinem.

Sein Atem geht stoßweise und er hat die Hände zu Fäusten geballt.

»Ich-«

»Nicht, Grace«, raunt er. »Ich glaube, wir sind beides Menschen mit eigenen Schicksalen, eigenen Rückschlägen.«

»Ja«, flüstere ich.

Endlich sieht er mich an, seine Hände entspannen sich und unsere Finger finden sich. Sie umschließen sich zaghaft.

»Wer ist A, Keir?«

Er schüttelt den Kopf und ich nehme fast an, keine Antwort zu erhalten, als er sagt: »Teil meines Schicksals.«

»Okay.«

Seine Berührung auf meiner Haut, meine Berührung auf seiner, es ist gerade alles, was wir haben. Aber es reicht. Für den Moment.

»Warum wolltest du nicht, dass ich dich und Ava zum Baumarkt fahre?«

Ich seufze. »Falls du es vergessen haben solltest, wir hatten davor ein Gespräch, das nicht unbedingt gut ausgegangen ist. Ich war … sauer, ja, verletzt. Vielleicht war ich zu stolz, um dich zu fragen.«

»Und möglicherweise auch um Ava zu zeigen, dass du allein klarkommst? Ohne einen Mann?« Er grinst.

»Mhmh«, mache ich.

»Vielleicht siehst du mich nicht nur als Mann, sondern auch als Menschen an«, meint er.

Nun bin ich diejenige, die dümmlich grinst. »Gute Idee.«

»Sag mir einfach Bescheid und ich fahre euch zum Baumarkt, damit Ava sich das schönste Glitzer von allen aussuchen kann.«

Dass sich unsere Finger so lange berühren, ist mehr, als ich erhofft habe. Allein die Unterhaltung ist mehr als alles andere, was wir davor hatten.

Wir stehen noch eine Weile so da, die Finger ineinander verschlungen, und den Blick auf die Highlands gerichtet. Ist es möglich, dass ich mein Glück in einem verschlafenen Städtchen in Schottland finde?

Kapitel 12

Am nächsten Morgen wache ich ausgeruht aus und stelle mich sofort unter die Dusche. Der lauwarme Wasserstrahl prasselt auf meinen Körper nieder und ist eine Wohltat. Plötzlich wird die Tür aufgerissen und Ava steht im Pyjama im Badezimmer.

»Mummy! Darf ich runter zu Iona?«, fragt sie. »Sie macht bestimmt wieder ganz leckere Pancakes!«

»Sicher, Schatz. Aber zieh dir doch vorher ein paar frische Klamotten über, okay?«, rufe ich ihr aus der Dusche zu und durch die beschlagene Scheibe glaube ich ein Kopfnicken von Ava erkennen zu können. Kurz darauf höre ich sie die Treppe herunterpoltern.

Als ich mir das Shampoo vom Körper gewaschen und mich abgetrocknet habe, ziehe ich mir ein lockeres T-Shirt und eine Skinny Jeans an und binde mir das Haar zu einem unordentlichen Dutt auf dem Kopf. Dann verlasse ich die Wohnung und finde Ava mit Iona in der Küche vor. Der köstliche Duft von Kaffee steigt mir in die Nase und ich schenke mir eine Tasse voll ein. Das ist Balsam am frühen Morgen.

»Guten Morgen, Grace«, sagt Iona nach meinem ersten Schluck aus der geblümten Tasse.

»Guten Morgen, Iona.«

»Habt ihr beide gut geschlafen?«

Ava beantwortet ihre Frage mit einem lauten und gedehnten »Ja!«, woraufhin wir alle lachen und ich einfach nicke.

»Schätzchen, legst du jedem bitte einen Pancake auf den Teller?«, weist sie Ava an, die sich sofort an die Arbeit macht.

»Warten wir nicht auf Keir?«, frage ich verwundert, als wir am Tisch sitzen.

»Er kommt heute nicht«, antwortet Iona und nippt an ihrer Tasse Schwarztee.

Das Stück Pancake in meinem Mund schmeckt auf einmal ganz schal. »Was? Wieso das?«

»Er möchte ein bisschen für sich allein sein.«

Ihre Worte verunsichern mich. Dass Keir nicht hier ist, verwirrt mich. Habe ich gestern was falschgemacht? Ist er deswegen nicht da?

»Oh, okay.«

Zum Glück lenkt Ava die Aufmerksamkeit auf sich und unterhält sich mit Iona über die Blumensamen, die sie zusammen angepflanzt haben. Ich versuche, mir nichts anmerken zu lassen, und gebe an den passenden Stellen einen Kommentar ab. Trotzdem bin ich froh, als wir das Geschirr abräumen und ich für einen Augenblick allein bin. Ich kippe den letzten Schluck Kaffee herunter, als plötzlich Iona wieder die Küche betritt.

»Du triffst dich heute mit Ainsly, hab ich gehört?« Sie lächelt mich an.

»Ja, wir haben uns für heute mit den Mädchen verabredet. Und gestern habe ich sie bei *MacNally's* getroffen.«

»Dann hat Keir dir also die Bäckerei mit den leckeren Köstlichkeiten gezeigt?«

Ich nicke. »Glenessie ist zwar klein, aber durch die vielen, engen Gassen wie ein Labyrinth.«

Iona lacht. »O ja, da hast du recht.«

Da kommt Ava auf einmal mit Erde an ihren Fingern herbeigerannt und hüpft vor mir auf und ab. »Wann gehen wir zu Cait, Mummy? Glaubst du, sie hat auch ganz viele Puppen? Oder sogar eine Schaukel und Rutsche?«

»Bevor wir zu Cait gehen, wäschst du dir erstmal die Hände, Schatz«, sage ich zu ihr.

Dann flitzt sie die Treppe hoch und kurz darauf höre ich wie Wasser läuft. Wenige Minuten später steht Ava mit Schuhen an den Füßen und angezogener Jacke vor mir.

»Können wir jetzt?«

Ich seufze und kann ihrem engelsgleichen Gesichtsausdruck nicht widerstehen. »Wenn wir auf der Stelle nicht losgehen, wirst du mich sowieso alle zehn Minuten drängen. Stimmt's oder hab ich recht, Süße?«

Daraufhin nickt sie und ihre zwei Zöpfchen wippen hin und her. Also schnappe ich mir meine Jacke, die im Flur an der Garderobe hängt, und schlüpfe in ein Paar Sneakers.

»Hier, den habe ich für euch gebacken«, sagt Iona, als wir aufbrechen wollen, und drückt mir einen Apfelkuchen mit Streuseln in die Arme.

»Das wäre doch nicht nötig gewesen.«

Sie winkt. »Ach, Grace, lass einer alten Frau ihre Leidenschaft.«

Wir tauschen ein Lächeln aus und schon werde ich von Ava am Ärmel vor die Tür gezerrt, wo uns strahlender Sonnenschein erwartet. Nach wenigen Gehminuten biegen wir auf den Dorfplatz ein und der Duft von frischgebackenem Brot steigt mir in die Nase. Wie gestern stehen die Menschen bei *MacNally's* bis vor die Tür.

Ich bin froh, als ich die violette Haustür in der Seitenstraße entdecke, wo *Leshman* in geschwungenen Buchstaben auf dem Klingelschild prangt. Wenigstens hat mich für diese kurze Strecke mein Orientierungssinn nicht verlassen.

Die Tür wird geöffnet und Cait steht vor uns, die ein genauso strahlendes Lächeln auf dem Gesicht trägt wie meine Tochter.

»Kommt rein, ihr Zwei«, begrüßt uns Ainsly, die hinter Cait erscheint.

Im Inneren des Häuschens ist es urig und gemütlich eingerichtet. Eine steile Wendeltreppe führt in eine zweite Etage, wo, wie ich vermute, die Schlafzimmer liegen.

»Es ist so schönes Wetter, da dachte ich, wir können uns nach draußen setzen«, schlägt Ainsly vor.

»O ja!«, ruft Cait sofort, der wilde Locken ins Gesicht fallen. »Mein Dad hat einen Sandkasten und ein Klettergerüst für mich gebaut – willst du es sehen, Ava?«

Die Mädchen sind wortwörtlich hin und weg und rennen in den Garten hinaus, der von zwei großen, dichten Eiben und blühendem Heidekraut geschmückt wird.

»Schön habt ihr es hier«, sage ich zu Ainsly, als wir uns an einen runden Tisch im Schatten des Gartens setzen.

»Danke. Ist auch ganz schön Arbeit, aber es ist eben unser kleines, gemeinsames Heim, in dem Callun und ich alt werden wollen.«

Ein mulmiges Gefühl macht sich in meinem Bauch breit und bevor ich dem weiter Raum gebe, deute ich auf den Kuchen. »Den hat Iona für uns gemacht. Ich hätte mir ja denken können, dass sie sich das nicht nehmen lässt.«

Ainsly lacht. »Iona ist im ganzen Ort dafür bekannt, die Mäuler mit lauter Köstlichkeiten zu stopfen.«

»Wo ist denn Callun?«

»Er ist bei seinem Dad, sie wollten neues Holz für den Ofen hacken. Außerdem war er nicht unbedingt scharf darauf, uns bei unserem Mädelskram zuzuhören.«

Darauf ist wohl kein Mann besonders scharf. In London hatte ich ewig keinen Abend mehr nur mit Freundinnen. Abgesehen davon, dass ich zu den meisten meiner Freundinnen kurz nach Avas Geburt den Kontakt nach und nach verloren hatte. Sie waren mit anderen Dingen beschäftigt, Karriere machen, Männer daten, das Nachtleben genießen – während ich versuchte, nicht im Chaos zu versinken.

»Du glaubst nicht, wie froh ich bin, dass die beiden Mädchen sich so gut verstehen«, sage ich.

»Und dass wir uns so gut verstehen«, ergänzt Ainsly. »Worauf hast du Lust? Kaffee? Tee? Oder doch Sekt?« Sie wackelt verschwörerisch mit den Augenbrauen.

»Ein Tee wäre toll, danke.«

»Ich glaube, ich hab nur Schwarztee hier. Ist der in Ordnung?

»Schwarztee ist vollkommen in Ordnung, wir Engländer trinken den am liebsten.« Ich grinse.

Während Ainsly in der Küche eine Kanne Tee aufsetzt und unsere Töchter auf dem Klettergerüst spielen, lasse ich den Blick über den Garten und die steinerne

Fassade des Hauses gleiten. Alles wirkt so einladend und man merkt, dass Ainsly und ihr Mann ihr Herz reinstecken. Und dann wird mir bewusst, was dieses flaue Gefühl in meinem Bauch zu bedeuten hat. Ainsly hat eine Familie, ein Haus – sie hat das, was ich mir immer gewünscht habe und was ich mir tief in meinem Herzen immer noch wünsche. Es ist aber kein Neid, der aus mir spricht, oder gar Missgunst, sondern Bewunderung. Dafür was Ainsly geschafft hat.

»Da ich nicht wusste, ob du Milch in deinem Tee willst«, sagt Ainsly, die plötzlich mit Tee, Tellern und Gabeln neben mir steht, »hab ich ein Kännchen mitgebracht.«

Ich schneide den Apfelkuchen auf und tue jedem von uns ein Stück auf den Teller, die Mädchen sind viel zu sehr in ihr Spiel vertieft, als dass wir sie unterbrechen wollen.

»Du warst also gestern mit Keir in Glenessie unterwegs?«, fragt mich Ainsly und mir entgeht nicht der Unterton in ihrer Stimme.

»Ja, er war so nett mich herumzuführen, nachdem ich meinte, dass ich mich hier gar nicht auskenne.« Ich zucke mit den Schultern und führe die Gabel mit einem Stück des Apfelkuchens zu meinem Mund.

Sie schürzt die Lippen. »Das ist wirklich nett. Von Keir.«

»Ja, ich weiß, er ist nicht unbedingt der freundlichste Mensch auf dem-«

»Das ist es nicht, Grace.« Nachdenklich rührt sie in ihrem Tee und nippt an der Tasse.

»Was meinst du?«

»Keir hat sich ... nun ja, zurückgezogen. Es hat schon lange niemand mehr geschafft, ihn vor die Haustür zu bekommen. Vor allem keine Frau.«

»Dass er zurückgezogen lebt, ist mir auch schon aufgefallen«, murmle ich und übergehe bewusst ihre zwei anderen Sätze. *Vor allem keine Frau.* Was soll das heißen? Lebt er nicht nur zurückgezogen sondern wie ein Mönch? Wieder blitzen die Bilder vor meinem inneren Auge auf, wie ich in Keirs Werkstatt stehe und das Foto auf dem Schreibtisch betrachte. Muss ich mir alles selbst zusammenreimen und mit nur vagen Andeutungen leben? Aber ich bin die Neue, die Fremde im Dorf und es steht mir nicht zu, andere auszufragen. Noch dazu über ihre Lebensgeschichte.

»Aber es ist schön, zu sehen, dass er wieder am Leben teilnimmt«, fährt sie lächelnd fort, »was er wohl allem Anschein nach dir zu verdanken hat.«

»Ich schätze, er wollte wirklich nur nett sein«, wehre ich ab. »Er hat mir auch ein günstiges Auto verkauft. Ohne komme ich hier ja nicht weit.«

»Das ist eine ziemliche Umstellung zu London, was? Da hattest du bestimmt den Bus und die U-Bahn direkt vor der Nase.«

»Nur ein paar Gehminuten und schon war ich bei der U-Bahn, die mich innerhalb von fünfzehn Minuten zum Kings Cross gebracht hat«, antworte ich. »Einschließlich dem China-Imbiss direkt unter der Wohnung, von dem man lieber nichts isst, außer man will Salmonellen.«

Ainsly verzieht angewidert das Gesicht. »Da hat dich wohl wirklich nichts mehr in London gehalten.«

Ich seufze. »Nein, ganz im Gegenteil. Die Zelte abzubrechen und hierherzuziehen, war die einzige Möglichkeit, der aussichtslosen Zukunft zu entkommen. Und ihm, meinem Ex.«

»Das hört sich nicht gut an«, meint Ainsly, die uns beiden Tee nachschenkt, und mich mit einem Blick bedenkt.

Ich schaue zu Ava und Cait, die inzwischen im Sandkasten sitzen, eine Burg nach der anderen bauen und fröhlich lachen. »Er hat mich kurz nach Avas Geburt sitzenlassen. Ab da musste ich gucken, wie ich mit einem allein Kind klarkomme, zwei Münder stopfe und die Miete zahle. Das ... war nicht immer einfach.«

»Das glaube ich dir aufs Wort, Grace. Und ihr Dad hat sich nie um sie gekümmert? Oder um euch?«

Ich schüttle den Kopf. »Ethan? Du meinst, gekümmert, indem er Unterhalt gezahlt oder Zeit mit Ava verbracht hat? Nein. Wenn du aber gekümmert im Sinne von ständig auflauern und Drohungen, mir Ava wegzunehmen, meinst, dann ja.« Darin war Ethan schon immer gut, und ich hoffe, die ständigen Drohungen haben in Glenessie endlich ein Ende.

»Großer Gott«, stößt Ainsly hervor. »Wie geht Ava damit um? Vermisst sie ihren Dad?«

»Sie weiß, dass es ihn gibt – und wahrscheinlich auch, dass er kein Interesse an ihr oder uns hat«, erzähle ich. »Sie hat aber keine richtige Beziehung zu ihm, dafür hat er sich schließlich viel zu wenig blicken lassen.«

»Da habt ihr einiges hinter euch.«

»Die Zeit in Glenessie kommt mir immer noch unwirklich vor. Als wäre ich nicht in einem anderen Land sondern auf einem anderen Kontinent.«

Sie legt mir eine Hand auf den Unterarm. »Du und Ava habt es verdient, zur Ruhe zu kommen. Glenessie ist da genau das richtige für euch.«

Davon bin ich mittlerweile auch überzeugt. Glenessie ist klein, vertraut und gemütlich. Alles, was London für mich nicht mehr war.

»Jetzt brauche ich unbedingt Sekt – du auch?«, fragt Ainsly, woraufhin ich energisch nicke und sie uns eine gekühlte Flasche gekühlten Sekt bringt.

Wann hatte ich das letzte Mal einen so entspannten Tag? Die letzten Jahre war ich damit beschäftigt gewesen, in Supermärkten die günstigsten Angebote zu erhaschen, Ava daraus etwas auf den Teller zu zaubern und sowohl Mum als auch Grace zu bleiben. Hier scheint alles irgendwie anders zu sein.

Am frühen Abend verabschieden Ava und ich uns von Ainsly und Cait. Die Mädchen haben sogar schon abgesprochen, dass sie sich in der Schule nebeneinandersetzen werden. Mit einer leergeputzten Backform – Ava und Cait haben sich dann doch irgendwann vom Sandkasten losreißen können – und einer unaufhörlich plappernden Tochter mache ich mich auf den Heimweg.

Dabei laufen wir an Keirs Werkstatt vorbei, in seiner Wohnung darüber brennt Licht. Kurz denke ich darüber nach, bei ihm zu klingeln, entscheide mich aber dagegen. Ich sollte akzeptieren, dass er allein sein möchte.

Kapitel 13

Für einen Montagmorgen bin ich am nächsten Tag außergewöhnlich gut gelaunt. Die warme Dusche tut ihr restliches und der Duft nach Pancakes lockt mich nach unten in die Küche.

»Du kommst genau richtig, Grace«, begrüßt mich Iona, »die Pancakes sind fertig.«

»Du musst nicht immer für uns Frühstück und Abendessen zubereiten. Das weißt du doch, oder?«, spreche ich ein Thema an, das mir schon lange auf der Seele liegt. »Ich will nicht, dass du denkst, wir lassen uns von dir durchfüttern.«

»Aber Grace, du brauchst kein schlechtes Gewissen zu haben«, widerspricht Iona mit erhobenem Pfannenwender. »Ich habe schon für deinen Onkel gekocht, warum sollte ich es nicht fortführen? Wir wohnen unter einem Dach, wir arbeiten zusammen und endlich kommt mal frischer Wind rein.«

Ich seufze. »Na gut. Du sagst aber Bescheid, wenn ich dir was helfen oder einkaufen soll, okay?«

Sie lächelt ihr unverkennbar warmes Lächeln, mit dem sie zumindest für den Moment alle Sorgen beiseiteschiebt. »Das mach ich, versprochen. Jetzt kannst du zum Beispiel gerne den Tisch decken.«

Gesagt, getan. Aber bevor ich auch nur den Küchenschrank öffnen kann, stürmt auf einmal Ava herein.

»Mummy, das ist doch meine Aufgabe«, sagt sie.

»Kommst du denn schon oben im Schrank an?«, frage ich sie und gebe ihr einen Kuss auf den Scheitel.

Sie schürzt die Lippen und denkt nach. »Okay, dann holst du die Teller heraus und ich stelle sie auf den Tisch«, kommt sie zum Entschluss.

Ich lache auf. »Wird gemacht, Little Miss Thompson.«

Nachdem der Tisch gedeckt ist und Ava eine warme Milch mit Honig bekommen hat, frühstücken wir gemeinsam. Warum Keir sich heute wieder nicht blicken lässt, frage ich diesmal nicht. Auch wenn es mir unter den Nägeln brennt.

»Heute werden neue Bücher geliefert«, informiert mich Iona, »dann lernst du auch den Lieferanten Ray kennen. Der kommt meistens zwischen 11 und 12 Uhr.«

»Okay, gut«, antworte ich zwischen zwei Bissen. »Ich habe mir überlegt, wie es wäre, eine Wiedereröffnungsfeier zu veranstalten. Damit jeder weiß, dass wir wieder geöffnet haben. Ganz offiziell.«

»Das hört sich fantastisch an! Wir können ja auch eine Tombola machen oder eine Aktion, bei der man beim Kauf von vier Büchern das günstigste umsonst bekommt.«

»Und weißt du was?« Ich beuge mich zu Iona herüber und grinse sie an. »Du kannst dann ganz viel backen, damit für das Wohl aller gesorgt ist!«

Daraufhin lachen wir aus vollem Halse und die restliche Zeit unterhält sich Ava mit Iona darüber, was sie alles bäckt. Waffeln, diverse Kuchen, Einhornkekse, Feenkekse ... Alle Fabelwesen in Keksform eben.

Kurz vor zehn Uhr öffnen wir den Buchladen und Ava, die einen Rucksack voller Spielzeugfiguren mitgenommen hat, breitet sich wieder in der Ecke der

Kinderbücher aus. Iona und ich säubern den Eingangs-
bereich innen und außen, während wir uns weiter über
die Wiedereröffnungsfeier Gedanken machen. Nach einer Stunde sind wir fertig und Iona gestaltet gerade die
Schaufenster neu, als plötzlich ein weißer Transporter
vorfährt. Ein hochgewachsener Mann mit raben-
schwarzen Korkenzieherlocken steigt aus und kommt
auf mich zu.

»Sie müssen Gregorys Nichte sein. Richtig?«, sagt er
und wir geben uns die Hand.

Ich erwidere sein Lächeln. »Stimmt genau, ich bin
Grace. Und Sie wohl der Lieferant, der mir die Bücher
bringt.«

»Ich heiße Ray. Mein aufrichtiges Beileid. Es ist schön,
dass Sie den Buchladen weiterleiten, für viele ist er ein
Ruhepol.«

»Ich tue mein Bestes, damit es so bleibt«, entgegne ich.

»Ich bin mir sicher, dass Sie das hinbekommen. Und
mit Iona an Ihrer Seite sowieso.« Er deutet zum Schaufenster, wo diese gerade rumhantiert und ihm zuwinkt.
»Ich komme alle zwei bis drei Wochen und bringen die
Bestseller sowie die von Ihnen bestellten Neuerscheinungen.«

»Perfekt, ich danke Ihnen, Ray.«

»Die Bücherkisten wie immer ins Lager?«, fragt er und
öffnet die hinteren Türen des Transporters.

Ich nicke. »Alles wie immer.«

Kiste für Kiste räumt Ray aus dem Transporter in das
winzige Lager hinter dem Ladengeschäft, das bestimmt
bald aus allen Nähten platzt. Wenigstens komme ich so
nicht dazu, Arbeit vor mich herzuschieben, sondern sie

sofort zu erledigen. Außer ich möchte von einem Stapel Bücher erschlagen werden.

»So, das war's für heute. Bis bald!« Mit einem Wink verabschiedet er sich von uns, steigt in seinen Transporter und düst davon.

Im Laufe des Tages verirren sich tatsächlich ein paar Kunden in den Laden, aber hauptsächlich sind wir damit beschäftigt, die neuen Bücher zu ordnen und Ideen für die Wiedereröffnung zu sammeln. Das Datum, die Uhrzeit sowie die Kuchen, die Iona beisteuern wird, stehen fest. Auch die Aktion »Kauf 4, bezahle 3« werden wir anbieten. Ich hoffe, das bringt den Laden wieder in Schwung, nachdem er die letzten Monate stillstand.

»Das hab ich in dem Trubel ganz vergessen«, murmelt Iona und schlägt sich die Hand vor den Mund. »Ich glaube, das müssen wir absagen.«

»Absagen? Was denn?«

»In fünf Tagen ist eine Lesung mit einem Arzt aus dem Nachbarort geplant, der ein Sachbuch über Ernährung veröffentlicht hat, Dr Ian Kirkwood. Wir haben noch keinerlei Werbung gemacht oder Vorbereitungen getroffen.« Sie seufzt. »Das können wir wohl vergessen.«

»Kommt nicht in die Tüte«, entgegne ich. »Das wäre doch gelacht, wenn wir das bis Freitag nicht mit etwas Hilfe hinbekommen, eine Lesung zu organisieren.«

Sofort mache ich mich im Büro und Lager auf die Suche nach Sitzmöglichkeiten und finde rund dreißig Klappstühle. Die müssen zwar noch entstaubt und geputzt werden, aber das ist ratzfatz erledigt.

»Ich wollte die Tage sowieso mit Keir in den Baumarkt fahren und kann dabei gleich noch was zum

Knabbern und Getränke mitbringen«, schlage ich vor. »Dann müssen wir uns nur noch um Werbung kümmern.«

Auf einmal klingelt das Glöckchen über der Eingangstür und als ich mich umdrehe, schlägt mir mein Herz bis zum Hals.

»Dachte, ich schau mal vorbei«, brummt Keir und blickt zwischen Iona und mir hin und her.

Die Wirkung, die er auf mich ausübt, kann ich nicht länger leugnen. Mein trockener Mund, die schweißnassen Hände und dieses verdammte Herz. Seit gestern frage ich mich, warum er allein sein wollte, was wirklich dahintersteckt, und jetzt bekomme ich kein Wort heraus.

»Wir planen gerade die Lesung am kommenden Freitag. Stimmt's, Grace?«

»Ja, für die Lesung. Kommenden Freitag.« *Herrgott, Grace, reiß dich zusammen.*

»Lesung, okay.« Er tritt nervös von einem Fuß auf den anderen.

»Ava, Liebling, ich könnte im Büro Hilfe gebrauchen ... diese widerspenstigen Einhörner«, murmelt Iona und verschwindet mit meiner Tochter im Flur, der zum Büro führt.

Da hat sie mich gekonnt ausgetrickst. Dass sie mich mit Keir alleinlässt, ist ein ausgeklügelter Plan.

»Wie geht es dir?«, frage ich in die Stille hinein.

»Wie soll es mir gehen?« Er zuckt mit den Schultern. »Gut.«

»Du kannst ehrlich antworten.«

»Das tu ich.«

Das tut er nicht, aber offensichtlich will er nicht darüber reden. Der matte Ausdruck in seinen braunen Augen und seine Körpersprache sprechen etwas ganz anderes.

»Wie war dein Tag mit Ainsly?«, fragt er.

»Gut.« Meine Stimme hört sich unnatürlich hoch an und ich klatsche mir imaginär mit der Hand gegen die Stirn. Noch vor zwei Tagen waren wir uns nahe und haben es beide genossen. So sehr, dass wir uns nicht mehr loslassen wollten. Und jetzt stehen wir uns so verhalten gegenüber. Was ist nur los mit mir? Mit ihm? Mit uns?

»Hör zu, Grace«, setzt er an und kratzt sich am Hinterkopf, »der Tag mit dir war wirklich schön.«

»Aber?«

»Es gibt kein Aber.«

»Das gibt es immer«, halte ich dagegen.

»Ausnahmen bestätigen die Regel.« Keir grinst und kommt auf mich zu.

Je näher er mir kommt, desto heftiger schlägt mein Herz. *Ba bumm, ba bumm.* Er stützt sich mit dem Arm am Tresen hinter mir ab und sucht meinen Blick, den er auch sogleich findet. Man sagt nicht umsonst, dass die Augen der Spiegel der Seele sind.

»Keir«, wispere ich.

»Ja?«

»Bitte, ich ...«

Er beugt sich zu mir rüber und ich spüre, wie sich sein Brustkorb hebt und senkt. »Vor zwei Tagen, als wir auf die Highlands geblickt haben, deine Berührung ... du hast es auch gefühlt, oder?«

»Ja, mit jeder Faser meines Herzens.« *Gott, küss mich, tu es endlich*, denke ich.

Und als könnte er meine Gedanken hören, legt er seine Lippen auf meine und küsst mich. Er küsst mich, als hätte er sich seit meiner Ankunft danach verzehrt. Seine Hand streift meine Wange, so zärtlich, so liebevoll, dass ich leise stöhne. Der Kuss ist alles, worauf ich in den letzten Wochen gewartet habe.

Wir lösen uns voneinander und kurz überkommt mich die Sorge, dass wir uns wieder so distanziert verhalten. Aber sein schüchternes Lächeln lässt es mich vergessen.

»Ich glaube, für Küsse gibt es keinen perfekten Augenblick«, sagt er.

»Dieser kommt dem aber ziemlich nahe«, erwidere ich schmunzelnd.

Ein Lachen, das aus den Räumen hinter dem Ladengeschäft, kommt, lässt uns auseinanderfahren. Ob Iona auch ein Gespür dafür hat, wann Schluss mit Zweisamkeit und Zugeständnissen ist?

»Also, welche Lesung meinte Iona?«, unterbricht Keir meine Gedankengänge.

»Von einem Arzt aus dem Nachbarort, der einen Roman veröffentlich hat. Der Name war ... Ian-«

»Kirkwood?«

»Ja, genau, Dr Ian Kirk-«

Bevor ich den Satz zu Ende sprechen kann, fliegen sämtliche Bücher, die auf dem Tresen standen, in hohem Bogen auf den Boden. Das krachende Geräusch, das dabei entsteht, lässt mich zusammenzucken.

»Ist das euer Scheißernst?«, fährt Keir mich mit gedämpfter Stimme an. Die Wut ist ihm ins Gesicht geschrieben, die Hände sind zu Fäusten geballt.

»Was zum Teufel ist denn in dich gefahren?«

Er murmelt etwas Unverständliches vor sich her, tigert im Buchladen auf und ab. »Ich muss hier raus, ich muss hier raus …« Er reißt die Tür auf und ist verschwunden.

Kurz darauf kommen Iona und Ava aus dem Büro zurück und erschrocken zieht Iona die Luft ein.

»Was ist denn hier passiert?«

Tja, das wüsste ich auch gerne. Wie soll ich ihr erklären, was hier vor sich gegangen ist, wenn ich selbst keine Ahnung hab?

»Wir haben über die Lesung gesprochen und auf einmal ist er ausgerastet, hat die Bücher umgeschmissen und ist … abgehauen«, sage ich.

Wir sehen uns an, einer mehr besorgt als der andere. Also weiß auch sie nicht, warum Keir so durchgedreht ist.

»Ich räum das mal auf …«, nuschle ich und beuge mich, um die auf dem Boden zerstreuten Bücher aufzuheben. Vereinzelte Ecken sind angestoßen, ein Buchdeckel umgeknickt – für den Vollpreis kann ich sie jedenfalls nicht mehr verkaufen. Mit einem Kugelschreiber streiche ich den Preis durch und schreibe einen neuen drauf, dann lege ich sie wieder sorgfältig auf den Tresen.

»Im Büro bin ich auf Flyer und Werbeplakate gestoßen, die Ainsly vor ein paar Jahren für eine Weihnachtsaktion im Buchladen gestaltet hat«, setzt Iona an, »sie hilft uns bestimmt auch jetzt wieder.«

»Oh, wirklich? Dann werde ich sie morgen sofort anrufen«, entgegne ich und tippe mir mit dem Zeigefinger ans Kinn. »Ich hoffe nur, es ist nicht zu kurzfristig.«

»Ich kann auch Plakate malen, Mummy! Ganz viele Einhörner und Feen«, platzt Ava dazwischen und hält mir ein bemaltes Blatt Papier vor die Nase.

Ich lache und gebe ihr einen Kuss auf die Stirn. »Bei Einhörnern kann schließlich keiner Nein sagen, oder?«

»Ausgeschlossen!«

Dank Avas Charme ist die Stimmung wieder ausgelassen und doch schwirrt mir nur ein einziger Gedanke im Kopf herum: der Kuss. Wie schön sich Keirs warme, weiche Lippen auf meinen angefühlt haben. Seine Berührung auf meiner Haut, die wie ein Stromschlag durch meinen Körper schoss. Und wie er dann ausgerastet ist.

»Mummy, kommst du?«

Mein Kopf schnellt herum. »Was?«

»Ich hab gesagt, ich mach uns etwas zu Abendessen«, sagt Iona.

»Oh, ach so. Ja, natürlich.«

»Du bist wohl mit deinen Gedanken woanders.«

»Bei der Wiedereröffnung«, antworte ich und als könnte Iona mir die Lüge an der Nasenspitze ansehen, grinst sie. Schnell wende ich mich ab und hoffe, dass sie nicht dahinterkommt, was zwischen Keir und mir ist. Bisher nur ein Kuss und ein paar schüchterne Berührungen, aber was ... wenn daraus mehr wird? Mehr, als ich in diesem Augenblick glaube? Mehr, als mir lieb ist?

Auf den wenigen Metern zurück zum Haus, kommen wir an Keirs Werkstatt vorbei. Unweigerlich streift mein Blick zu seiner darüber liegenden Wohnung, in der Licht brennt. Aber wieder einmal sage ich mir, dass es besser wäre, ihn allein zu lassen. Er ist gegangen. Er wollte es so.

Ich sollte mir weniger Gedanken um ihn machen und mehr über die bevorstehende Wiedereröffnungsfeier und die Lesung. Doch in dieser Nacht überwiegen die Gedanken an Keir, an unseren Kuss und vor allem daran, ob sich dadurch etwas zwischen uns geändert hat.

Kapitel 14

Blinzelnd und mit steifen Gliedern erwache ich am frühen Morgen. Es ist nicht einmal sieben Uhr. Ein Blick aus dem Fenster verrät mir, dass ich mir heute wohl lieber einen dicken Pulli anziehen sollte. Graue Wolken zieren den Himmel und Nieselregen klatscht gegen die bodenlangen Fenster in meinem Zimmer.

Ich werfe die Decke zurück, steige aus dem Bett und krame mir frische Klamotten heraus, die ich mir sofort überwerfe. Kurz bevor ich die Zimmertür öffne, bleibe ich stehen. Auf dem Hof seiner Werkstatt bastelt Keir an einem ziemlich verrosteten Auto herum, schließt dann allerdings die Motorhaube und verschwindet ins Innere der Werkstatt.

Zugegeben, manchmal hasse ich es, dass mein Mund schneller redet als mein Hirn denkt und ich unüberlegt handle. Aber als ich mit gebürstetem Haar und einem minimalen Spritzer Parfüm auf dem Hals in Keirs Werkstatt spaziere, bilde ich mir zumindest ein, dass es nicht immer eine schlechte Eigenschaft ist.

»Ich hab dich von meinem Zimmer aus gesehen«, sage ich.

»Und ich hab dich gehört. Und gerochen«, erwidert er, den Rücken zu mir gewandt und über ein Auto gebeugt.

»Ist es zu viel Parfüm?«, entgegne ich ertappt.

Er hält in seiner Bewegung inne und dreht sich dann zu mir um. »Ich rieche nicht das Parfüm, ich rieche dich, Grace. Deinen Duft.«

Röte schießt mir in die Wangen und mit einem Mal fehlen mir die Worte. Warum bin ich überhaupt zu ihm in die Werkstatt gegangen? Ach ja, richtig, wegen des gestrigen Vorfalls.

»Kommst du zum Frühstück?«, frage ich.

Er nickt.

»Gut.«

»Du bist nicht hergekommen, um mich das zu fragen.«

Ich bin leichter zu durchschauen, als mir lieb ist, denke ich. Nervös nestle ich am Saum meines Pullis herum. »Nein, bin ich nicht.«

Keir zieht fragend eine Augenbraue in die Höhe, was mich noch nervöser macht. »Für gewöhnlich läuft das andersrum. Du fragst mir Löcher in den Bauch und ich antworte einsilbig.«

Fast lache ich. »Bereust du den Kuss?«, sprudeln die Worte aus mir heraus.

Der übliche grimmige Ausdruck legt sich auf sein Gesicht, er runzelt die Stirn. »Wie kommst du darauf?«

»Du bist danach ausgeflippt und abgehauen. Was soll ich denn deiner Meinung nach davon halten?«

»Grace.« Keir fährt sich mit der Hand durch die Haare. »Das hat rein gar nichts mit dir zu tun.«

Seine Antwort genügt mir nicht. Auch wenn ich oft selbstbewusst tue und nicht auf den Mund gefallen bin, schlummert irgendwo in mir eine gewisse Unsicherheit. Ein Mädchen, das zwar nicht auf den Mund gefallen, aber in Fettnäpfchen getreten ist und zwanghaft versucht, ihnen auszuweichen.

»Und mit wem hat es dann etwas zu tun, wenn nicht mit mir?«

Er knallt den Schraubendreher in seiner Hand auf den Boden und bringt Abstand zwischen uns. Die Sehnen an seinen Unterarmen treten hervor und seine zu Fäusten geballten Hände zittern unmerklich.

»Zwing mich nicht dazu, es auszusprechen, Grace. Tu das nicht«, zischt er.

»Was, Keir, was?« Meine Stimme hallt in der Werkstatt wider und ich fühle mich, als seien wir nicht nur räumlich voneinander entfernt. Sondern als hätte der Kuss alles zwischen uns geändert.

Plötzlich kommt Keir mit großen Schritten auf mich zu, drückt mich gegen die steinerne Wand hinter mir und legt eine Hand auf meine Wange. »Ich bereue nichts, Grace, hörst du? Ich bereue den Kuss keinesfalls.«

»Bist du dir sicher?«

Er streicht mir eine Haarsträhne hinter das Ohr. »Ich war mir noch nie sicherer.«

»Warum bist du gestern ausgerastet, als ich die Lesung angesprochen hab?«

»Es ist nicht wegen der Lesung an sich, sondern ... wegen demjenigen, der vorliest.«

»Wegen des Doktors?«, hake ich nach.

»Aye.«

»Hat es etwas mit A zu tun, Keir?«

Eine Stille legt sich zwischen uns und ich sehe ihm an, wie er mit sich hadert. Die Art und Weise, wie er in die

Ferne blickt, die Schultern anspannt und die Lippen zusammenpresst.

»Kannst du die Lesung nicht absagen?«, fragt er.

»Das kann ich nicht, wirklich nicht. Das ist die erste Geldeinnahme seit Langem für die Buchhandlung, ewig kann ich nicht mehr von dem Ersparten leben.«

»Aye, verstehe. War eine blöde Idee, Grace, tut mir leid.«

»Es ist nur die eine Lesung. Wenn du etwas gegen ihn hast«, fahre ich fort, »wird er keine mehr halten.«

Ich weiß gar nicht, warum ich das überhaupt sage. Kommt die Lesung gut an und findet Anklang, könnte sich daraus eine längerfristige Zusammenarbeit ergeben. Eine Win-Win-Situation für beide Seiten. Aber Keir scheint es etwas auszumachen und mir scheint genau das auch etwas auszumachen.

»Es ist dein Geschäft, du musst keine Rücksicht auf mich nehmen«, entgegnet er.

»Das weiß ich«, erwidere ich so schnell, dass sich meine Stimme fast überschlägt.

»Okay.«

Seine Hand wandert von meiner Wange zu meiner Hüfte und ich wage es nicht, mich zu bewegen. Dafür fühlt sich seine Berührung viel zu gut an. So lange habe ich auf Nähe verzichtet, sie zurückgewiesen oder gar nicht erst das Bedürfnis aufkommen lassen. Jetzt komme ich mir vor, als würde ich mich danach verzehren.

»Was hat der Kuss zwischen uns geändert?«, flüstere ich, darauf bedacht, den Moment nicht kaputtzumachen.

»Hat sich denn etwas geändert?«

»Na ja, wenn ich daran denke, wie du dich mir gegenüber an meinem ersten Tag hier verhalten hast … du wolltest mir nicht einmal deinen Namen verraten.«

Wir lachen beide und ich vergrabe mein Gesicht an seiner Brust.

»Ich schätze, dann hat sich etwas geändert«, stimmt Keir mir zu.

Und ob es das hat. Am Anfang konnte er es nicht mal ertragen mich anzusehen, geschweige denn mehr als ein Wort mit mir zu tauschen. Aber jetzt stehen wir hier und sind uns so nahe, was ich mir vor einem Monat niemals ausgemalt hätte. Dabei ist es schon so lange her, dass ich mich auf einen Mann eingelassen habe und auf meiner Umzugsliste nach Glenessie stand eine Beziehung ganz weit unten. Mit unsichtbarer Tinte.

»Wir sollten frühstücken gehen«, sage ich, als sich meine Gedanken im Kopf zu überschlagen drohen.

Wir lösen uns voneinander, Keir wäscht sich flüchtig die Hände und schließt die Tür zur Werkstatt.

»Ob Iona es nicht merkwürdig vorkommen wird, dass wir zusammen in die Küche spazieren?«, brummt er.

»Du kennst sie länger als ich und stellst solche Fragen?« Ich kann mir das Lachen nicht verkneifen, was mir einen leichten Knuff von Keir in die Seite einheimst.

Vermutlich weiß Iona schon längst über den Kuss Bescheid, wenn ich daran denke, wie sie mich im Buchladen angegrinst hat. In einem kleinen Ort wie Glenessie macht vieles schneller die Runde als man glauben mag. In London interessierte sich keiner für das Liebesleben einer unscheinbaren Mieterin.

***

Nach dem Frühstück und Avas chaotischer Schilderung ihres nächtlichen Traums, in dem sie auf einem rosafarbenen Pegasus durch die Lüfte flog, wähle ich Ainslys Nummer am Telefon.

»Hier bei Leshman, hallo?«

»Ainsly, hey, hier ist Grace.«

»Fragt deine Tochter dich etwa auch alle fünf Minuten, wann sie wieder zusammen spielen können?« Ihre glucksende Stimme dringt durch den Apparat.

»Das ist zwar nicht der Grund, weshalb ich anrufe, aber ja, auch Ava fragt andauernd.«

»Oh, na dann, was kann ich für dich tun?«

Ich erzähle ihr von der Lesung und der Wiedereröffnungsfeier, woraufhin sie Feuer und Flamme ist und ihre Vorschläge einbringt. Sie erklärt sich sofort bereit, die Flyer zu gestalten und sich um die Werbung zu kümmern. Alles unentgeltlich.

»Ach, ich mach das gerne. Für den Buchladen, für dich und deine Familie und natürlich für Gregory. Ich setze mich gleich an den Computer und sende dir die ersten Entwürfe heute Abend, okay?«

»Du bist ein Schatz, Ainsly!«

»Hast du schon darüber nachgedacht, die Lesung und die Feier zusammenzulegen?«, schlägt sie vor. »Statt Preise für Eintrittskarten, könntet ihr Spenden für den Buchladen sammeln – was hältst du davon?«

»Glaubst du denn, das klappt? Die Lesung und die Feier sind die ersten richtigen Geldeinnahmen«, spreche ich meine Bedenken aus. »Ich will den Laden von Onkel Gregory auf keinen Fall schließen müssen, das würde mir das Herz brechen.«

»Vertrau mir, Grace. Die Menschen in und um Glenessie haben ein großes Herz und lieben deinen Onkel und seinen Laden. Er gehörte hierher wie die Hochlandrinder auf die Wiesen. Sie werden nicht zulassen, dass du den Buchladen schließen musst.«

»Danke, Ainsly«, erwidere ich mit erstickter Stimme.

»Ich beauftrage gleich Callun und Cait, damit sie schon mal auf die Wiedereröffnung aufmerksam machen und Flyer auslegen. Das wird toll!«

Nach einem kurzen Plausch über den anstehenden ersten Schultag unserer Töchter beenden wir das Telefonat. Das lief besser als erwartet. Ainsly kümmert sich um die Werbung, dann müssen Iona und ich uns nur noch Gedanken um die Verpflegung und die Dekoration machen. So kann die Wiedereröffnung doch zu einem Erfolg werden.

Den restlichen Mittag brüten Iona und ich über ihrem Sammelsurium an Kuchenrezepten, bei denen mir das Wasser im Mund zusammenläuft. Ich weiß nicht, wie wir uns für nur eine Handvoll Kuchen entscheiden sollen. Jedes Rezept hört sich einfach köstlich an.

»Dann werde ich einen Dundee Cake, einen Schokoladenkuchen, einen Whiskykuchen und Selkirk Bannock machen«, beschließt Iona, während wir im Wohnzimmer sitzen, um uns herum überall Rezepte verteilt.

»Schreibst du mir auf, was du alles dafür brauchst? Ich wollte morgen ins Einkaufszentrum fahren und Deko besorgen.«

Sie nickt, schnappt sich Block und Kugelschreiber und schreibt los. »Mit Keir?«

»Wie kommst du denn darauf?«

»Nun enttäusch doch keine alte Frau, Grace, und sag, dass ihr euch mindestens einmal geküsst habt«, entgegnet sie über den Rand ihrer Brille hinweg.

Überrascht über ihre rigoros offenen Worte, verschlucke ich mich an dem Earl Grey. Ich stelle den Tee auf dem Untersetzer vor mir ab und streiche über den Stoff meiner Jeans. »Keir ist mir gegenüber zugänglicher geworden.« *O ja, und wie zugänglich*, denke ich missbilligend über meine eigene Wortwahl. »Was nicht bedeutet, dass wir das Bett miteinander teilen.«

Habe ich das gerade wirklich gesagt? Stamme ich neuerdings aus einem vergangenen Jahrhundert oder weshalb rede ich so gestelzt?

»Soso«, macht Iona.

Auch wenn ich weiß, dass sie es nicht böse meint, überkommt mich ein mulmiges Gefühl. Keir und ich waren uns nahe, ja, aber wer weiß, ob und was daraus entsteht? Ich will nicht, dass Ava sich zu sehr an ihn gewöhnt – wenn das nicht sogar schon passiert ist, und sich an ihm festkrallt, falls es doch nicht funktioniert. Sie soll nicht ein weiteres Mal erleben, wie eine Familie zerbricht. Ich will uns beiden eine weitere Enttäuschung ersparen, weshalb ich erst einmal herausfinden will, worauf das mit Keir und mir hinausläuft.

Als ich am Abend Ava ins Bett gebracht habe, will ich es mir gerade auf dem durchgesessenen Sofa bequem machen, als es an der Tür klopft. Kurz überlege ich, so zu tun, als schliefe ich schon. Aber das Knarzen des Fußbodens verrät mich. Also öffne ich die Tür und trete in meinen schlabbrigen, alten Hello Kitty-Shorts und ein übergroßes Oberteil mit einem Kätzchen-Print Keir gegenüber. Dass Ölflecken seine T-Shirts zieren, ist inzwischen normal für mich und irgendwie auch anziehend.

»Störe ich?«, fragt er und hat den Blick auf etwas hinter mich gerichtet, als wolle er meine nackten Beine in den Shorts nicht ansehen.

Ich zucke mit den Schultern. »Ich wollte es mir gerade auf der Couch gemütlich machen.«

»Oh, okay.« Er legt die Stirn in Falten und fährt dann fort. »Ich hab gehört, du musst morgen ins Einkaufszentrum.«

In Glenessie hören die Leute ständig Dinge. Ob ich mich jemals daran gewöhnen werde und meine erste Reaktion darauf nicht Verärgerung sein wird?

»Ja, für die Deko und die Lebensmittel für die Wiedereröffnung.«

»Ich kann dich fahren. In meinem Wagen ist mehr Platz«, sagt Keir und sieht mich endlich an.

»Bist du dir sicher?«

Ein Schmunzeln umspielt seine Lippen. »Das hast du mich schon gestern gefragt.«

»Oh«, mache ich.

»Und die Antwort ist dieselbe wie gestern.«

»Okay, gut, dann fahren wir morgen gemeinsam ins Einkaufszentrum«, entgegne ich. »Ursprünglich wollte ich Ava bei Iona lassen, da der Einkauf ziemlich viel sein wird. Aber jetzt, wo du fährst, wird sie mit wollen. Sie hat einen Narren an dir gefressen.«

Seltsam verhalten stehen wir uns gegenüber. Ich habe das Gefühl, dass er etwas anderes sagen würde, wenn im Raum nebenan nicht Ava und im Raum unter uns Iona wären. Und gottverdammt, ich würde es auch.

Ihn fragen, wann wir uns endlich wieder küssen, seine warme Haut meine wieder streift.

»Ach, hat sie das? Und ihre Mum?« Der Boden unter seinen Füßen knarzt, als er sich auf mich zubewegt.

Meine Hand krallt sich um den Türknauf und überrascht ziehe ich die Luft ein, weil ich nicht damit gerechnet habe. Nicht mit der sanften Berührung seiner Finger an der nackten Stelle an meiner Hüfte, wo das T-Shirt in den Bund der Shorts gerutscht ist.

»Ihre Mum, tja, keine Ahnung. Da musst du sie schon selbst fragen«, wispere ich.

Keir räuspert sich. »Was ist mit dir, Grace? Hast du auch einen Narren an mir gefressen?«

Hab ich schonmal erwähnt, dass ich es liebe, wie er meinen Namen ausspricht? Wie er das R in seinem schottischen Akzent rollt, lässt mich jedes Mal erschaudern.

»Das habe ich, Keir, aber ...«

»Aber?«

Mit den Fingerspitzen fahre ich über die warme Haut an seinem Unterarm. »Ich will es langsam angehen, okay? Nicht nur wegen Ava, sondern auch wegen mir.«

»Das ist okay, mir geht es genauso.«

Er legt seine Stirn an meine und vermutlich hört er, wie abgehackt mein Atem geht. Vor Nervosität, vor Erregung, vor so vielen Gefühlen, die Achterbahn fahren. Unsere Lippen berühren sich zart und wir verschmelzen in einem Kuss, der zeigt, wie sehr wir beide uns nacheinander gesehnt haben. Könnte ich meinen Kopf für eine Sekunde ausschalten, würden wir nicht mehr in der Tür stehen und zaghafte Berührungen austauschen. Ich würde ihn ganz anders und noch inniger fühlen wollen. Aber ich kann es noch nicht zulassen.

»Ich wünsche dir eine gute Nacht«, flüstert er mir ins Ohr und gibt mir einen letzten, sanften Kuss.

»Schlaf gut, Keir«, erwidere ich heiser.

Er wendet sich zum Gehen ab, dreht sich dann aber nochmal zu mir um. »Wenn mich schon der Anblick deiner nackten Beine so verrückt macht, wie wird es sein, wenn ...« Er lässt den Satz unbeendet, aber ich weiß ohnehin, was er meint.

Ich grinse. »Dann besuche ich dich in der Nervenheilanstalt.«

»Abgemacht.«

Seine Silhouette verschwindet langsam in der Dunkelheit des Treppenhauses und ich höre, wie er die Haustür hinter sich schließt. Ob er gerade auch so durcheinander ist wie ich? Ich glaube, ja.

Das Kribbeln in meinem Körper hört selbst dann nicht auf, als ich im Bett liege und gegen die Zimmerdecke starre.

Kapitel 15

Am nächsten Morgen setzt das Kribbeln sofort wieder ein, als ich die Augen aufschlage. Wird das nun ewig so weitergehen oder werde ich irgendwann wieder die Kontrolle über meine Gefühle haben? Fühlt es sich so an, wenn man verliebt ist? Oh Gott, bin ich etwa verliebt?

Vor Avas Dad gab es ein paar Beziehungen, die jedoch nichts Ernsthaftes waren. Eine Zeit lang hatte ich geglaubt, in Ethan verliebt zu sein. Aber als ich schwanger wurde und er sein wahres Gesicht zeigte, schwanden die Gefühle. Bis nichts mehr außer Enttäuschung und Wut übrig waren.

Keir und ich, ja, da ist mehr. Und ja, ich bin kurz davor, mich in ihn zu verlieben.

Der Gedanke lässt mich innehalten. Hab ich das wirklich gedacht? *Ich bin kurz davor, mich in ihn zu verlieben.* Mir das einzugestehen, ist gleichermaßen erleichternd wie beängstigend.

Ich schüttle die Gedanken ab und rede mir ein, dass ich bei der Auswahl der Klamotten nicht darauf achte, was Keir gefallen könnte. Schließlich ziehe ich mir eine Skinnyjeans und ein schlichtes, tannengrünes T-Shirt an und tapse in die Küche, wo mir der Duft von frischen Pancakes in die Nase steigt.

»Gut geschlafen?«, fragt mich Iona, woraufhin mir ein herzhaftes Gähnen entschlüpft. »Tee oder Kaffee?«

»Ich glaube, heute Morgen ist starker Kaffee angebracht«, antworte ich und nehme die Tasse entgegen,
die mir Iona hinhält. Ich gebe noch Milch hinein und
die schwarze Flüssigkeit verfärbt sich hellbraun. So
mag ich meinen Kaffee am liebsten. Ich nippe daran
und stöhne genüsslich auf, als der Kaffee meine Zunge
benetzt.

»Hier ist übrigens die Liste mit den Zutaten für die Kuchen.« Iona reicht mir einen vollgeschriebenen Zettel
und mehrere Geldscheine.

»O nein«, widerspreche ich und mache eine abwehr-
rende Handbewegung, »das Geld behältst du. Ich über-
nehme das.«

»Grace, das musst du nicht.«

»Aber ich will es. Keine Diskussion.« Den Zettel stecke
ich in meine Hosentasche.

Sie schenkt mir ein dankbares Lächeln und wendet
sich dann wieder den Pancakes zu, die sie auf die Teller
verteilt und serviert. »In Keirs Wagen habt ihr immerhin genug Platz für alles«, merkt sie an.

Ich sollte mich nicht wundern, dass Iona darüber Bescheid weiß, und doch ziehe ich die Augenbrauen zusammen. »Das war doch nicht etwa deine Idee, oder?«

Sie spitzt vielsagend die Lippen, streicht den Stoff ihrer Schürze glatt und setzt sich zu mir an den Tisch.
»Warum sollte es meine Idee gewesen sein?«

Ich setze zu einer Antwort an, als ein plötzliches Poltern von der Treppe zu vernehmen ist und auf einmal
Ava im blasslila Pyjama in der Küche steht.

»Wolltet ihr etwa ohne mich frühstücken?« Sie zieht
eine Schnute, die viel zu herzzerreißend aussieht, als
dass man sich ein Grinsen verkneifen könnte.

»Bald beginnt deine Schule, da solltest du, so oft es geht, noch ausschlafen, Schatz«, sage ich zu ihr. »Willst du eine heiße Schokolade?«

Sie nickt und ihre Zöpfchen wippen dabei auf und ab. Nachdem ich ihr eine heiße Schokolade zubereitet habe, stößt schließlich Keir zu uns. Er brummt etwas zur Begrüßung, hängt die khakifarbene Jeansjacke über den Stuhl und setzt sich.

»Kaffee?«, frage ich ihn.

»Gern, danke.« Einen langen Moment bedenkt er mich mit einem Blick, doch bevor ich mich darin verliere, greife ich nach einer Tasse und schenke ihm ein.

Schließlich sitzen wir vollzählig am Tisch, Ava lächelt glückselig ihre Pancakes an und schlürft Schokolade.

»Ainsly hat mir gestern Abend die ersten Entwürfe für die Flyer und Plakate geschickt«, beginne ich zwischen zwei Bissen, »sie sehen klasse aus! Ich habe sie abgesegnet und Ainsly druckt sie heute aus und bringt welche vorbei. Sie hat mich übrigens auf die Idee gebracht, die Lesung und die Wiedereröffnung zusammenzulegen. Was haltet ihr davon?«

»Das ist tatsächlich eine gute Überlegung«, stimmt Iona zu. »Während ihr Besorgungen macht, schmücke ich den Buchladen mit Plakaten. Was meinst du, Ava, hilfst du mir dabei?«

Sie klatscht begeistert in die Hände. »Kann Cait auch helfen?«

Kaum nicke ich, leert sie ihre heiße Schokoladen in einem Zug und ich wähle Ainslys Nummer am Telefon. Dann gebe ich Ava den Hörer und sie verschwindet in Ionas Wohnzimmer.

»Das wird sich in Nullkommanichts rumsprechen«, meint Iona und nippt an ihrem Tee.

»Ich hoffe es. Aber so wie ich die Bewohner von Glenessie mittlerweile kenne, spricht sich alles schnell herum.« Ich werfe ihr einen bedeutsamen Blick zu, den sie mit einem unschuldigen Lächeln erwidert. Es ist, als hätten die Wände hier Ohren.

Nachdem Ava mit dem Telefon in der Hand zurückkommt und mitteilt, dass Ainsly mit Cait später vorbeikommen und helfen wird, räumen wir den Tisch ab.

Keir ist die ganze Zeit über gewohnt ruhig und doch spüre ich seinen Blick in meinem Nacken. Ihn nicht hier und jetzt zu küssen, fällt mir schwer.

Nachdem das Geschirr gespült und abgetrocknet ist, verschwindet Iona mit Ava im Schlepptau im Wohnzimmer.

»Wollen wir?«, fragt Keir mit rauer Stimme und als ich mich zu ihm umdrehe, steht er mir näher als erwartet.

»Ja«, nuschle ich.

Er legt seine Hände an meine Hüfte und überrascht von der Berührung, stoße ich mit dem Rücken gegen die Küchentheke.

»Ich schätze, ich bin nicht die Einzige, die so intensiv auf Berührungen reagiert.«

»Das gefällt mir.«

Ich boxe ihm spielerisch auf den Brustkorb. »Oh, das glaube ich dir.«

»Mummy! Keir!«, ruft Ava durch das Wohnzimmer und steht Sekunden später mit in die Hüfte gestemmten Armen im Raum. »Warum steht ihr noch hier rum?

Wir müssen doch eine Party vorbereiten! Ainsly und Cait kommen auch gleich!«

Sofort lösen Keir und ich uns voneinander und ich bete, dass sie nicht mitbekommen hat, wie dicht beieinander wir gerade standen.

Ich beuge mich zu meiner Tochter herunter und streiche ihr eine losgelöste Strähne aus ihrem Zopf hinter das Ohr. »Und für dich ist es in Ordnung, hier bei Iona zu bleiben, während ich mit Keir einkaufen bin?«

»Klar! Cait und ich können ja dann noch spielen«, antwortet sie.

»Okay, gut. Mach Iona keinen Ärger, hörst du? Ich bin bald zurück.«

Gemeinsam mit Iona und Ava verlassen auch Keir und ich das Haus. Die beiden winken uns noch zu, während wir in seinem SUV Richtung Stadtzentrum fahren. Obwohl ich darauf gewartet habe, mit ihm allein zu sein, weiß ich nicht, wie ich mich verhalten soll. Ich komme mir wie ein Teenie vor, dem alles zum ersten Mal wiederfährt. Na gut, in den letzten Jahren habe ich bestimmt einiges verlernt.

»Hast du den Zettel mit den Zutaten dabei?«, fragt Keir, der seine Finger so sehr um das Lenkrad krallt, dass die Knöchel weiß hervortreten. Er ist wohl auch nervös.

Ich nicke. »Hab ich. Auch auf die Gefahr hin, dass ich mich unbeliebt mache – was ist denn Selkirk Bannock?«

»Ach, Bonnie lass, du musst wirklich noch viel dazulernen«, sagt er und schüttelt gespielt schockiert den Kopf. »Selkirk Bannock ist ein Frühstückskuchen, er wird mit Orangeat, Zitronat, Rosinen und Butter oder Schweineschmalz hergestellt.«

Ich verziehe das Gesicht. »Schweineschmalz?«

»Warts ab und probier es, es wird dir schmecken«, versichert er mir.

»Sagt der, der immer so mäkelig ist.«

Er wirft mir ein Grinsen zu. »Ich bin halt schwer zu überzeugen.«

»Stimmt, selbst bei einfachen Dingen wie deinen Namen zu verraten«, ziehe ich ihn auf, woraufhin er mir in den Oberschenkel zwickt und ich aufquietsche. Gott, ich verhalte mich wirklich wie ein verknallter Teenie.

Eine knappe halbe Stunde später erreichen wir das Einkaufszentrum, dessen Parkplatz gut gefüllt ist. Aber Keir erwischt eine der letzten freien Parklücken nur wenige Meter vor dem Eingang und quetscht seinen Wagen rein. Nachdem wir einen Blick auf die Zutatenliste geworfen haben, beschließen wir zwei Einkaufswägen mitzunehmen und stürzen uns in das Getümmel. In den Gängen drängen sich die Menschen dicht an dicht und ich frage mich, ob ein Feiertag bevorsteht oder weshalb so viel los ist. Bis mir wieder einfällt, dass das Einkaufszentrum das einzige im Umkreis von mehreren Meilen ist. Hier erledigt man nicht seinen Wocheneinkauf, sondern Monatseinkauf, weil man so viel Sprit verfährt. Es gibt so einiges, an das ich mich noch gewöhnen muss.

Zuerst besorgen wir die Zutaten für die Kuchen und danach sind die Einkaufswägen schon so brechend voll, dass ich annehme, dass uns die Wägen für den kompletten Einkauf nicht reichen werden.

»Hast du schon eine Idee für die Deko?«, fragt mich Keir und schiebt den überladenen Einkaufswagen vor sich her.

»Ein paar Girlanden, Luftballons, Luftschlangen. Hauptsache bunt und fröhlich, sodass mir die Leute hoffentlich den Buchladen einrennen.« Ich überspiele meine Nervosität mit einem Lachen und versuche, den widerspenstigen Einkaufwagen in einen Gang zu lenken. »Die haben ja eine riesige Auswahl an Girlanden und Luftballons«, lenke ich ab und werfe so viel wie ich tragen kann in den Einkaufswagen. »Jetzt noch das Knabberzeug, dann haben wir alles.«

Schließlich stehen wir mit zwei vollbeladenen Einkaufswagen an der Kasse und belegen das gesamte Kassenband, die Kassiererin jedoch winkt nur lachend ab. »Da haben Sie aber ganz schön was vor«, meint sie.

»Wir feiern die Wiedereröffnung von Gregorys Buchladen«, teile ich ihr mit.

Sie scannt gerade mehrere Packungen Hefe ein und hält inne. »Ach, der eröffnet wieder? Und ich dachte schon, ich müsste mir eine neue Buchhandlung suchen, nachdem der Besitzer verstorben ist.«

»Ich bin seine Nichte und werde den Laden übernehmen.«

Ihr Gesicht hellt sich auf. »Das ist aber schön! Wann ist denn die Wiedereröffnung?«

»Diesen Freitag«, antworte ich, während ich die Sachen wieder im Einkaufswagen verstaue. »Wir verknüpfen das mit einer Lesung von Dr Ian Kirkwood. Er wird aus seinem Fachbuch über Ernährung vorlesen.« Kommen die Worte tatsächlich aus meinem Mund? Nennt sich das Werbung machen?

»Dr Ian Kirkwood? Von ihm habe ich schon viel gehört, er ist wirklich zu empfehlen. Ich werde schauen, dass ich es einrichte und vorbeikomme!«

»Das würde mich sehr freuen.«

Als die Kassiererin mir den Betrag nennt, versuche ich mir nichts anmerken zu lassen und bezahle. Wann habe ich das letzte Mal so viel Geld ausgegeben?

Mühselig fahren wir die Einkaufswägen nach draußen und beim Anblick der Menge bin ich froh, dass wir mit Keirs Auto gefahren sind. In meiner kleinen Kiste wäre kein Platz gewesen und selbst wenn hätte die sich keinen Meter mehr fortbewegt.

Danach setzen wir uns ins Auto und als der Motor aufheult, überkommt mich Traurigkeit, weil die Zweisamkeit mit Keir nun vorbei sein wird. Aber ich will nichts überstürzen und mich nicht in etwas verlieren, das möglicherweise keine Zukunft hat. Zumal ich das Gefühl habe, Keir noch nicht durchschaut zu haben. Er hat eine Mauer erbaut, deren Steine langsam bröckeln, aber mir noch nicht die wahre Seele dahinter gezeigt. Es hat etwas mit A und den Bildern auf seinem Schreibtisch zu tun, soviel weiß ich. Etwas ist ihm widerfahren und hat ihm Schmerz zugefügt. Wir haben beide eine Vergangenheit, mit der es sich nicht zu prahlen lohnt, und da ist es okay, nicht sofort die Mauer abzureißen. Es ist okay, sich hinter ihr zu schützen, bis man abschätzen kann, ob es sich lohnt, sie zu durchbrechen.

Die malerische Landschaft zieht an mir vorbei, als wir durch die Dörfer fahren und den Trubel im Einkaufszentrum hinter uns lassen. Leise Musik dringt aus dem Radio.

»Wirst du überhaupt zur Lesung kommen?«, frage ich in die Stille hinein.

Er wirft mir einen Blick zu und sieht im nächsten Moment wieder auf die Straße. »Ich werde da sein.«

Seine Antwort überrascht mich. »Auch wenn dir der Redner gegen den Strich geht?«

Er zuckt mit den Schultern. »Ich muss sie mir ja nicht anhören, oder? Ich werde einfach das Kuchenbüffet plündern.«

Wie schafft er es, die Situation trotz seiner mürrischen Art aufzulockern?

»Das bedeutet mir viel«, murmle ich.

Seine Mundwinkel verziehen sich zu einem kleinen, unmerklichen Lächeln. »Deshalb werde ich da sein, Grace.«

Ich kann nichts dagegen tun. Gegen das Herz in meiner Brust, das mir bis zum Hals schlägt. Würde die Welt stillstehen, könnte Keir es zweifelsohne schlagen hören.

»Sollen wir den Einkauf vor dem Buchladen oder dem Haus entladen?«, fragt Keir plötzlich, als wir Glenessie reinfahren.

»Ich glaube, die Zutaten für Ionas Kuchen sind mehr als die Deko, also vorm Haus«, antworte ich und bin immer noch in meinen Gedanken versunken. So fühlt es sich also an, verliebt zu sein. Herzklopfen, Hände, die abwechselnd kalt und heiß sind. Der Wunsch ihn ständig zu küssen.

Der Wagen fährt über eine Unebenheit und Keir tritt auf einmal auf die Bremse und der Wagen kommt zum Stehen. Mitten auf der Straße, wenige Meter vor dem

Buchladen, den gerade Iona und Ava mit Ainsly und Cait auf Vordermann bringen.

»Deine Gedanken sind so laut«, sagt er und dreht das Radio leiser.

»Ich kann nichts dagegen tun«, stoße ich hervor, weil ich weiß, dass es zwecklos ist, es zu leugnen.

Eine Anspannung hat sich zwischen uns aufgebaut, die spürbar ist und jeden Augenblick droht in Flammen aufzugehen. Auch Keir merkt es und vielleicht geht es ihm genauso wie mir. Es ist für uns beide neu und wir fürchten uns vor den eigenen Empfindungen und davor sie zuzulassen.

Bis wir nicht weiter dagegen ankämpfen. Er beugt sich zu mir, ich schlinge meine Arme um ihn und unsere Lippen finden sich. Wir küssen uns so innig, als bliebe uns keine Zeit mehr. Seine Lippen fühlen sich weich und zärtlich auf meinen an und obwohl ich glaube, bald keine Luft mehr zu bekommen, kann ich nicht von ihm ablassen.

Erst Minuten später, in denen wir noch immer die Straße blockieren, lösen wir uns voneinander.

»Und ich dachte schon, nur mir geht es so«, nuschle ich und fahre mir mit dem Finger über die geschwollenen Lippen.

Er grinst, räuspert sich und legt den Gang ein. »Wir sollten fahren.«

Als wir am Buchladen vorbeikommen, sehe ich, dass im Ladeninneren bereits Stühle aufgestellt wurden und kann sogar durchs Fenster Avas blonden Schopf erkennen. Schließlich räumen Keir und ich den Einkauf in Ionas aus Küche, was weniger lang dauert als erwartet.

»Soll ich dir helfen, die Dekoration nach nebenan in den Laden zu bringen?«

Ich schüttle den Kopf. »Nicht nötig. Aber danke fürs Fahren.«

»Immer wieder gerne.« Mit den Worten dreht er sich um und schließt die Haustür hinter sich.

Bevor sich meine Gedanken wieder zu überschlagen drohen, packe ich die gekaufte Dekoration in einen Karton und schleppe ihn die wenigen Meter in die Buchhandlung. Dort werde ich sofort von Ava empfangen.

»Hat alles geklappt? Hast du alles bekommen?«, fragt mich Iona und auch die anderen machen große Augen, als sie die Deko erblicken.

»Ich habe sogar an der Kasse Werbung gemacht. Stellt euch das vor!«, verkünde ich stolz, woraufhin mir Ainsly auf die Schulter klopft.

»Na siehst du, und Callun und Cait haben heute Morgen auch schon ihre Runde gemacht. Ganz Glenessie wird kommen.«

»Die freuen sich alle!«, stimmt Cait ihrer Mum zu und plündert mit Ava den Karton.

Ich lasse den Blick durch den Laden streifen und deute auf die Bestuhlung und die Plakate, die an den Schaufenstern angebracht sind. »Ihr habt aber ganz schön was geleistet.« Schätzungsweise dreißig Personen können Platz nehmen und ganz vorne stehen ein Ohrensessel, Tisch sowie eine Stehlampe für den Autor bereit.

»Ich hab vorhin noch mit Dr Kirkwood telefoniert. Er bringt auch ein großes Rollup und Flyer mit«, teilt Iona mit.

Bei so viel Hilfsbereitschaft stehen mir schon wieder die Tränen in den Augen, die ich wegblinzle. Das bleibt Iona aber natürlich nicht unbemerkt und grinst. Oder ob sie grinst, weil sie das mit Keir und mir ahnt?

»Dann lasst uns mit der Dekoration beginnen«, sage ich, um von meinem anbahnenden Gefühlsausbruch abzulenken.

Die Mädchen sind sowieso schon vollkommen hin und weg von den bunten Luftschlangen, Girlanden und Luftballons. Was soll schon mit so viel helfenden Händen schiefgehen?

Zwei Stunden später erstrahlt der Buchladen in knalligen Farben, Girlanden; Luftschlangen schmücken die Bücherregale und ich bin überwältigt davon, welche Wirkung es hat. Ich kann mir schon vorstellen, wie sich ganz Glenessie in den Laden drängt – nur um ein Stück Kuchen von Iona zu erwischen, versteht sich. Und einen skeptischen Blick auf die Londonerin zu werfen, die den Laden übernimmt.

Freude und Nervosität überkommen mich, als wir am Abend den Laden verlassen und ich ihn schließe. Avas Augen fallen schon bald zu und ein herzhaftes Gähnen entschlüpft ihr.

»Wir sind gleich Zuhause, Schatz, dann bring ich dich ins Bett«, sage ich zu ihr und anstatt zu protestieren, nickt sie einfach. Kein Wunder, der Tag war auch anstrengend. »Danke für eure Hilfe, Ainsly. Ohne euch hätte ich das niemals geschafft«, bedanke ich mich.

Sie winkt ab. »Das ist nicht der Rede wert, ehrlich. Es hat mir Spaß gemacht, mal wieder kreativ zu werden.«

»Ihr bekommt ein extra Kuchenstück«, verspreche ich den beiden und wir verabschieden uns lachend voneinander.

Kapitel 16

Die letzten Tage sind wie im Flug vergangen und so stehe ich freitagmorgens in Bluse und Jeans vor dem Spiegel. Ich betrachte mein vor Anspannung gerötetes Gesicht und die blonden Haare, die heute noch schwieriger zu bändigen sind als sonst. Der Knopf der Bluse spannt um meine Brust und sie sitzt auch nicht mehr so gut wie zu meiner Jobbewerbungsphase in London. Ionas festliche Gerichte haben mir eindeutig zugesetzt. Heute muss der Knopf allerdings halten, danach kann die Jeans in den Müll, denke ich und betrete die Küche im Erdgeschoss.

Dort stehen bereits Ava und Iona am Herd und haben Porridge vorbereitet. Auch eine dampfende Tasse Kaffee steht auf meinem Platz, die ich sofort an meine Lippen führe. So beginnt ein guter Morgen.

»Ich glaube, ich habe noch nie so unruhig geschlafen wie in den letzten Nächten«, grummle ich.

»Ach, Liebes«, Iona schenkt mir ein Lächeln, »du wirst sehen, der Tag wird ein voller Erfolg.«

Ich nestle am Saum meiner Bluse herum und schenke mir Kaffee nach. Wenn ich so weitertrinke, werde ich den ganzen Tag bis in die Nacht hinein wie verrückt herumwirbeln.

»Dr Kirkwood kommt um 15 Uhr und um 16 Uhr beginnt die Lesung, richtig?«

»Ava, Schätzchen, nimm deiner Mummy besser mal

den Kaffee weg«, weist Iona meine Tochter scherzhafterweise an, die mir sogleich die Tasse aus der Hand reißt.

»Du bist doch der Boss, Mummy«, mahnt Ava und hält mir stattdessen eines ihrer Trinkpäckchen mit Saft hin, das ich dankend entgegennehme.

Da wird auf einmal die Haustür geöffnet und Keir stapft mit dreckigen Schuhen in die Küche, wo er sich mir gegenüber auf den Stuhl fallen lässt.

»Wenigstens einer, der sich wie immer verhält.« Iona grinst, während sie den Porridge serviert und sich an den Tisch setzt.

Keir hebt den Blick. »Hm?«

Ein viel zu hohes Lachen, das meiner Aufregung geschuldet ist, verlässt meine Kehle. »Ich weiß nicht, ob ich überhaupt was runterbekomme.«

»Keine Widerrede, mit leerem Magen gehst du mir nicht arbeiten.« Iona hebt den Zeigefinger und irgendetwas sagt mir, dass die Geste keine Widerrede zulässt.

Also stopfe ich mir eine Schüssel Porridge rein und leere das Saftpäckchen in wenigen Zügen. Nach dem Frühstück räumen wir ab und lassen das Geschirr heute ausnahmsweise ungewaschen in der Spüle stehen. Danach transportieren Iona und ich ihre zahlreichen, selbstgebackenen, gut duftenden Kuchen in den Buchladen, wo wir das Büfett herrichten. Gerade laufe ich zurück ins Haus, um noch mehr Servietten zu holen, da pralle ich auf jemanden.

Es ist Keir.

Sein Blick ist unergründlich und wieder frage ich mich, was in ihm vorgeht.

»Hallo.« Meine Stimme ist ein einziges Flüstern.

Gott, was ist nur los mit mir? *Hallo?*

Seine Hand streift meinen Arm, als sei es eine flüchtige Berührung, dabei ist sie alles andere als das. »Kann ich helfen?«

»Wir haben alles vorbereitet, jetzt müssen nur noch Leute kommen«, antworte ich. »Ich reserviere dir ein Stück Kuchen.«

»Ich freu mich drauf.« Er lächelt. »Auf das Stück Kuchen.«

Ich knuffe ihn in die Seite. »Haha. Ich weiß, Ionas Kuchen schmecken eben vorzüglich.«

»Du willst wohl unbedingt, dass ich was darauf erwidere.«

»Gibt es denn etwas, was du darauf erwidern möchtest?« Eine gewisse Zweideutigkeit schwingt in meiner Stimme mit und ich wundere mich, wo die auf einmal herkommt.

»Durchaus.« Er fängt meinen Blick auf. »Aber das ist nur für deine Ohren bestimmt und in Glenessie sind nachweislich immer mehr Ohren vor Ort als man glauben mag.«

»O ja, das habe ich auch schon festgestellt.«

Wir stehen uns noch eine Weile gegenüber, bis wir uns voneinander losreißen können.

»Okay, ich sollte dann mal weiter. Der Laden wartet.«

»Dann bis später.«

»Aye, bis später.«

Ich sehe ihm nach, wie er das Tor zu seiner Werkstatt öffnet und darin verschwindet. Wenig später schallt Musik daraus.

***

Die Lesung von Dr Ian Kirkwood, der einen sympathischen Eindruck macht, findet gleich statt und der Buchladen ist rappelvoll. Niemals hätte ich damit gerechnet, dass der Laden so gut besucht ist. Aber es hat sich herumgesprochen und sogar aus den umliegenden Ortschaften kommen Leute zu uns. Mittlerweile habe ich aufgehört zu zählen, wie viele Bücher über den Ladentisch gehen.

»Es freut mich, dass das mit der Lesung doch noch geklappt hat«, meint Dr Kirkwood, der ein braunes Hemd trägt, welches er in die Hose gesteckt hat und das perfekt zu seinen braunen, kurzen Haaren passt. »Sie haben sicher mit der Übernahme des Buchladens genug zu tun.«

Ich winke ab. »Ich hatte helfende Hände.«

»Sie haben schon einiges gestemmt, Grace, dabei sind Sie gerade mal seit ein paar Wochen hier. Sie können stolz auf sich sein.« Er schüttelt mir gratulierend die Hand, ich kann nicht anders, als es zu erwidern.

»Haben Sie vielen Dank, Dr Kirkwood.«

»Dann will ich meine Leser mal nicht länger warten lassen.« Er rückt seine Krawatte zurecht, ehe er sich dem Publikum zuwendet.

Alle Stühle sind besetzt und auch vor dem Laden tummeln sich jede Menge Menschen. Fast jeder von ihnen hat ein oder sogar zwei Küchenstücke in der Hand.

»Weshalb die Leute wohl gekommen sind? Wegen Ionas Kuchen, der Lesung oder der Wiedereröffnung?«, flüstert mir Ainsly kichernd zu.

Auch ich kann mir ein Lachen nicht verkneifen. »Ich denke, die gute Mischung macht's.«

»Grace, darf ich dir Hamish vorstellen?« Iona steht mit einem Mann älteren Jahrgangs und dichtgewachsenen Bart vor mir, der mir die Hand entgegenstreckt.

»Sie haben doch die Gaststätte hier in Glenessie, oder?«

Er lacht. »Sie kennen sich ja schon gut aus.«

»Jetzt, wo ich hier lebe und den Laden übernommen habe, wäre es doch eine Schande, mich hier nicht auszukennen«, halte ich dagegen.

»Ich hab's zwar nicht unbedingt mit Büchern, aber Ihr Onkel Gregory war ein guter Mann. Gott hab ihn selig«, sagt Hamish. »Und wie es aussieht, haben Sie den Laden gut im Griff, Grace. Wenn Sie was brauchen oder ich Ihnen behilflich sein kann, scheuen Sie nicht, mich zu fragen.«

Selbst nach über einem Monat in Glenessie bin ich immer noch von der Gastfreundschaft und Herzlichkeit der Menschen hier überrascht.

Zwischen den Besuchern der Lesung kann ich sogar Ms Paterson, die Sekretärin an Avas Grundschule, entdecken. Sie winkt mir freudig mit einer Tüte voll Büchern in der Hand zu. Selbst Ray, der uns die Bücher liefert, stößt dazu, schnappt sich sofort ein Stück Kuchen und wirft einen 10-Pfund-Schein in die Kaffeekasse. Ob wir mit den freiwilligen Eintrittsgeldern wohl genügend eingenommen haben, um die zusätzlichen Kosten zu decken?

Nach der Lesung, als immer noch genug im Laden los ist, lässt Dr Ian Kirkwood den Abend mit lockeren Gesprächen mit den Lesern ausklingen, in denen er sie ebenso wie mich mit seiner charmanten und freundlichen Art verzaubert.

»Wissen Sie, was mich besonders an Ihrem Sachbuch zum Thema Ernährung begeistert hat, Dr Kirkwood?«, fragt eine Leserin, die sich gerade ein Exemplar signieren lässt. »Sie haben alles verständlich erklärt und nicht in Medizinersprache geschrieben.«

»Das freut mich zu hören«, erwidert er, »denn das war auch meine Intention. In den meisten Fachbüchern zu dem Thema ist das leider nicht der Fall.«

»Sagen Sie«, erkundigt sich jemand anderes, »wie gehen Sie beim Schreiben eines Buches vor? Wie recherchieren Sie oder wurde das Thema vorgegeben?«

Ich nutze den Moment, um in die Spendenbox zu schauen und staune nicht schlecht, als ich sehe, wie viele Scheine sich darin befinden.

»Damit können wir auf jeden Fall die Kosten des heutigen Abends decken«, sage ich, als mir Iona über die Schulter schaut.

Sie zieht die Luft ein. »Grace, du kannst stolz auf dich sein!«

»Auf mich? Auf uns!«

Wir stoßen mit einem Glas Sekt an und als die prickelnde Flüssigkeit meine Zunge benetzt, wird mir erstmals klar, was wir hier auf die Beine gestellt haben. Natürlich hatte ich gehofft, dass die Wiedereröffnung ein Erfolg wird, aber das übertrifft alle meine Erwartungen.

»Grace?«, spricht mich eine ältere Dame mit weißen Haaren an, die sie zu einer aufwendigen Flechtfrisur gebunden hat. »Darf ich mich Ihnen vorstellen? Ich bin Elspeth, ich habe eine Schneiderei in der Shore Road.«

»O ja, selbstverständlich. Da bin ich sogar mal vorbeigelaufen«, sage ich zu ihr. »Es freut mich, dass Sie heute Abend hier sind.«

Sie legt eine Hand auf meinen Unterarm. »Das haben Sie großartig hinbekommen. Und Iona, deine Kuchen sind wie immer köstlich. Da werde ich mir gleich noch ein Stück schnappen.« Mit einem Grinsen auf dem Gesicht ist sie dann auch schon in der Menge verschwunden, in der ich plötzlich Keir ausfindig mache. Noch hat er mich nicht bemerkt. Er hat sich schick gemacht und ein schwarzes Hemd übergeworfen. Die Hände in die Hosentaschen geschoben, steht er am Rand der Menge und fokussiert etwas am anderen Ende des Raums.

Ich gehe zum Buffet und nehme ein Stück Kuchen für Keir mit, als mir Iona ein Ehepaar vorstellt, das sich als die Betreiber der MacNally's Bäckerei herausstellt. Sie verwickeln mich mit ihrer liebevollen Art in ein Gespräch, dem ich mich schwer entziehen kann. Sie haben sogar ihre Enkel mitgebracht, die irgendwo im Laden mit Ava und Cait herumhüpfen.

Mein Blick sucht Keir, der immer noch an derselben Stelle steht, und gerade von jemandem angesprochen wird. Von Dr Ian Kirkwood. Sofort überkommt mich ein ungutes Gefühl. *Beruhig dich, Grace, er hat sich im Griff.* Er wirkt zwar nicht entspannt, aber auch nicht so, als würde er auf ihn losgehen.

»Kommen Sie doch am Sonntag in der Früh in die Bäckerei«, meint Ms MacNally, als ich meine Konzentration wieder auf das Gespräch richte. »Da gibt es frischgebackene Brötchen. Wenn Sie früh dran sind, sind sie noch warm.«

»Es ist schon eine Ewigkeit her, dass ich das letzte Mal warme Brötchen gegessen habe«, erwidere ich. Erinnerungen aus meiner Kindheit, in der ich jeden Sonntag mit meiner Tante und meinem Onkel gefrühstückt habe, schießen vor mein inneres Auge. Es gab immer selbstgemachte Erdbeermarmelade und dazu frische, warme Brötchen vom Bäcker. Der Geschmack der fruchtigen Konfitüre, als ich in weiche Brötchen beiße, liegt mir noch heute auf der Zunge. Was würde ich dafür geben, einen kurzen Moment in die Vergangenheit zu reisen?

Meine Erinnerung wird jäh von einem Raunen unterbrochen, das durch den Ladenraum gleitet. Jeder einzelne Blick ist auf Keir und Dr Ian Kirkwood gerichtet, der sich die Hand vor die blutende Nase hält.

Was zum Teufel?

In Keirs Gesicht steht die pure Wut. So schnell mich meine Beine tragen können, laufe ich zu ihm und kann Keir gerade so von dem nächsten Schlag abhalten. Auch Iona und Ainsly eilen zur Hilfe.

»Keir!«

»Beruhig dich!«

»Dr Kirkwood, geht es Ihnen gut?«

Stimmen rufen durcheinander, plötzlicher Trubel bricht aus und mehrere Hände versuchen, Keir und Dr Kirkwood auseinanderzuhalten. Genau das, was ich gefürchtet habe, ist eingetreten.

»Was ist nur in dich gefahren?«, fahre ich Keir an.

Wie gebannt starrt er auf seine Hände, deren Fingerknöchel aufgeplatzt sind. »Fuck, ich weiß nicht …« Immer wieder murmelt er die Worte vor sich her, bis er aufblickt und mir in die Augen schaut. Erst dann scheint er wahrzunehmen, was geschehen ist.

»Keir, rede mit mir«, sage ich.

»Nein, nein ...«, nuschelt er kopfschüttelnd und bahnt sich dann mit ausgebreiteten Armen den Weg durch die Menge aus dem Laden.

Er ist weg.

»Ainsly, Iona, könnt ihr euch ...«

»Geh du ihm nach, wir bekommen das in den Griff«, entgegnet Ainsly und drückt meine Hand.

Tausend Gedanken und Empfinden schießen mir durch den Körper. Wut, Traurigkeit, Unverständnis, Sorge. Wie in Trance will ich den Buchladen verlassen, als sich mir plötzlich Dr Kirkwood in den Weg stellt. Blut tropft aus seiner Nase auf sein Hemd.

»Sie rennen lieber diesem Wahnsinnigen nach?«, fährt er mich ungläubig an und hält sich die blutende Nase. »Ich dachte, er wäre endlich zur Vernunft gekommen, aber da habe ich mich wohl getäuscht.«

»Es tut mir furchtbar leid, Dr Kirkwood«, stammle ich und krame in meiner Hosentasche nach einer Packung Taschentücher, die ich ihm reiche. »Ich weiß nicht, was in Keir gefahren ist. Das war bestimmt ein Missverständnis ...«

Mit einem Taschentuch hält er sich seine malträtierte Nase. »Ein Missverständnis? Ganz sicher nicht! Sie können ihm gerne mitteilen, dass er sich auf eine Anzeige gefasst machen kann.«

»Ich rede mit ihm, Dr Kirkwood, aber bitte, sehen Sie von einer Anzeige ab«, versuche ich zu beschwichtigen. »Ich verspreche Ihnen, dass ich das klären werde.«

»Da gibt es nichts zu klären, Grace, beim besten Willen nicht«, hält er dagegen. »Sie können von Glück sprechen, dass ich mich selbst verarzten kann.«

»Verzeihen Sie mir den schrecklichen Zwischenfall, Dr Kirkwood. Selbstverständlich werde ich die entstandenen Reinigungskosten übernehmen.«

Er macht eine wegwerfende Handbewegung, wendet mir den Rücken zu und marschiert geradewegs auf die ausgeschilderte Toilette zu. Das ist ein wahrgewordener Albtraum! Dabei hatte die Wiedereröffnung so gut angefangen.

Plötzlich legt sich eine Hand auf meinen Rücken. »Los, schau nach Keir«, raunt Ainsly mir zu.

Ich nicke, verlasse den Laden und laufe zu der steilen Treppe neben der Werkstatt, die zu Keirs Wohnung führt. Die Wohnungstür steht einen Spalt offen und so trete ich ein. Sie ist klein und erinnert mich an mein Appartement in London. Dunkle Möbel überwiegen und heruntergebranntes Feuer knistert im Kamin. Keir sitzt auf dem Sofa davor und hat sein Gesicht in den Händen vergraben.

Der Boden knarzt unter meinen Füßen, als ich auf ihn zugehe, und mich auf die Lehne setze. »Keir.«

»Was?« Seine Stimme klingt kratzig und rau.

»Was ist in dich gefahren? Du kannst doch nicht den Gast meiner Lesung schlagen!«

Endlich nimmt er die Hände vom Gesicht und sieht mich an. Seine Augen sind gerötet, seine Wangen feucht. Ihn so zu sehen, schmerzt mir in der Brust.

»Du verstehst das nicht Grace, du verstehst das nicht.«

Ich rutsche zu ihm auf das Sofa und streiche mit den Fingerspitzen über seine Hände. »Stoß mich nicht von dir, Keir, erzähl es mir.«

Wieder schüttelt er den Kopf und murmelt etwas, das sich für mich wie wilde gälische Beleidigungen anhört. *Daingead. Cac.* Was auch immer das bedeuten mag.

»Hat es was mit A zu tun? Den Bildern auf deinem Schreibtisch?«

Er fährt sich mit der Hand durch die Haare. »Scheiße, ja, er gibt mir die Schuld! Daran, dass sie tot sind, Grace!«, speit er aus.

»Was soll das bedeuten? Keir, ich versteh kein Wort.« Ein eisiger Schauer fährt mir über den Rücken. Also hatte ich recht. Sein Schmerz und seine Trauer, die in seinen Augen steht, sind darauf zurückzuführen. Will ich wissen, was passiert ist? Was hinter seiner Anschuldigung steckt?

»Du musst es auch nicht verstehen«, sagt er. »Ich habe deine Wiedereröffnung versaut, weil ich mich nicht im Griff hatte. Weil die Erinnerungen zurückkamen, als ich ihn gesehen habe. Ich dachte wirklich, ich schaffe das.«

»Ihn zu schlagen, war keine gute Idee, das weißt du selbst.« Unsere Finger verschränken sich ineinander und Wärme breitet sich in mir aus.

Er legt seine Hand an meine Wange, zieht mich an sich und küsst mich. In diesem Augenblick gibt es nur ihn und mich. Und das Verlangen, ihm so nahe wie möglich zu sein. So nahe, dass ich meine Arme um seinen Nacken schlinge und wir eins werden. Sein rasselnder Atem, mein gedämpftes Stöhnen und die

Erregung, die zwischen uns steht. Jegliche Fragen rücken in den Hintergrund.

Bis sie wieder die Oberhand gewinnen und ich meine Lippen von Keirs nehme.

»Keir, ich … oh Gott, nicht jetzt.« Ich lasse mich gegen die Rückenlehne fallen und rücke meine Bluse zurecht.

»Du solltest dich wieder um deine Gäste kümmern. Nicht, dass ich alle vertrieben habe.«

Sofort muss ich an Iona und Ainsly denken. Ob sie es geschafft haben, für Ruhe zu sorgen?

»Du hast recht.« Ich erhebe mich. »Ich bring dir aber später das versprochene Stück Kuchen, okay?«

Ein Lächeln schleicht sich auf sein Gesicht. »Okay.«

Als ich Keir in seiner Wohnung zurücklasse und die Tür hinter mir schließe, prasseln all die Fragen in meinem Kopf auf mich nieder. Schuld. Tot. A. Maisie. Sie sind tot und Dr Kirkwood sieht Keir als den Schuldigen an.

Doch das Gedankenkarussell hört auf sich zu drehen, als ich den Buchladen betrete und es scheint, als wäre nie etwas passiert.

Ainsly kommt auf mich zugerannt. »Ist alles in Ordnung mit Keir?«

»Den Umständen entsprechend«, sage ich. »Was ist mit Dr Kirkwood? Hat er was gesagt? Wird er Anzeige erstatten? Und die anderen Leute?«

»Die anderen Kunden konnte ich einigermaßen beruhigen, Dr Kirkwood hingegen nicht«, gibt Ainsly zerknirscht zu. »Er war außer sich – verständlicherweise – und will Keir nach wie vor anzeigen.«

Ich stoße geräuschvoll Luft aus. »Das hat mir gerade noch gefehlt.«

Sie drückt mir ein Glas Sekt in die Hand und zwinkert mir zu. »Hier, der hilft.«

Ich nippe am Sektglas und schaue mich um. Die Stimmung ist nicht mehr ganz so ausgelassen, das Buffet jedoch fast leer und auch den Regalen sieht man an, dass heute viele Bücher verkauft wurden. Als es kurz nach 18 Uhr ist und die Abenddämmerung einsetzt, verabschieden sich die letzten Gäste. Ava und Cait springen nicht mehr ganz so euphorisch durch den Laden.

Der Buchladen leert sich nach und nach, bis nur noch Iona, Ainsly, die Kinder und ich übrigbleiben. Wir beschließen, uns morgen früh zu treffen und aufzuräumen. Als ich den Laden abschließe und die Schlüssel in meine Hosentasche stecke, fällt eine Last von mir. Geschafft. Ob Onkel Gregory stolz auf mich wäre? *Bestimmt*, denke ich und schaue in den sternenklaren Himmel, als könnte er mir die Antwort liefern.

Die Kuchen sind fast leer gegessen und so greife ich zum letzten Stück Selkirk Bannock. Ich schnuppere daran und tapse auf leisen Schritten aus dem Haus. *Als könnte ich es vor Iona verheimlichen*, denke ich argwöhnisch. Schließlich bringe ich Ava, die kaum mehr die Augen offenhalten kann, ins Bett.

Als ich die Tür zu Keirs Wohnung öffne, steht er in der Küche und Dampf steigt aus dem Teekessel in seiner Hand. Das Feuer im Kamin knistert immer noch.

»Ich hab Schwarztee aufgebrüht«, sagt er und kommt mit zwei Tassen zum Sofa, auf das wir uns setzen. Unsere Ellbogen berühren sich und die Anziehungskraft zwischen uns wird zu einer Vertrautheit, die ich schon lange nicht mehr gefühlt habe.

»Ich hab leider nur noch ein kleines Stück Selkirk Bannock bekommen.« Ich lege das Kuchenstück mit einer Serviette auf seinen Schoß.

»Immerhin ist das der beste.«

»Ach ja?«, schmunzle ich.

Er nickt, bricht das Stück in zwei Teile und hält es mir vor den Mund. »Beiß ab.«

Ich beiße in den Kuchen, meine Lippen berühren dabei seine Finger. Ich bin überrascht vom fruchtigen Geschmack und wie süß er schmeckt.

»Und?«

»Ich hätte nicht erwartet, dass er so gut schmeckt«, gebe ich zu.

»Hab ich doch gesagt«, erwidert Keir und beugt sich zu mir herüber. »Du hast da was ...« Seine Fingerspitzen fahren über meine Unterlippe und wischen Puderzucker weg.

»Den Rest isst aber du, schließlich hab ich ihn für dich mitgebracht.«

»Und ich dachte, dein Lernwille ist größer, bonnie lass«, neckt Keir mich.

»Ach so«, mache ich gespielt erstaunt und lege mir einen Zeigefinger ans Kinn, »wenn ich vom Selkirk Bannock esse, kann ich also auf einmal fließend Gälisch sprechen?«

»Genau.«

»Na, wenn das so ist ...« Ich greife nach meiner Hälfte vom Küchenstück und beiße genüsslich davon ab.

Keirs Blick liegt auf mir und ich wüsste zu gerne, was gerade in ihm vorgeht. Seine Augen sprechen tausend Worte und ich wünschte, ich wüsste wie nur eines davon lautet.

Ich ziehe die Knie an und sehe auf das Feuer, dessen Flammen im Kamin tänzeln. Auf der Fensterbank stehen Fotos, einige davon zeigen einen kleinen Jungen mit seinen Eltern und in einem jüngeren Gesicht erkenne ich eindeutig Iona. Das waren also seine Eltern. Auf anderen erkenne ich die Frau und das kleine Mädchen von den Fotos in Keirs Werkstatt wieder, sogar eines, auf dem sie zu dritt in die Kamera lachen. Keir hat den Arm um die blonde Frau gelegt, während das Mädchen in ihrer Mitte sitzt. Obwohl die Fotos herumstehen und jedermann sie betrachten kann, komme ich mir vor, als dringe ich in seine Privatsphäre ein.

»Hast du schon immer hier gewohnt?«, frage ich.

Er nippt an seinem Tee und stellt die Tasse dann vor sich ab. »Nein, erst ... danach.«

Ich nicke und verstehe, dass er mit *danach* den Tod von A, die ganz offensichtlich die Frau auf den Bildern und damit seine Ehefrau ist, und Maisie meint. Aber ich will nicht nachfragen und womöglich Wunden aufreißen, die vor Kurzem verheilt sind. Ich will nicht, dass er sich meinetwegen gedrängt fühlt, mir den Grund für seinen Schmerz zu offenbaren.

»Schläft Ava schon?«, nimmt Keir das Wort an sich.

»Ja, sie war hundemüde. Ihr sind schon im Buchladen die Augen zugefallen. Ein Glück, dass ich sie noch aus den Klamotten schälen konnte.«

Er stimmt in mein Lachen mit ein. »War der Abend ein Erfolg?«, fragt er schließlich. »Trotz ... na ja, mir?«

»Ich versuche nochmal mit Dr Kirkwood zu sprechen.« Meine Fingerspitzen streichen über seine und schon diese kleine Berührung löst so vieles in mir aus. »Er hat zumindest keine gebrochene Nase. Wir haben heute mit den Eintrittsgeldern und dem Bücherverkauf genug eingenommen, um die Kosten zu decken. Dass in so einem kleinen Dörfchen so viel Herzlichkeit steckt, hätte ich nie vermutet.«

»Ich bin stolz auf dich, Grace.«

»Ja?«, wispere ich.

»Aye. Du kommst mit nichts als zwei Koffern hierher, übernimmst einfach mal so einen Laden und das erfolgreich. Du solltest auch stolz auf dich sein.«

Seine Worte treiben mir die Tränen in die Augen. Die letzten Jahre meines Lebens musste ich alles mit mir selbst ausmachen, habe mich mit miesepetrigen Vorgesetzten und noch schlechter gelaunten Kunden auseinandergesetzt und musste mich mit meinem Ex herumschlagen. Es gab niemanden, der mir die Last von den Schultern nahm oder mir Mut zusprach. Mir wurde höchstens mitgeteilt, dass ich das mickrige Trinkgeld vergessen konnte, mir das alleinige Sorgerecht nicht zustand und ich auf meine Tochter Acht geben sollte. Niemand hatte mir all die Jahre gesagt, dass ich es gut mache.

»Danke, Keir«, sage ich mit erstickter Stimme.

Er zieht mich in eine Umarmung und bei Gott, die habe ich so sehr gebraucht. All das habe ich so sehr gebraucht. Den Neuanfang, den Buchladen, und Keir, ja ihn auch. Und diese Küsse, die Zärtlichkeiten, das Verlangen nach mehr.

Unsere Lippen finden sich und verlieren sich in einem Kuss, der mir die Luft raubt. Aber ich brauche nicht die Luft zum Atmen, sondern die Berührungen.

»Grace.«

Diesmal ist Keir es, der den intimen Augenblick unterbricht. Unsere Finger sind ineinander verschlungen, mein Bein liegt auf seinem.

»Was ist?«

»Ich bin es dir schuldig.«

Die Gedanken in meinem Kopf überschlagen sich. Sie wirbeln herum und machen mich von jetzt auf gleich nervös. Er wird mir sagen, was passiert ist, ich ahne es. Aber bin ich bereit dafür? Vor was habe ich Angst? Was kann schon so schlimm sein, dass es meine Welt aus den Angeln hebt?

»Du bist mir nichts schuldig. Du bist niemanden etwas schuldig«, sprudelt es aus mir heraus.

»Doch, das bin ich. Was wäre ich für ein Mensch, wenn ich sie verschweige? Vor jemandem, für den ich beginne, mehr zu empfinden. Vor dir.«

Ich versuche, die Nervosität und die aufkommende Übelkeit herunterzuschlucken. Seine Worte sind traurig und wunderschön zugleich.

»Du musst das nicht, Keir.«

Er fährt sich mit der Hand durch die Haare, aus denen er das Gummi löst. »Du hattest recht. Alles hat mit A zu tun, mit Alyth, meiner Frau, und Maisie, meiner Tochter. Wie du dir wahrscheinlich schon denken kannst.«

Ich nicke, um ihm zu verdeutlichen, fortzufahren. Die Zeit scheint stillzustehen.

»Maisie litt an epileptischen Fällen, wie an diesem Tag, nur war es viel schlimmer als sonst. Also fuhr ich mit ihr und Alyth ins Krankenhaus, wo wir allerdings nie ankamen. Die Straßen waren glatt und ich fuhr so schnell es die Wetterverhältnisse zuließen. Aber ich verlor die Kontrolle über den Wagen und wir rasten gegen einen Baum. Alyth und Maisie waren sofort tot.«

Was so schlimm sein kann, dass es meine Welt aus den Angeln hebt? Genau das. Sein Schicksal nun zu kennen, schmerzt mich, aber der Schmerz ist nicht ansatzweise mit seinem zu vergleichen. Er musste Höllenqualen leiden.

»Gott, Keir, ich ...«

»Schon gut, ich weiß, dass es nichts gibt, was man darauf sagen könnte. Aber nun kennst du die ganze Geschichte.«

»Warum erzählst du es mir erst jetzt?«, flüstere ich.

»Du bist es wert, Grace.«

Ich weine, ich lächle, ich tue alles zur gleichen Zeit. Dieser Abend ist auf so vielen Ebenen anders als ich erwartet habe.

»Wie hast du das alles überstanden? Ich meine, dein Schmerz, deine Trauer, sie müssen unendlich sein.«

»Man lernt, damit zu leben«, antwortet er. »Wie mit einer Narbe, die ewig auf der Haut zu sehen ist. Nur ist meine darunter.«

»Wie waren sie? Alyth und Maisie?«

Kurz huscht ein Lächeln über sein Gesicht. »Zu sagen, dass Alyth perfekt war, wäre übertrieben. Sie hatte ihre Ecken und Kanten wie jeder andere. Aber sie konnte darüber lachen, genau das machte sie so perfekt unperfekt. Und Maisie, ich glaube, sie und Ava wären gute Freundinnen gewesen.«

Was muss es ihn kosten, nur darüber zu sprechen? Nach Jahren, in denen er es vermutlich unterdrückt hatte, um den Schmerz nicht spüren zu müssen.

»Aber Keir, was meintest du vorhin, als du sagtest ...«

»Dr Kirkwood ist der Arzt, der Maisie wegen Epilepsie behandelt hat«, erklärt er mir. »Er hat sie nicht geheilt. Er konnte es nicht. Er war dazu nicht fähig. Daran habe ich jahrelang festgehalten und als er plötzlich vor mir stand, ist alles wieder hochgekommen.«

Ich kann seinen Schmerz nicht spüren, aber ich verstehe, warum er so fühlt. Die Vergangenheit hat ihn mit einem Schlag eingeholt, den er nicht hat kommen sehen.

»Kann ich etwas tun?«, frage ich, unsicher, wie ich mit der Situation und Keir umgehen soll. »Willst du lieber allein sein? Mit deinem Stück Selkirk Bannock?«

Ein Lächeln schleicht sich auf sein Gesicht, mein kleiner Witz am Rande war wohl doch nicht daneben. »Ich will, dass du hierbleibst.«

Obwohl ich nicht damit gerechnet habe, freue ich mich doch darüber. Er will mich bei sich haben wie ich ihn. Wo es uns beiden bis vor Kurzem doch so schwergefallen ist, Nähe zuzulassen, sehnen wir uns nun nach dem anderen.

»Wie lange?«, flüstere ich.

»Die ganze Nacht.«

Unsere Blicken verfangen sich ineinander und wir wissen beide, was diese Nacht bedeuten kann. Mehr als flüchtige Berührungen, versteckte Küsse und kurze Augenblicke. Die Nacht kann ein endloser Augenblick werden, der nur uns gehört.

»Seit ich dich heute Morgen gesehen habe«, sagt Keir mit rauer Stimme, die mir durch Mark und Bein fährt, »stelle ich mir vor, wie ich die Knöpfe deiner Bluse löse.«

»Sie sitzt ziemlich straff, ich weiß.«

Er beugt sich zu mir rüber und legt mir den Zeigefinger auf die Lippen. »Sag sowas nicht.«

Wir sind uns so nahe, dass das Einzige, was ich wahrnehme, nur noch sein Atem ist. Und sein Duft, dieser herbe Duft, bei dem mir klar wird, was es bedeutet, jemanden riechen zu können. Der Spruch kommt nicht von ungefähr. Keirs Duft ist ein einziges Aphrodisiakum.

»Öffne sie«, sage ich.

Seine Finger streifen über meinen Oberschenkel den Bauch hinauf zum ersten Knopf der Bluse. Mit Leichtigkeit öffnet er die ersten Knöpfe, bis er den letzten erreicht hat. Darunter erblickt er einen schwarzen Spitzen-BH, aber bevor ich mich ihm entledige, ziehe ich Keir das Hemd über den Kopf aus. Er hat einen muskulösen Oberkörper und ein zarter Flaum zieht sich über Brust und Bauch. Mit den Fingerspitzen streiche ich darüber und er zuckt kurz zusammen, schließt dann aber die Augen.

Als seien uns die Berührungen zu wenig, finden sich augenblicklich unsere Lippen. Keirs Hände sind überall an meinem Körper und in raschen Bewegungen schälen wir uns aus den Klamotten. So entblößt vor ihm zu liegen, löst eine gewisse Unsicherheit bei mir aus. Doch ein Blick in seine Augen genügt und ich weiß, dass er nur mich sieht. Er begehrt mich und jeden Millimeter meines Körpers. Er nimmt meine Brüste in seine Hände und sofort richten sich meine Brustwarzen auf. Schon lange hat mich niemand mehr so angefasst. Mit der Zungenspitze liebkost er sie und ich kann das Stöhnen nicht länger zurückhalten.

»Gott, Keir«, stoße ich hervor.

Unsere gierigen Lippen legen sich ein weiteres Mal aufeinander. Ich schmiege mich an Keir und auch er stöhnt kehlig auf.

»Ich glaube, das Sofa ist ein bisschen klein«, murmelt er. »Aber ich kann uns eine Decke holen und wir können vor dem Kamin weitermachen. Oder in meinem Bett.«

Ich streiche ihm eine Haarsträhne aus dem Gesicht. »Ich wollte schon immer mal Sex vorm Kamin haben.«

Schließlich steht Keir auf, holt eine kuschlige Decke und breitet sie auf dem Boden aus. Das knisternde Feuer lässt meine innere Hitze in die Höhe schießen und kaum liegen wir auf der Decke, können wir nicht mehr an uns halten.

Das angestaute Verlangen und die Sehnsucht nach mehr werden endlich gestillt. Keir so nah und innig zu spüren, löst eine Welle von Gefühlen aus. Erleichterung, Erregung, Vertrautheit, Sorglosigkeit. In dieser Nacht fühle ich all das und noch viel mehr. Diese Nacht ist eine Reihe von Augenblicken, in denen wir uns alldem hingeben.

***

Sonnenstrahlen fallen durch das Fenster und blinzelnd wache ich ans Keirs Brust auf. Unsere nackten Arme und Beine sind ineinander verschlungen und ich tue mir schwer, mich zu befreien.

»Keir?«

»Hm?«, grummelt er, ohne die Augen aufzuschlagen oder sich zu bewegen.

»Ich muss zurück ins Haus, Ava wecken. Und Iona bereitet bestimmt schon das Frühstück vor.«

»Und?«

Ich beuge mich zu ihm. »Nach dieser Nacht wird sowieso alles anders sein, aber wir müssen es Iona ja nicht unter die Nase reiben, oder?«

»Sie wird es so oder so schon wissen«, grummelt er mit verschlafener Stimme, die ich viel zu sexy finde, als ich am frühen Morgen sollte. »Du kennst sie doch mittlerweile.«

»Ja, ich weiß«, räume ich ein. »Aber trotzdem, okay?«

Endlich schlägt er die Augen auf und stützt sich auf den Ellbogen ab. »Ich weiß, dass wir es langsam angehen lassen, wollen, Grace. Daran hat sich auch nach letzter Nacht nichts geändert.«

»Gut. Und jetzt küss mich.«

Er lacht, zieht mich an sich und legt seine Lippen auf meine. Gott, auch nach letzter Nacht, in der ich Keirs Lippen an sämtlichen Stellen meines Körpers gespürt habe, kriege ich nicht genug von ihm.

Schließlich ziehe ich mir die Klamotten über und Keir trottet ins Bad, wo er sich unter die Dusche stellt, während ich zurück ins Haus laufe.

Obwohl es sinnlos erscheint, versuche ich die Haustür leise zu öffnen und zu schließen. Spätestens das Knarzen der Treppe, als ich nach oben in die Wohnung gehe, verrät mich. Ich kann mir schon Ionas wissendes Grinsen vorstellen.

In der Wohnung ist es mucksmäuschenstill und damit Ava keinen Verdacht schöpft, dusche ich schnell und wechsle die Klamotten. Auch wenn ich damit Keirs Duft an mir nicht mehr rieche.

Danach gehe ich in Avas Zimmer, wo sie immer noch schlafend in ihrem Bett liegt. Ihre Puppe liegt rechts neben ihr auf Schulterhöhe. Ich setze mich auf die Matratze und streiche meiner Tochter über die rosige Wange.

»Schatz, aufwachen, die Pancakes sind bald fertig«, flüstere ich.

»Mhm? Pancakes?«, nuschelt sie, wälzt sich im Bett herum und öffnet dann die Augen.

»Hast du gut geschlafen, mein Schatz?«

Sie nickt und reibt sich den Schlaf aus den Augen. »Und wie! Du auch, Mummy?«

»Ich auch.« Zwar nicht viel, aber immerhin gut. »Gehst du dir die Zähneputzen und ich suche dir neue Klamotten raus?«, frage ich.

»Aber Mummy, das kann ich doch schon allein«, widerspricht Ava.

»Stimmt, du bist ja schon ein großes Mädchen. Und ab nächste Woche sogar ein Schulkind!«

Daraufhin springt Ava freudig aus dem Bett und flitzt ins Bad. Ich sehe ihr nach und frage mich, wie sie so schnell so groß werden konnte. Gestern habe ich sie noch in den Armen gehalten und bald wird sie die Schule besuchen. Himmel, warum werde ich auf einmal so melancholisch?

Nachdem Ava mit geputzten Zähnen, gebürsteten Haaren und frischen Klamotten vor mir steht, gehen wir in die Küche, wo wie erwartet Iona gerade Pancakes serviert. Sie duften so lecker, dass mir das Wasser im Mund zusammenläuft.

»Guten Morgen, ihr Zwei«, begrüßt sie uns und schenkt mir, ohne mich überhaupt zu fragen, eine volle Tasse Kaffee ein.

Entweder weil sie weiß, dass ich mit Kaffee am Morgen besser funktioniere oder sie gemerkt hat, dass ich erst in der Früh heimgekommen bin. Und ahnt, wo ich die Nacht verbracht habe.

»Jetzt, wo die Wiedereröffnung vorbei ist, fühle ich mich endlich angekommen. Als wäre mir ein riesenschwerer Stein vom Herzen gefallen«, sage ich, die Hände um die dampfende Tasse gelegt.

»Ich hab dir ja von Anfang an gesagt, dass du es meistern wirst, Grace.« Lächelnd setzt sie sich mit einer Tasse Tee zu uns an den Tisch. »Und das hast du. Ganz Glenessie redet von der Feier. Würde mich wundern, wenn sie uns die nächste Zeit nicht die Türen einrennen.«

»Ohne dich wäre das alles nicht möglich gewesen.«

»Und ohne dich hätte der Buchladen schließen müssen und ich wäre arbeitslos«, erwidert sie und wir lächeln uns an. »Umso schöner, dass du dich so gut eingelebt hast.«

Höre ich da einen verschwörerischen Unterton in ihrer Stimme oder bilde ich es mir nur ein?

Gerade will ich zu einer kläglichen Antwort ansetzen, als die Haustür aufgerissen wird und Keir in die Küche stapft. Er riecht frischgeduscht und sein Duft scheint mir nach vergangener Nacht noch mehr den Kopf zu verdrehen. Als er sich setzt und die Finger um die dampfende Kaffeetasse legt, fällt mir das getrocknete Blut an seinen Fingernknöcheln auf. Der gestrige Tag war in der Tat ereignisreich.

Gewohnt stillschweigend verfolgt Keir unsere Gespräche und obwohl sowohl er als auch ich so tun, als sei alles wie immer, sind es die Blicke, die uns verraten.

Und Iona wäre nicht Iona, wenn sie es nicht längst bemerkt hätte.

Anschließend räumen wir den Tisch ab, spülen das Geschirr und Iona nimmt Ava mit in den Garten, wo sie neue Pflanzen säen. Mit ihren fünf Jahren hat meine Tochter schon einen grüneren Daumen als ich, so viel steht fest.

»Das war ein aufregendes Wochenende, was?«, spricht Keir mich an, als wir allein in der Küche sind und unsere Hände nicht voneinander lassen können.

»Aufregend trifft es zwar nicht annähernd«, erwidere ich und ringe mich zu einem Lächeln ab, »aber lass uns jetzt nicht darüber reden.«

Er zieht mich an sich heran. »Lass das meine Sorge sein, ich werde mit Dr Kirkwood sprechen und mich bei ihm entschuldigen«, murmelt er an meinen Lippen. »Das ist das mindeste.«

»Sicher?«

Er nickt. »Für meinen Fehler bist nicht du verantwortlich, Grace, sondern einzig und allein ich.«

Ich hoffe, dass Dr Kirkwood mit sich reden lässt und Keir alles wieder geradebiegen kann. Die Wiedereröffnung lief besser als erwartet – wäre sie nicht von dem schrecklichen Zwischenfall überschattet worden.

»Also«, setze ich zwischen zwei Küssen an, »Iona und Ava sind beschäftigt ...«

Ein Grinsen schleicht sich auf sein Gesicht. »An was denkst du?«

An der Hand ziehe ich ihn hinter mir her vor die Haustür, wo uns strahlender Sonnenschein empfängt. »Lass uns in deine Werkstatt und noch etwas Zeit zu zweit genießen«, schlage ich vor, als Keir bereits den

Schlüssel aus seiner Hosentasche fischt und die Tür zur Werkstatt aufschließt. Da erkenne ich im Augenwinkel, dass im Briefkasten ein Zettel steckt, dabei hat Iona ihn erst heute Morgen geleert. Wann wurde der denn eingeworfen?

»Kommst du?«, fragt Keir.

»Geh schonmal vor, ich komm gleich«, antworte ich, woraufhin er nickt und ich den Zettel herausziehe. Er ist zerknittert und als ich ihn entfalte, steht in Großstuben ein Wort darauf, das mir das Blut in den Adern gefrieren lässt: Schlampe.

Wer zum Teufel ... Nein, nicht Ethan, oder? Will er mir Angst einjagen? Das darf nicht wahr sein! Ehe ich realisiere, was ich tue, zerreiße ich den Zettel in tausend Schnipsel. Vielleicht war es auch nur ein dummer Streich von irgendwelchen Jugendlichen, versuche ich mir einzureden, ich sollte nicht immer vom Schlimmsten ausgehen.

»Grace?«

Beim Klang von Keirs Stimme zucke ich zusammen, stopfe die Papierschnipsel in meine Hosentasche und versuche, die Nachricht zu verdrängen. Ganz tief in der hintersten Ecke meines Kopfes, wo sie zumindest für den Moment in Vergessenheit gerät. Für den Moment, in dem mich Keirs Lippen in ein anderes Universum versetzen, wo keine Sorgen existieren.

Kapitel 17

Viel schneller als mir lieb ist, verstreicht das Wochenende und Avas Einschulung steht bevor. Ich bin seit fünf Uhr wach und tigere in der Wohnung herum, während Avas Wecker erst um sieben klingeln wird. Also beschließe ich, mir die erste Tasse Kaffee in der Küche zu machen, und bin erstaunt sie leer vorzufinden. Während der Kaffee vor sich hinkocht, nestle ich am Saum meines T-Shirts herum.

Ich zucke zusammen, als auf einmal die Haustür aufgerissen wird.

»Großer Gott, hast du mich erschreckt«, murmle ich, als Keir eintritt.

Mit der Hand fährt er sich durch die Haare, die er zu einem unordentlichen Knoten gebunden hat. »'Tschuldige. Ich hab Licht gesehen und dachte, ich schau vorbei und hol mir 'ne Tasse Kaffee.«

»Ich hab gerade welchen gekocht.« Ich deute auf die Kaffeekanne, hole eine zweite Tasse heraus und schenke uns beiden ein.

Schließlich stehen wir uns beide gegenüber, die Hände um die Kaffeetassen gelegt und nippen daran. Eine seltsame Anspannung legt sich zwischen uns, die mich noch nervöser macht als ich ohnehin bin. *Und Ava schlummert friedlich in ihrem Bett*, denke ich.

»Warum bist du schon so früh auf?«, fragt Keir und stützt sich mit dem Arm auf der Küchentheke ab.

»Ich kann nicht mehr schlafen. Dass Ava jetzt schon ein Schulkind ist ... Himmel, wann ist sie denn so groß geworden?« Geräuschvoll atme ich aus und starre auf die hellbraune Flüssigkeit in der Tasse.

»Ich kann dich verstehen. Als Maisie in die erste Klasse kam, haben Alyth und ich uns fast verrückt gemacht. Auch wegen ihrer epileptischen Anfälle ...«

»Es beruhigt mich, dass sie zumindest in Cait schon eine Freundin gefunden hat, aber trotzdem mache ich mir Gedanken. Ava hingegen ist die Ruhe selbst.«

Keir lacht leise. »Glaub mir, alles wird gut werden.«

Ich nicke und nehme einen großen Schluck Kaffee, als er auf mich zukommt. Sofort legt sich eine Gänsehaut auf meine Arme und mein Herz schlägt schneller.

Seine Finger berühren meine und als ich zu ihm aufblicke, weiß ich, dass es ihn genauso viel Kraft kostet wie mich, die Zärtlichkeiten so lange zu unterdrücken.

»Hab ich dir schonmal gesagt, wie sehr ich deinen Bart mag?«, flüstere ich.

»Nein.«

»Wie die Bartstoppel an meiner Wange reiben, wenn wir uns küssen oder ich mit den Fingern hindurchfahre.«

»Grace«, raunt er und drückt mich gegen die Küchentheke, sodass der Kaffee in meiner Tasse überschwappt.

»Oder wenn du zwischen meinen Beinen bist und dein Bart an meinen Schenkeln reibt«, fahre ich fort.

»Du kannst sowas nicht einfach sagen, während wir in der Küche stehen und sich deine harten Brustwarzen durch das T-Shirt drücken. Weißt du, wie gerne ich meinen Mund um sie legen und daran saugen würde?«

Seine Worte lassen das Blut in meinen Unterleib schießen. Warum nochmal bin ich in die Küche gegangen? Ach ja, der Kaffee, stimmt. Nur wegen des Kaffees natürlich.

Keirs Hand schiebt sich unter mein T-Shirt und er zwickt in meine Brustwarze. Wie von selbst streckt sich mein Rücken durch und ich unterdrücke das aufkommende Stöhnen.

»Pscht«, macht Keir.

»Du willst mich wohl auf den Arm nehmen«, stoße ich mühevoll hervor. »Ich kann unmöglich nicht darauf reagieren, wenn du mich *so* anfasst.«

Wieder lacht er leise und ein knarzendes Geräusch lässt uns auseinanderfahren. Die Hände wieder um die Kaffeetassen geschlungen und an der Theke lehnend, kommt Iona in die Küche. Ihr graumeliertes Haar steht etwas ab und sie trägt einen geblümten Morgenmantel.

»Was macht ihr Zwei denn so früh hier?«, fragt sie.

»Konnte nicht mehr schlafen.«

»Ich wollte mir meine erste Tasse Kaffee vor der Arbeit holen«, sagt Keir zeitgleich, was Iona schmunzeln lässt.

»Dann hoffe ich mal, ihr habt noch was für mich übriggelassen.«

»Ja, sicher doch«, erwidere ich und wundere mich, dass sich die Worte nicht in meinem Mund überschlagen, so schnell wie ich rede. Ich hole eine Tasse für Iona aus dem Schrank, schenke ihr ein und reiche sie ihr.

Ob sie etwas mitbekommen hat? Aus irgendeinem Grund wäre es mir unangenehm, wenn sie Keir und mich dabei belauscht hätte, wie wir solche Worte austauschen. Und Berührungen.

Keir trinkt seinen Kaffee in wenigen Zügen aus und verabschiedet sich gewohnt wortkarg von uns, was ich zum Anlass nehme, Ava zu wecken. Für ihren ersten Schultag will sie sich bestimmt herausputzen.

***

Eine Stunde später steht Ava in tannengrüner Schuluniform, geflochtenem Zopf und Schulranzen im Hausflur. Ständig streicht sie sich über den karierten Rock und die Kniestrümpfe.

»Mummy, bist du bald soweit?«, ruft sie nach oben in die Wohnung, wo ich versuche mein störrisches Haar zu bändigen.

»Ich komme sofort, Liebling!« Herrgott, warum müssen meine Haare ausgerechnet heute wie ein Vogelnest aussehen? Sonst hängt es immer an mir herunter und heute steht eine Strähne von meinem Kopf ab.

»Hast du schon meinen Schulranzen gesehen?«, höre ich Ava fragen und wundere mich, mit wem sie redet.

»Da ist ja ein Fuchs drauf«, erwidert eine Stimme, die mir nur allzu vertraut ist. Sie gehört zu Keir.

»Und die Ohren! Hast du die Ohren gesehen? Und das Schwänzchen?«

Als wir in einem Fachgeschäft im Nachbarort auf der Suche nach einem Schulranzen waren, hat sich Ava auf Anhieb in diesen mit einem Fuchs darauf verliebt. Den Wunsch konnte ich ihr einfach nicht abschlagen.

»Tatsächlich, der Fuchs hat sogar Ohren und ein Schwänzchen!«

Ich lege die Bürste auf den Waschbeckenrand ab und gehe leisen Schrittes zur Wohnungstür, wo ich den Kopf vorsichtig durch den Spalt stecke.

»Freust du dich schon auf die Schule?«, fragt Keir Ava.

»Und wie!«, quietscht sie und ich kann hören, wie sie auf und ab hüpft. »Aber ich glaube, meine Mummy macht sich Sorgen. Dabei kenn ich ja schon Cait und auch die anderen Kinder sind bestimmt alle nett!«

»Sie macht sich nur Sorgen, weil sie dich so lieb hat, Süße.«

»Hast du Mummy auch lieb?«

Ich schlage mir die Hand vor den Mund. Oh Gott, hat Ava das gerade wirklich gefragt? Was Keir wohl antworten wird?

»Aye, ich hab deine Mummy sehr lieb.«

»Am Anfang aber nicht so«, entgegnet sie.

»Na ja, wenn ich jemanden kennenlerne, bin ich zurückhaltend. Man weiß ja nie, wie andere so sind, stimmt's?«

»Hm«, macht Ava und ich kann mir vorstellen, wie sie ihre Unterlippe hochschiebt und über seine Worte nachdenkt. Das macht sie schon immer so. »Da hast du recht. Deshalb lern ich die Menschen lieber gleich kennen, dann weiß ich, wie sie sind.«

»Und weißt du was?« Keirs Stimme hört sich so fremd und ungewohnt weich an. »Das ist auch gut so. Bleib wie du bist, Ava, denn so bist du gut.«

Warum lösen seine Worte immer etwas aus? Und wieso treffen sie jedes Mal einen wunden Punkt? Warum hat ihr Vater nie so liebevoll mit Ava gesprochen? Und was geht gerade in ihm vor? Denkt er an Maisie?

Die Gedanken in meinem Kopf überschlagen sich, weshalb ich die Wohnungstür hinter mir schließe und die Treppe hinunter zu Ava und Keir gehe. Ich versuche, mir nichts anmerken zu lassen, als ich zu ihnen stoße.

»Kann's losgehen, Schatz? Hast du alles?«, frage ich meine Tochter. »Federmäppchen, Schulhefte, Stundenplan-«

»Trinken, Essen, Taschentücher«, setzt Ava meine Liste fort und rollt mit den Augen. »Ja, Mummy, hab ich alles.«

Ich lache und werfe mir eine Jeansjacke über. »Dann geh schonmal zum Auto vor, ich komm gleich.«

Mit dem Schulranzen auf dem Rücken, der fast so groß ist wie sie selbst, flitzt sie davon.

»Okay, na dann«, macht Keir.

»Willst du mitkommen?«

O nein, wieso hab ich ihn das gefragt? Als würde er zur Einschulung mitgehen, die ihn an vergangene Zeiten erinnert. Am liebsten würde ich die Frage zurücknehmen, aber Worte lassen sich eben nicht rückgängig machen.

»Hab zu tun, sorry.«

Und dann dreht er sich um und geht davon. Ohne mich anzusehen oder eine unserer flüchtigen Berührungen auszutauschen. Ich will es nicht wahrhaben, aber sein Verhalten schmerzt mich. Aber was hab ich erwartet? Dass er mir seine Lebensgeschichte erzählt und sich alles zum Guten wendet? Unter die Vergangenheit lässt sich nicht einfach ein Schlussstrich ziehen. Ich sollte es besser wissen.

***

Eine halbe Stunde später kommen wir an der Schule an, die für die Erstklässler bunt geschmückt wurde und vor der die Hölle los ist. Es scheint, als besuchen nicht nur Kinder im Umkreis die Duninlochan Primary School, sondern aus der gesamten Umgebung.

Zwischen den plaudernden Elternteilen und den umherhüpfenden Kindern kann ich tatsächlich Ainsly und Cait ausfindig machen, die wie verabredet vor dem Eingang auf uns warten.

»Ava! Grace!« Die beiden winken uns zu und sofort plappern unsere Töchter miteinander.

»Ich bin ja so aufgeregt«, sage ich zu Ainsly. »Aufgeregter als Ava. Nicht zu fassen, oder?«

»Oh, und wie! Ich kann seit gestern an nichts anderes mehr denken und Cait tut so, als sei das nichts Besonderes.« Sie reißt die Augen weit auf und schüttelt den Kopf.

»Nochmal danke übrigens, dass du uns beim Aufräumen und Saubermachen geholfen hast.«

»Ach, das hab ich doch gern gemacht! Außerdem hatten wir doch echt Spaß, oder?«

Und wie wir den hatten. Ich wusste nicht, dass Aufräumen so spaßig sein kann. Mit den richtigen Menschen an seiner Seite kann so ziemlich alles Spaß bereiten.

Ich seufze. »Was würde ich nur ohne dich und Iona machen?«

»Ist mit Keir eigentlich alles wieder in Ordnung?«, fragt sie mich mit gesenkter Stimme, als dürfe kein anderer es mitbekommen.

»Ja, schätze schon.«

»Schätzt du? Du warst eine ganze Weile bei ihm.«

»Wir haben eben geredet.«

Sie spitzt die Lippen. »Geredet, soso.«

In diesem Moment bin ich froh, als die Schulleiterin zu einer Rede ansetzt und uns begrüßt. In den nächsten anderthalb Stunden werden die Kinder in ihre Klassen eingeteilt und suchen sich in den Räumen ihre Plätze. Ava und Cait wählen einen in der zweiten Reihe und bekommen uns vor Aufregung gar nicht mehr mit. Das Gewusel der Kinder zu betrachten und wie sie ihre ersten selbständigen Schritte machen, erfüllt mich mit einer Mischung aus Melancholie und Stolz. Vor wenigen Monaten sah unser Leben so anders aus und jetzt stehen wir inmitten von Menschen, die uns in kürzester Zeit ans Herz gewachsen sind.

Am ersten Schultag findet noch kein richtiger Unterricht statt, vielmehr lernen die Kinder sich untereinander und die Lehrer auf spielerische Art kennen. Alles verläuft locker und ohne einen Zwischenfall. So als sei der erste Schultag wirklich nichts, über das ich mir Sorgen machen müsse.

Nach wenigen Stunden beenden die Lehrer den Unterricht für die Erstklässler und ab morgen geht es los. Sie werden zum ersten Mal allein mit dem Schulbus zur Schule und wieder nach Hause fahren. Auch davor graut es mir schon. Im überfüllten London habe ich Ava nie aus den Augen gelassen.

»Ich bin schon so gespannt, was wir morgen in der Schule machen!«, meint meine Tochter und setzt sich den Schulranzen auf. »Dann kann ich bestimmt bald alle Bücher im Laden lesen, oder Mummy?«

»Da wirst du aber ganz schön lange beschäftigt sein«, entgegne ich lachend und öffne die Autotür, als wir den Parkplatz erreichen.

Die Mädchen und Ainsly und ich verabschieden uns. Ich habe angenommen, dass sie mich nochmal auf Keir anspricht, aber umso erleichterter bin ich, als sie es doch nicht tut. Was hätte ich ihr erzählen sollen? Dass zwischen uns schon länger etwas läuft, wir es aber langsam angehen lassen wollen? Und am besagten Tag miteinander die Nacht verbracht haben? Und ich mich in Keirs Nähe so wohlfühle wie schon lange bei niemandem? Ehrlich gesagt, habe ich keine Ahnung. Ich mag Ainsly und sie gehört mittlerweile zu meinen Freundinnen, doch wie viel kann ich preisgeben, solange das mit Keir und mir nichts Festes ist?

Während der Autofahrt nach Hause spricht Ava nur von der Grundschule und meine eigenen Gedanken kreisen in meinem Kopf herum, sodass ich ihr schwer folgen kann. Als wir schließlich in Glenessie ankommen, stürmt Ava gleich in die Küche. Iona hat ihr wohl versprochen, etwas zum Mittagessen zu kochen.

Ich schließe den Wagen ab und werfe einen Blick in Keirs Werkstatt, aus der Musik schallt. Keir selbst kann ich nirgends sehen. Nach seinem abweisenden Verhalten heute morgen beschließe ich jedoch, ihn in Ruhe zu lassen und in die Küche zu Ava und Iona zu gehen. Dort riecht es wieder köstlich und das ganze Mittagessen über erzählt Ava Iona aufgeregt von ihrem ersten Schultag.

Erst als ich aufgegessen habe und pappsatt bin, wird mir klar, worauf ich die ganze Zeit gewartet habe. Auf Keir. Es ärgert mich, dass er sich so fest in meinen Gedanken verankert hat, dass ich selbst das Mittagessen nicht genießen kann. Ich muss mich definitiv ablenken und mit was kann man das besser als mit Arbeit?

Davon ist schließlich im Buchladen mehr als genug vorhanden.

Eine halbe Stunde später stehe ich also im Buchladen, die Ladentür geöffnet, sodass frische Luft hereinzieht. Kaum habe ich die Kasse wieder mit Wechselgeld gefüllt, strömen die ersten Kunden herein. Die meisten sind zu meiner Überraschung bekannte Gesichter und sprechen mich mit dem Vornamen an.

Ich bin so vertieft in den Papierkram und das Abkassieren, dass ich das Hereintreten von Iona nicht bemerke. Erst als sie die Bestseller auf dem Tisch zurechtrückt.

»Du hattest recht«, sage ich, »die Leute rennen uns wirklich die Bude ein.«

Sie blickt auf und lächelt. »Glenessie ist nicht unbedingt der Ort, um reich zu werden, aber irgendwie hat es bisher jedes Geschäft geschafft, über die Runden zu kommen. Und weißt du, was ich dachte, als du hier angekommen bist, Grace?«

»Nein, was denn?«

»Ich dachte: Sie hat was drauf. Sie hat Stärke und sie wird den Buchladen erfolgreich übernehmen.«

Ich halte in meiner Bewegung inne. »Wirklich? Oh Gott, und ich war so voller Zweifel, als ich hier ankam.«

»Aber du hattest nie den Gedanken, es nicht zu versuchen. Stimmt's?«

»Nein, nie. Das war keine Option für mich.«

»Siehst du.« Sie kommt zu mir herüber und wirft einen Blick in den Kalender, der auf dem Tresen liegt. »Ach ja, du sollst Ray zurückrufen. Scheint wohl was Wichtiges zu sein.«

»Na, wenn das so ist, werde ich das gleich mal machen.« Ich nehme den Telefonhörer in die Hand, wähle die Nummer des Lieferanten und warte, bis er den Anruf entgegennimmt.

»Grace, gut, dass Sie zurückrufen!«, ertönt Rays Stimme.

»Was gibt es denn?«

»Ich wollte Ihnen nur mitteilen, dass sich die morgige Bücherlieferung verspätet. Ich werde es wohl erst gegen Nachmittag schaffen.«

»Das macht nichts, Ray«, erwidere ich. »Aber danke, dass Sie mir Bescheid gegeben haben.«

»Übrigens nochmal Glückwunsch zur gelungenen Wiedereröffnung! Das war ein toller Abend. Bis morgen dann.«

Ich bedanke mich überschwänglich bei ihm und beende das Telefonat, als ich sehe, dass sich in der kurzen Zeit der Laden gefüllt hat. Die nächsten Stunden bis zum Abend vergehen schnell und nach rund zwanzig Büchern, die über die Ladentheke gegangen sind, habe ich aufgehört zu zählen. Wie ich erfahre, haben Kunden sogar teilweise eine halbe Stunde Anfahrtszeit, weil wir der einzige Buchladen weit und breit sind. Nur nahe des Einkaufszentrums gibt es eine Buchhandlung, die zu einer Kette gehört. Umso erfreuter bin ich, dass sie einen kleinen, eingesessenen Laden unterstützen.

»Wissen Sie, ich komme schon her, seitdem Ihr Onkel die Buchhandlung vor vielen Jahren eröffnet hat«, hatte mir eine Dame mit runder Brille und weißem Haar mitgeteilt, als ich ihr half, einen Stapel Krimis einzupacken. »Ich bleibe Ihnen also mit Sicherheit noch lange treu, Liebes.«

Wiedermal schießen mir Tränen der Dankbarkeit wegen der Herzlichkeit der Menschen hier in die Augen. Ich bin es nicht gewohnt, dass man mir so nette Dinge sagt und das noch vollkommen uneigennützig. Die Schotten sind wahrlich ein ulkiges Volk.

Nachdem das letzte Buch über die Theke gegangen ist und ich den Kassenbestand überprüft habe, schließe ich den Laden. Als ich die wenigen Schritte zum Haus gehe und die Tür öffne, nehme ich zwei Dinge wahr – Avas hohes, schiefes Gesinge und den Duft von warmen Abendbrot. Zeitgleich schrillen meine Ohren und grummelt mein Bauch.

»Mummy! Mummy! Mummy!«, ruft Ava, als sie auf mich zukommt, und ihre Arme um mich schlingt.

Ich bücke mich zu ihr runter und streiche ihr über das Haar. »Bist du denn gar nicht erschöpft von deinem ersten Schultag, mein Schatz?«

Sie schüttelt den Kopf und ihre Zöpfe wirbeln dabei in der Luft herum. »Nö, war ja nicht so viel los.«

»Was hast du denn da?« Mit dem Daumen streiche ich über einen Fleck auf ihrer Wange. »Warst du etwa wieder draußen im Garten mit Iona?«

»Den hat sie vermutlich von mir, tut mir leid. Hab mir vorhin eigentlich die Hände gewaschen.«

Ich sehe auf und blicke in Keirs Gesicht. Sofort fällt mir auf, dass sein Bart gestutzt ist. »Ich wusste gar nicht, dass du hier bist.«

»Hab vor einer Stunde Feierabend gemacht, alle Autos sind wieder fahrtüchtig.«

»Darf ich Iona in der Küche helfen, Mummy?«, fragt Ava, die nur auf mein Nicken gewartet hat und gleichauf in die Küche flitzt.

Ich unterbreche den Augenkontakt zwischen Keir und mir, schlüpfe aus meinen Schuhen und dränge mich an ihm vorbei ins Wohnzimmer. Dort lasse ich mich auf das Sofa fallen und lege den Kopf in den Nacken. Ein herzhaftes Gähnen entschlüpft mir, was Keir offensichtlich witzig findet.

»Anstrengender Arbeitstag?«

»Kann man so sagen.«

Er setzt sich neben mich. »Ava hat mir ausführlich und lang und breit von ihrem ersten Schultag erzählt. Ich frage mich, wann sich ihre Euphorie für die Schule verflüchtigt.«

Ich seufze. »Wahrscheinlich in der Pubertät, dann ist ja eh alles blöd.«

Nervös rutscht Keir auf dem Sofa hin und her, bis er sich räuspert und die richtigen Worte gefunden zu haben scheint. »Hör zu, Grace, wegen heute Morgen ...«

»Ich habe das Gespräch zwischen dir und Ava mitbekommen«, gehe ich dazwischen und drehe meinen Kopf zu ihm, sodass wir uns in die Augen sehen.

»O-okay.«

»Ich wünsche mir, sowas hätte ihr eigener Vater zu ihr gesagt. Denn was du gesagt hast, war wunderschön, Keir. Das wollte ich dir nur mitteilen.«

Er nickt. »Ich will mich nicht zwischen euch drängen. Das solltest du wissen.«

Überrascht von seinen Worten lege ich meine Hände auf seine und bemerke erst danach, was diese intuitive Berührung in mir auslöst. »Nein, nein, um Himmels Willen. Das würde ich niemals denken«, sage ich. »Aber du musst das nicht. Ich meine, wenn es dir zu viel wird. Wenn es dich zu sehr an ... Maisie erinnert.«

Waren meine Worte zu persönlich? Bin ich mal wieder in ein Fettnäpfchen getreten, ohne es zu merken?

Doch Keir drückt meine Hand und damit weiß ich, dass alles gut ist. »Ja, Grace,es ist nicht immer leicht.«

»Essen, meine Lieben!«, schallt Ionas Stimme durch das Haus und wir fahren beide herum, als könnte man uns bei etwas erwischen.

»Wir sollten in die Küche«, murmle ich, erhebe mich und werde prompt von Keir zurückgezogen. Nur damit er seine Lippen auf meine legen und mich küssen kann.

Gott, was stellt dieser Mann nur mit mir an?

***

Nach dem Abendessen, bei dem ich eher damit beschäftigt war, meinen Blick von Keir zu wenden, bin ich so platt, dass ich gleich nach oben verschwinde. Ich schäle mich aus den verschwitzten Klamotten und laufe vollkommen unbekleidet aus dem Schlafzimmer, als die Wohnungstür geöffnet wird. Und Keir eintritt.

Wie angewurzelt bleibt er vor mir stehen, die Augen auf meinen nackten Körper gerichtet.

»Ich wollte gerade duschen«, stoße ich hervor.

»Grace.« Sein Adamsapfel hüpft auf und ab. »Ich kann nicht mehr klar denken.«

»Dann komm mit mir unter die Dusche.«

Als seien meine Worte das gewesen, worauf wir beide gewartet haben, stürmen wir ins Badezimmer. In raschen Bewegungen entledigt sich Keir seiner Kleidung, dann steigt er zu mir unter den heißen Duschstrahl. Unsere Lippen finden sich sofort und auch die Hände können wir nicht länger bei uns lassen.

»Wir haben nicht lange«, nuschle ich zwischen den Küssen.

»Ava puzzelt mit Iona und ich glaube, sie hat gesehen, wohin ich gegangen bin«, erwidert Keir und ertastet mit den Fingern die empfindliche Stelle zwischen meinen Beinen. »Du musst also leise sein.«

Ich nicke und kurz darauf dringt er in mich ein. Seine Stöße sind hart, tief und genau das, was ich brauche. Das heiße Wasser der Dusche vermischt sich mit unserem gedämpften Stöhnen und dem aufgestauten Verlangen. Für den Augenblick ist alles um uns herum vergessen. Alles, was war. Alles, was ist. Und alles, was sein wird.

Als ich schließlich den Duschstrahl ausstelle, höre ich nur unseren unregelmäßigen Atem. Wir steigen aus der Dusche, trocknen uns ab und ziehen uns wieder an.

»Das war schön«, sage ich, als ich mir das Haar bürste und im Spiegel seinen Blick auffange.

»Das war es.« Er drängt mich gegen das Waschbecken, legt mein Haar über die Schulter und drückt mir einen Kuss auf den Hals.

Ein unkontrolliertes Stöhnen entkommt mir und ich presse die Lippen aufeinander. »Verflucht, ich liebe es, wenn du das machst.«

Keir grinst. »Hab ich schon gemerkt.«

Danach machen wir es uns auf dem Sofa bequem und lassen irgendeine Sitcom im Fernseher laufen. Aber keiner von uns achtet auf den Bildschirm, weil wir viel zu sehr damit beschäftigt sind, die Minuten, die uns bleiben, zu genießen.

»Morgen fährt Ava das erste Mal allein mit dem Schulbus und mir geht jetzt schon die Düse«, sage ich und rolle die Augen über meine eigene übertriebene Besorgnis.

»Sie hat ja Cait«, beruhigt mich Keir. »Und außerdem, stell dir vor, wird sie vielleicht sogar eines Tages allein Auto fahren. Oder ihren ersten Freund mit nach Hause bringen oder sich ein Bauchnabelpiercing-«

Ich lege ihm die Hand vor den Mund und sein warmer Atem trifft die Innenfläche. »Großer Gott, hör bloß auf!«, lache ich. »Sonst krieg ich noch graue Haare!«

Keir nimmt meine Hand herab und betrachtet mich mit zusammengekniffenen Augen. »Ich glaube, ... ich seh da sogar schon welche.«

Wir lachen aus vollem Halse und Keir das erste Mal so losgelöst und fröhlich zu sehen, lässt die Schmetterlinge in meinem Bauch noch mehr Saltos fliegen.

»Weißt du, in London, da konnte ich Ava nie richtig aus den Augen lassen. Ständig hat mein Ex uns aufgelauert, hat mir gedroht Ava wegzunehmen, mich beleidigt«, offenbare ich ihm. »Am liebsten hätte er sie mir weggenommen, einfach, um mir zu zeigen, dass er am längeren Hebel sitzt. Dabei hat das Gericht entschieden, dass ich das alleinige Sorgerecht habe und er keinen Umgang haben darf. Und sowas wird nicht ohne Grund beschlossen. Aber eingesehen hat er es nie.«

»Er hat sich wohl in seinem Stolz verletzt gefühlt«, mutmaßt Keir, doch er fragt nicht, was vorgefallen ist.

Ich zucke mit den Schultern. »Umso froher bin ich, hier zu sein und dass alles bisher so gut klappt.«

»Ich bin auch froh, dass du hier bist.«

Ich denke gerade an das erste Zusammentreffen mit dem stummen Keir am Flughafen von Edinburgh, als mir einfällt, dass ich morgen Nachmittag niemanden habe, der auf Ava aufpasst. Ray liefert die Bestellung der Bücher später als sonst und Iona hat einen Termin bei der Physiotherapie, den sie nicht aufschieben kann.

»Keir?«

»Hm?«, macht er und fährt mit den Fingerspitzen über mein Bein.

»Könntest du morgen für ein oder zwei Stunden auf Ava aufpassen?«, frage ich und verziehe den Mund. »Die Bücherlieferung kommt morgen erst nach Schulschluss und Iona ist-«

»Klar, kein Problem«, antwortet er.

»Wirklich nicht? Ich meine, hast du-«

»Meine Aufträge für diese Woche sind größtenteils erledigt, erst nächste Woche hab ich wieder einiges zu tun. Also ja, wirklich.«

Ich falle ihm um den Hals. »Du bist ein Schatz!«

Keir lacht heiser und legt auch seine Arme um mich, da lässt uns eine Stimme kurz darauf wieder auseinanderfahren.

»Was macht ihr da? Mummy?«, fragt Ava.

»Oh, Liebling. Seid ihr schon fertig mit puzzeln?« *Eine Frage mit einer Gegenfrage zu beantworten ist wirklich ziemlich reif*, denke ich. Vielleicht sollte ich mal einen *Wie benehme ich mich als Erwachsene/r?*-Kurs belegen. Da würde ich mit meinem impulsiven Verhalten ohnehin anecken.

»Ja, Iona hat mich ins Bett geschickt, weil ich die ganze Zeit ...« Ein Gähnen verschluckt den Rest ihres Satzes.

Der erste Schultag hat sie wohl doch geschlaucht und hat Ava sich schneller als sonst bettfertig gemacht.

»Morgen nach der Schule wird Keir für ein paar Stunden auf dich aufpassen, okay? Ich muss auf neue Bücher warten und Iona ist nicht da«, teile ich ihr mit, nachdem sie sich auch von Keir mit einem Kuss auf die Wange verabschiedet hat.

Sie nickt daraufhin und gähnt erneut.

»Okay, ab ins Bett mit dir, Süße.« Ich stehe auf und auch Keir erhebt sich neben mir vom Sofa.

»Dann bis morgen, Ava, und schlaf gut«, sagt er, woraufhin sie winkt und in ihr Zimmer tapst. Dann wendet er sich mir zu und unsere Lippen berühren sich sanft. »Schlaf gut.«

»Du auch, Keir.«

Er schließt die Wohnungstür hinter sich und ich bin mir sicher, spätestens wenn Iona seine Schritte auf der Treppe hört, denkt sie sich ihren Teil.

Kapitel 18

Am nächsten Morgen verläuft alles wie immer. Ava und ich stehen pünktlich auf und frühstücken gemeinsam mit Iona und Keir Pancakes mit Ahornsirup. Ich trinke wieder viel zu viel Kaffee, was meiner Aufregung geschuldet ist. Ava hingegen scheint nicht ansatzweise nervös, dass sie gleich das erste Mal mit dem Bus zur Schule fahren wird. Aber nun gut, sie hat ja Cait und scheint sich mit ihren übrigen Mitschülern auch blendend zu verstehen.

Anschließend überprüfe ich fünfmal, ob sie auch alles in ihrem Schulranzen hat, bis Ava mich mit einem genervten »Mummy« vom sechsten Mal abhält.

»Vergiss nicht, wenn du von der Schule kommst-«

»Ist Keir da. Weiß ich doch, Mummy.«

Ich drücke ihr einen Kuss auf die Stirn. »Dann lass uns los zur Bushaltestelle. Cait und Ainsly warten bestimmt schon.«

Sie verabschiedet sich von Iona und Keir, die uns hinterherwinken, und wir machen uns auf den Weg. An der Haltestelle angekommen, plappern Cait, Ava und ein weiterer Junge sofort drauflos. Wir Elternteile stehen unbeholfen und nervös daneben, ich bin also doch nicht die Einzige, der es schwerfällt.

Wenige Minuten später fährt der Bus durch die Shore Road, kommt vor uns zum Halten und öffnet zischend die Tür.

»Viel Spaß in der Schule und mach Keir nicht zu viel Ärger, okay?«, sage ich zu Ava und gebe ihr einen letzten Kuss, ehe sie mit Cait in den Bus steigt.

Sie sichern sich zwei Plätze ganz vorne, drücken ihre Nasen gegen die Fensterscheibe, als der Bus losfährt, und winken uns zu.

»Ob man als Elternteil jemals aufhört, sich Sorgen zu machen?«, murmle ich Ainsly zu.

Sie wirft mir einen Blick zu, der mehr als tausend Worte sagt. Selbst wenn unsere Kinder einmal erwachsen sind und auf eigenen Beinen stehen, werden wir nicht damit aufhören. Dann lachen wir, kehren der Haltstelle den Rücken und Ainsly hakt sich bei mir ein. Obwohl Glenessie so klein ist und man das Örtchen mit dem Auto in nur einer Minute durchfährt, ist auf den Straßen viel los. Die ersten Geschäfte öffnen ihre Türen, aus den Fenstern werden Bettdecken ausgeschüttelt und der süße Duft nach Frischgebackenem vom *MacNally's* strömt durch die Gassen.

»Hast du noch Zeit für einen Kaffee?«, frage ich prompt.

»Du hast es also auch gerochen!«, ruft Ainsly. »Mein Magen hat in genau dem Augenblick gegrummelt, das ist ein Zeichen!«

»Ist schon gut, du brauchst mir keine Argumente aufzuzählen, um bei *MacNally's* zu Kaffee und Kuchen einzukehren.« Ich tätschle ihren Arm und ziehe sie in so einer raschen Bewegung in die Gasse, dass Ainsly aufquietscht. Wann habe ich sowas jemals in London gemacht? Mit einer Freundin durch die Straßen gezogen und einfach den Moment genossen? Es ist schon eine Ewigkeit her.

Das *MacNally's* ist für die Uhrzeit noch recht leer und wir kommen schnell dran. Mit zwei Bechern Cappuccino und zwei Schokobrötchen setzen wir uns in eine gemütliche Ecke. Zwar hatte ich heute Morgen schon Kaffee für mehrere Tage, aber er schmeckt im *MacNally's* einfach himmlisch.

»Sag mal, was läuft da eigentlich zwischen Keir und dir?«

Ich verschlucke mich fast an meinem Cappuccino, was Ainsly ein Grinsen entlockt. »Was soll zwischen uns sein?«, entgegne ich lahm.

Sie beugt sich zu mir, als könnte uns irgendwer belauschen, dabei ist gerade niemand sonst in der Bäckerei. »Mir musst du nichts vormachen, Grace. Die Blicke, die ihr euch zuwerft, sagen alles.«

Ist es etwa so offensichtlich? Verhalten Keir und ich uns so auffällig? Und ich habe mich in Sicherheit gewiegt, dass wir unsere Gefühle und die Anziehungskraft gut verbergen, so dass es keinem auffallen würde. Tja, falsch gedacht. Mein Körper scheint sowieso in Keirs Gegenwart verrückt zu spielen, wie konnte ich nur davon ausgehen?

Ich seufze. »Wir wollen es langsam angehen.«

»Oh mein Gott! Also hab ich recht?« Ainslys Stimme hallt im ganzen Ladenraum wider, als ob sie vor Freude über den Tisch gesprungen ist.

»Mhm.«

Ihre Augen leuchten und ich bin mir sicher, dass sie mich am liebsten über jede Kleinigkeit ausfragen würde. Aber nicht hier und vor allem nicht jetzt. Ihre Freude für mich ist ansteckend und ein Lächeln kann ich mir nicht verkneifen, aber ich will es nicht überstürzen.

»Grace, das ist ja Wahnsinn! Ich freue mich so-«

»Pst«, mache ich und lege meine Finger um den warmen Kaffeebecher.

»'Tschuldige.« Sie presst die Lippen aufeinander und blickt mich beschämt an. »Es ist nur so, na ja, Keir hat schon lange nicht mehr ...«

»Er hat mir alles erzählt, Ainsly.«

»Alles?«

Ich nicke. »Aye. Sagt man doch so, oder?«

»Mensch, du wirst noch zu einer richtigen Schottin«, sagt sie und zwinkert mir zu, sodass ich hoffe, endlich das Gesprächsthema wechseln zu können. Da habe ich allerdings wiedermal falsch gedacht. »Also weißt du davon? Von ...dem Unfall?«

»Er hat es mir am Abend nach der Wiedereröffnung erzählt«, vertraue ich mich ihr an. »Und in dieser Nacht hat sich so einiges zwischen uns geändert. Genau genommen alles. Aber bitte versprich, nichts und niemandem davon zu erzählen.«

Ainsly nickt. »Du kannst auf mich zählen.«

»Auch wegen Ava und dass ich mich überhaupt wieder auf einen Mann eingelassen habe ...«

Sie legt ihre Hand auf meine und in diesem Augenblick glaube ich nach so vielen Jahren zum ersten Mal zu spüren, was wahre Freundschaft bedeutet. Ainsly war plötzlich da und ist seitdem ein Teil meines Lebens geworden. Sie hilft mir, wo sie nur kann und gibt mir das Gefühl, ihr vertrauen zu können.

»Ehrlich, ich freue mich für dich und Keir. Ihr beide habt so viel durchgemacht und es verdient, glücklich zu sein.«

»Ich hab nur Angst, dass es in die Brüche geht. Dass Ava sich zu sehr an ihn gewöhnt ... und ich. Und dann ist es vorbei, was mach ich dann?«

»Zuallererst: Wenn du von Anfang an mit so einem Gedanken in eine Beziehung gehst, bringt das bestimmt vieles, aber kein Glück«, erwidert Ainsly und leert ihren Cappuccino in einem schnellem Zug. »Eine Beziehung kann dir so viel mehr geben als Ängste, Unsicherheit und Sorgen. Sie kann dir Nähe, Zärtlichkeit, Glück und ja, auch sehr heißen Sex geben. Wenn du es zulässt.«

»Du hast recht«, murmle ich. »In meiner letzten Beziehung mit Avas Dad habe ich am Ende nur noch Angst und Sorgen verspürt.«

»Weißt du, jeder aus Glenessie kannte Alyth und Maisie. Jeder mochte sie und als sie umkamen, konnte jeder sehen, wie Keirs Welt mehr und mehr zerbrach. Genau wie du hat er lange in Reue und Trauer gelebt. Glaub mir, er würde sicher alles tun, um dem zu entkommen, und zusammen könnt ihr es schaffen.«

Ainslys Worte sind der Zuspruch, den ich gebraucht habe. Sie nehmen mir zumindest ein bisschen die Ängste und Sorgen und lassen mich nach vorne blicken.

Nachdem wir unseren Kaffee ausgetrunken und die Schokobrötchen vertilgt haben, verabschieden wir uns voneinander und ich mache mich ohne Umwege zum Buchladen. Dort ist bereits die Tür geöffnet, Licht brennt im Ladenraum und Iona steht hinter dem Tresen. Dabei habe ich ihr heute freigegeben, sie hat die letzten Wochen schließlich genug geschuftet. Ihren Termin bei der Physiotherapie schiebt sie wegen mir schon seit Wochen vor sich her und ich werde es nicht zulassen, dass sie ihre Gesundheit gefährdet.

»Du solltest doch gar nicht hier sein«, schelte ich.

Iona zuckt entschuldigend mit den Schultern. »Ach, ich wollte nicht stundenlang im Haus herumsitzen, Ava ist ja auch nicht da. Also dachte ich, ich mache mich nützlich.«

»Na gut, aber um 12 Uhr machst du Feierabend. Du hast in der letzten Zeit genug gearbeitet und hattest wegen mir noch mehr zu tun als sonst.« Ich schlüpfe aus der Jacke und hänge sie an die Garderobe im Büro. Dort setze ich mich an den Computer und erledige Schreibkram und Rechnungen. Ich kann von Glück reden, dass Onkel Gregory eine solche Ordnung gehalten hat und ich mich nicht erst zwischen Papierbergen zurechtfinden muss. Aber zu wissen, dass er vor wenigen Monaten noch genau hier saß und seinen Traum mit einem Buchladen in Schottland erfüllte, stimmt mich traurig. Hätte ich ihn doch nur einmal mit Ava besuchen können. Einen Flug hierher konnte ich mir allerdings nicht leisten und Onkel Gregory für Geld anzupumpen, erschien mir nicht richtig. Außerdem wollte ich ihn nicht mit meinen Geldsorgen und Sorgerechtsschwierigkeiten mit Avas Dad belasten. Er hat jahrelang dafür gesorgt, dass ich ein glückliches Leben in London hatte, da hatte er das nicht verdient.

Die Stunden, die ich vertieft in Papierkram im Büro verbringe, vergehen wie im Flug. Ich erschrecke, als ich feststelle, dass es schon weit nach 12 Uhr ist und Iona immer noch im Laden steht. Und nichts gesagt hat! Natürlich nicht, ich kenne sie ja mittlerweile.

Mit in die Hüfte gestemmten Armen stehe ich hinter ihr im Türrahmen und räuspere mich. »Hatten wir nicht was vereinbart, Iona?«

Sie dreht sich zu mir um, schaut auf ihre goldene Armbanduhr und ihr Mund formt ein O. »Das hab ich wohl verschwitzt.«

Wir sehen uns einen Moment lang an und dann bildet sich auf unseren Gesichtern ein Grinsen.

»Nun aber raus mit dir«, sage ich. »Nimm dir ein Bad oder lies ein Buch, aber heute will ich dich nicht mehr schuften sehen, okay?«

»Wenn die Chefin das sagt, muss ich mich wohl dran halten«, entgegnet Iona und schließt die Kasse. »Dann komm doch mit Keir in einer Stunde zum Mittagessen, in Ordnung?«

»Kochen zähle ich mal nicht als schuften, das ist ja deine Leidenschaft.« Ich lache auf. »Ich sag ihm Bescheid und wir kommen dann.«

Ich bin erleichtert, als Iona tatsächlich die Ladentür hinter sich schließt und in das Haus läuft. Sie ist nicht mehr die Jüngste und ich habe sie in letzter Zeit genug beansprucht. Etwas Ruhe wird ihr guttun.

In der nächsten halben Stunde finden ein paar Kunden den Weg in den Buchladen, von denen einer ein Buch bei mir vorbestellt und ein kleiner Junge einen Comic kauft. Sein Lächeln, als er es auf den Tresen legt und bezahlt, ist breit und zeigt mehrere Zahnlücken. Die Ladentür fällt hinter ihm ins Schloss und sofort ist er so sehr in den Comic vertieft, dass er fast eine

Fahrradfahrerin übersieht. Zum Glück kann sie ihm noch ausweichen und schüttelt lachend den Kopf.

Nach einer weiteren halben Stunde schließe ich den Laden für die Mittagspause und schlendere in Keirs Werkstatt. Wie immer schallt laute Musik aus einem Lautsprecher und Keirs Kopf zwischen den vielen Autoteilen ausfindig zu machen, ist beinahe unmöglich. Als jedoch irgendwo ein Werkzeug fallen gelassen wird, horche ich auf und erkenne schließlich sein Haarknäuel zwischen einem Transporter und einem verrosteten Wagen, dessen Windschutzscheibe zerbrochen ist.

»Kann man hier zufällig sein Auto reparieren lassen?«, rufe ich durch die Werkstatt und postwendend schnellt sein Kopf zu mir herum.

Sein grimmiger Gesichtsausdruck verwandelt sich in ein Lächeln, das nur für mich bestimmt ist. Das T-Shirt klebt an seinem schweißnassen Oberkörper und um seine Hüfte trägt er einen Werkzeuggürtel. Gott, er sieht so gut aus. Trotz des Schweiß und Drecks. Nein, gerade deswegen.

Unsere Blicke finden sich und als hätte ich keine Kontrolle über meinen eigenen Körper, laufe ich ihm entgegen. Er wischt sich die Hände an einem Handtuch ab. Die Anziehungskraft und das Prickeln zwischen uns sind förmlich greifbar. Er küsst mich, sanft und zärtlich, legt die Hände an mein Gesicht und zieht mich an sich.

»Obwohl ich dich gestern erst gespürt habe, vermisse ich dich schon wieder«, murmelt er an meinen Lippen.

»Das war das erste Mal, dass ich Sex unter der Dusche hatte«, beichte ich.

»Wirklich?«

Ich nicke. »Während meiner Zeit auf dem College war ich nicht so experimentierfreudig.«

Er grinst. »Dafür muss man kein College besuchen, *bonnie lass.*«

Jedes Mal, wenn er mich so nennt, läuft mir ein wohliger Schauer über den Rücken. Zwei Worte, die so viel in mir auslösen.

»Bevor ich es vergesse«, nuschle ich. »Iona hat gesagt, wir sollen gleich zum Mittagessen kommen.«

»Wie gleich?«

»So gleich, dass wir das von gestern Abend jetzt nicht wiederholen können«, antworte ich, löse mich von ihm und ziehe ihn an seinem Werkzeuggürtel aus der Werkstatt.

Nach einem sättigenden Mittagessen, bei dem ich ausnahmsweise Saft und keinen Kaffee getrunken habe, spülen Iona und ich das Geschirr ab. Wenn ich noch mehr Koffein zu mir nehme, werde ich irgendwann vor Hyperaktivität nicht mehr schlafen können. Keir musste aufbrechen, weil ein Kunde kurzfristig seinen Wagen in die Werkstatt vorbeibringt.

Gerade trockne ich einen Teller ab, als ich Ionas verstohlene Blicke im Augenwinkel bemerke. Sie reicht mir einen weiteren Teller und ich höre, wie sie die Luft einzieht und zu einer Frage ansetzt.

»Keir und du also, mhm?«

Ich traue mich nicht, ihren Blick oder gar ihre Stimme zu deuten. Ich traue mich nicht einmal, ihr in die Augen zu sehen. Warum ist es mir unangenehm? Weil Keir ihr Enkel ist? Weil sie weiß, wie sehr er gelitten hat und sie ihn beschützen will? Die Gedanken rasen unaufhörlich durch meinen Kopf.

»Ich, äh …«

Sie lässt den Waschlappen sinken und lächelt ihr typisches Iona-Lächeln, das so voller Wärme ist, sie scheint nicht sauer auf mich zu sein. »Ich habe es bemerkt, Grace. Die Art, wie ihr euch anseht, wie sich Keir verändert hat. Es ist mir schon eine Weile klar.«

Meine Finger verkrampfen sich um das Handtuch, mit dem ich den Teller trockne. »Und was denkst du?«, frage ich vorsichtig nach.

»Was ich denke? Liebes, ihr seid zwei erwachsene Menschen, die sich ineinander verliebt haben, mit Vergangenheit, mit einem Päckchen auf euren Schultern. Ich mische mich nicht in eure Beziehung ein, aber wenn ihr glücklich seid, dann bin ich es auch.«

Ein Stein, so schwer wie zehn Elefanten, fällt mir vom Herzen. Den Aufprall hört man sicherlich bis ans andere Ende der Welt.

»Danke, Iona, das bedeutet mir viel«, sage ich und versuche, ihr Lächeln zu erwidern.

»Seit du hier bist, bist du wie eine Tochter für mich und Ava wie eine Enkelin. Ich würde nie etwas Schlechtes von dir denken, das weißt du hoffentlich, oder?«

»Na ja, Keir ist dein Enkel und er hat mir davon erzählt. Von Alyth und Maisie und dem Autounfall. Ich kann nur erahnen, wie schlimm sowas sein muss und mir bricht es schon das Herz, es nur zu hören. Wie weh muss es also tun, es am eigenen Leib zu erfahren?«

Tränen sammeln sich in ihren Augen. »O ja, da war es. Mitansehen zu müssen, wie Keir sich immer mehr aufgibt, hat mir schwer zugesetzt. Ich habe ihn großgezogen und plötzlich war er nur noch ein Schatten seiner selbst.«

»Ich will ihm nicht wehtun, Iona«, flüstere ich.

Sie sieht mich an und die kleinen Fältchen um ihre Augen ziehen sich zusammen. »Das weiß ich doch, Liebes, das weiß ich. Und auch wenn Keir sich manchmal wie ein Tölpel verhält, hat er ein gutes Herz – welches er wohl an dich verschenkt hat.«

»Wir wollen nichts überstürzen, auch wegen Ava und na ja«, entgegne ich, »unseren Päckchen.«

»Das kann ich gut verstehen.«

Schließlich spülen und trocknen wir noch das restliche Geschirr ab und Iona verfällt in Hektik, weil sie so spät dran ist und vor ihrem Termin noch zur Tankstelle fahren muss. Aber auch ich muss mich ranhalten, denn in fünf Minuten muss ich den Buchladen wieder öffnen. Also nehme ich noch einen letzten Schluck Saft und begebe mich zum Laden, vor dem bereits zwei Kunden warten. Sie halten ein Schwätzchen und grüßen mich freundlich, als ich heraneile. Drinnen setzen sie ihr Gespräch fort und die herzliche und selbstironische Art, wie sie miteinander umgehen, bringt mich zum Lächeln. Sie verbringen eine ganze Weile im Buchladen und stöbern, was mich nur noch mehr zum Lächeln bringt.

Die Stunden schwinden dahin und auch wenn der Laden zwischendurch leer ist, habe ich immer was zu tun. Wenn man ein Geschäft leitet, steht dauernd Papierkram an, und ich kann es mir nicht erlauben, die Arbeit aufzuschieben. Ich husche zwischen Kasse und Büro hin und her und merke, wie meine Füße schmerzen. Kurzerhand ziehe ich die Schuhe aus und setze mich neben dem Tisch mit den Souvenirs in den Ohrensessel. Der Bezug ist glatt und flauschig, weshalb ich aufpassen muss, dass ich nicht einschlafe. Das würde mir gerade noch fehlen.

Als der Uhrzeiger kurz nach sechszehn Uhr anzeigt, weiß ich, dass Ava Zuhause sein muss. Die ersten Male, als Keir auf sie aufgepasst hat, waren mir nicht unbedingt recht. Ich kannte ihn schließlich noch nicht gut und konnte ihn nicht einschätzen. Für mich war er am Anfang ein grimmiger Typ, der mit Kindern nichts am Hut hat. *Wie sehr ich da falschlag*, denke ich. Aber mittlerweile kenne ich ihn gut genug, um zu wissen, dass er sich großartig um sie kümmert. Und Ava liebt ihn, was kann also schiefgehen?

Ungeduldig wippe ich mit dem Fuß auf und ab und hoffe bei jedem vorbeifahrenden Wagen, dass Ray mit der Lieferung kommt. Irgendwann gebe ich auf und schnappe mir den *Oor Wullie*-Comic. Heute Morgen jedenfalls hatte Ainsly gesagt, dass ich noch zu einer richtigen Schottin werde, und etwas Weiterbildung schadet nicht.

Tatsächlich finde ich den Comic ziemlich unterhaltsam, muss schmunzeln und lerne einige schottische Ausdrücke. Jetzt verstehe ich, warum der Comic so ein Renner ist. Vielleicht sollte ich ihn Ava zum Geburtstag schenken – wobei sie schon nach der ersten Woche in Glenessie mehr Schottin als Londonerin war.

Kurz vor siebzehn Uhr klingelt das Glöckchen über der Ladentür und ich schrecke zusammen, sodass der Comic auf den Boden fällt.

»Ich wollte Sie nicht erschrecken, Grace«, sagt Ray, der mich lächelnd ansieht. »Tut mir leid, dass die

Lieferung so spät kommt. Normalerweise kommt das nicht vor.«

Ich winke ab. »Halb so schlimm.«

»Sie lesen *Oor Wullie*?«

»Ja, äh, aye. Jetzt, wo ich hier lebe, will ich mich ein bisschen anpassen.«

Er lacht auf. »Ich habe den Comic als Kind geliebt und immer noch eine Riesensammlung Zuhause.«

»Wie viele Bände gibt's denn?«

»Puh, einige, das kann ich Ihnen so genau nicht sagen.«

»Als Inhaberin einer Buchhandlung sollte ich mich wohl besser informieren«, erwidere ich selbstironisch.

»Spätestens wenn Ava lesen lernt, wird sie Ihnen *Oor Wullie* aus der Hand reißen.« Ray zwinkert mir zu und deutet dann auf den geparkten Sprinter vor der Ladentür. »Ich bringe die Lieferung ins Lager, okay?«

»Haben Sie vielen Dank, Ray!«

Nach einer halben Stunde stehen die Kartons im Lager und ich kann es nicht lassen, sie auszupacken und den Duft neuer Bücher einzuatmen. Es erinnert mich an vergangene Zeiten und Geburtstage, an denen mir meine Tante und Gregory immer ein neues Buch geschenkt haben. Meistens habe ich es noch in derselben Nacht durchgelesen. Wenn mein Onkel wüsste, dass ich in den letzten Jahren keine Seite mehr angerührt habe, würde er sich im Grab umdrehen. Gut, dass ich nun zu einem Comic gegriffen habe. Der ist zwar für Kinder, aber Geschichten kennen keine Altersgrenze. Sie sind für jeden, egal, ob groß oder klein, das habe ich schon immer an Büchern geliebt. Man öffnet den Deckel und versinkt in eine Welt, die man sich ganz nur im Kopf ausmalt und betreten kann, wann man möchte. Die reale Welt kann einen manchmal ganz schön aus den Socken hauen, da braucht man eine Flucht.

Gegen 18 Uhr, als es draußen stockduster ist, lösche ich das Licht. Ich bin gespannt, was mir Ava von ihrem ersten richtigen Schultag berichtet, und ob ihre Begeisterung für den Unterricht noch dieselbe ist wie heute morgen.

Es ist seltsam, den Hausflur zu betreten, ohne dass mir ein köstlicher Duft in die Nase steigt. Iona scheint noch unterwegs zu sein. Oben in der Wohnung angekommen, halte ich vor der Tür inne und drücke mein Ohr dagegen. Nichts zu hören. Vermutlich ist Ava vom Unterricht und dem Spielen mit Keir so müde, dass sie bereits schläft. Bei dem Gedanken, wie Ava und Keir eingekuschelt auf dem Sofa liegen, wird mir ganz warm ums Herz. Aber es zieht sich schmerzhaft zusammen, als ich in die Wohnung eintrete.

Noch nie hat sich Stille so laut wie in diesem Moment angehört.

Keir sitzt mit angezogenen Beinen an der Wand gegenüber des Sofas und hat das Gesicht in seinen Händen vergraben. Sein ganzer Körper bebt.

Sofort gehe ich zu ihm und knie mich hin, als ich bemerke, dass er schluchzt. »Keir«, sage ich. »Keir, was ist los?«

Aber reagiert nicht. Es ist, als würde er mich nicht wahrnehmen, weil Panik über ihn herrscht. Was ist nur los mit ihm? Weint er?

»Bitte, sprich mit mir«, versuche ich es weiter.

Auf einmal hebt er sein Gesicht, welches von Tränen überströmt ist, und sieht mich an. In seinen Augen erkenne ich nichts von dem losgelösten, witzigen Mann von vor ein paar Stunden. Was kann in dieser kurzen Zeit geschehen sein? Und vor allem, wo zum Teufel ist Ava?

»Es … tut mir so leid, Grace«, stottert er.

»Was tut dir leid, Keir? Was ist passiert?«

Er schüttelt den Kopf, weitere Tränen rollen über seine Wangen. »Ava.«

Die Art, wie er ihren Namen ausspricht, macht mir eine Heidenagst. Zugleich macht es mich wütend, dass ich nicht weiß, was mit ihr ist. Tränen der Wut und Verzweiflung sammeln sich in meinen Augen, aber ich muss erfahren, wo meine Tochter ist.

»Verdammt, wo ist sie?«, frage ich ihn.

Aber ein erneutes Schluchzen verschluckt seine Antwort, sodass ich mich von ihm losreiße und in Avas Kinderzimmer renne. In gekrümmter Haltung liegt sie in ihrem Bett und hält sich den Bauch.

»Mummy, Mummy«, wispert sie, als sie mich sieht.

»Was ist los, mein Schatz? Geht es dir nicht gut?« Ich taste ihre Stirn ab, die aber weder eiskalt noch glühend heiß ist.

Sie schüttelt den Kopf.

»Was tut dir weh?«

»Mein Bauch«, antwortet sie, »und ich muss ständig aufs Klo.«

Ich untersuche sie näher und fahre mit der Hand über ihren aufgeblähten Bauch. Ihr Gesicht wirkt blass und die Lippen trocken. Irgendwas stimmt hier nicht, so schlecht ging es Ava noch nie.

Im Badezimmer sehe ich das ganze Ausmaß, mehrere verbrauchte Klopapierrollen und ein Gestank, bei dem sich mir die Nasenflügel zusammenkleben.

Ich werde nicht länger warten und mitansehen, wie sich meine Tochter vor Schmerzen krümmt, denke ich. Also packe ich meine Handtasche, mache Ava vorsorglich eine Wärmflasche und stecke sie in eine Jacke. Während ich durch die Wohnung sause, spüre ich Keirs Blick auf mir. Und als ich ihm in die Augen schaue, erkenne ich darin nur Ausdruckslosigkeit. Ihn zu bitten, uns ins Krankenhaus zu fahren, wäre sinnlos. Gerade ist er zu nichts fähig und kurz überkommt mich ein schlechtes Gewissen, weil ich ihn so angefahren habe. Aber Keir wäre der letzte Mensch auf Erden, der nicht verstehen würde, dass meine Tochter das Wichtigste in meinem Leben ist. Und gerade geht Ava vor, ihre Gesundheit steht an erster Stelle, da kann ich keine Rücksicht nehmen.

Mit Ava im Arm und der Handtasche über mich gezogen, bleibe ich im Türrahmen stehen. »Wir fahren ins Krankenhaus.«

Schließlich nehme ich die Treppenstufen nach unten, was mit Kind und Handtasche schwieriger ist als gedacht. Als ich wohlbehalten unten ankomme, wird die Haustür aufgerissen und Iona steht im Flur. Ihre Wangen sind rot gefärbt und sie sieht mich verwundert an.

»Nanu, was ist denn hier los? Hab ich was verpasst?«

»Irgendwas stimmt mit Ava nicht. Sie hat fürchterliche Bauchschmerzen und Durchfall, ich will sie ins Krankenhaus fahren«, erkläre ich.

»Setzt euch ins Auto, ich fahre«, sagt sie sofort und macht auf dem Absatz kehrt.

Ich habe Mühe, mit ihr Schritt zu halten, so schnell wie Iona läuft. Ich nehme mit Ava hinten im Auto Platz, schnalle sie vorsichtig an und dann düst Iona los. Die hügelige Landschaft zieht in beachtlicher Geschwindigkeit an uns vorbei und ich bin heilfroh, als wir dreißig Minuten später am Kinamore Hospital ankommen.

In der Notaufnahme sitzen zum Glück wenig Leute, sodass wir schnell aufgerufen werden. Der behandelnde Arzt ist sogar ein bekanntes Gesicht, was mich gleichermaßen erleichtert wie schockiert.

»Ich hätte nicht gedacht, dass wir uns so schnell wiedersehen«, sagt Dr Kirkwood, der in seinem weißen Kittel plötzlich ganz anders aussieht.

»Ich auch nicht«, murmle ich und halte meine Hand fest um die von Ava geklammert.

Er studiert das Protokoll des Aufnahme und setzt sich zu Ava auf die Liege. »Hallo Ava, wir kennen uns ja schon. Wo genau tut es dir denn weh? Kannst du mir das zeigen?«

Sie deutet auf ihren Bauch. »Der tut ganz doll weh und Zuhause musste ich ständig auf die Toilette.«

Dr Kirkwood nickt und kritzelt irgendwas in die Akte. »Und wie lange hat sie das?«, fragt er an mich gewandt, ohne sich anmerken zu lassen, dass der Vorfall bei der Lesung möglicherweise noch zwischen uns steht.

»Ich bin vor einer Stunde vom Buchladen nach Hause gekommen und da ging es ihr schon schlecht.« Die Information, dass Keir auf sie aufgepasst hat, halte ich absichtlich zurück. Ich will nicht, dass er darin hineingezogen wird.

Wieder nickt er. »Dann veranlasse ich ein paar Untersuchungen und wir werden bald wissen, was dir fehlt, Süße.«

***

Eine gefühlte Ewigkeit und zig Untersuchungen später, warten wir auf die Ergebnisse. Vor lauter Nervosität zupfe ich am Saum meines T-Shirts. Was, wenn Ava etwas Schlimmes hat? Nein, nein, nein, das will ich mir gar nicht ausmalen.

»Setz dich, Liebes«, sagt Iona. »Soll ich dir einen Kaffee holen?«

»Keinen Kaffee«, wehre ich ab. »Sonst laufe ich noch die Wände hoch.«

Da kommt plötzlich Dr Kirkwood und ich versuche, an seinem Gesicht zu erkennen, ob er gute oder schlechte Nachrichten hat. Er setzt sich zu Ava auf die Liege, die Untersuchungsergebnisse unter den Arm geklemmt. »Eins vorweg: Es könnte schlimmer sein.«

Ich weiß nicht, ob das ein Grund zum Aufatmen ist oder ich lieber abwarten soll. »Was hat sie denn?«, frage ich.

»Ava hat Zöliakie, das ist eine Glutenunverträglichkeit«, antwortet Dr Kirkwood.

»Eine ... Glutenunverträglichkeit, okay.« Mehr fällt mir dazu nicht ein. Ich hätte mit vielem gerecht, aber nicht damit.

»Ich gebe Ihnen eine Liste mit Lebensmitteln mit, die Ava besser meiden sollte, und einen Infoflyer. Wenn Sie das beachten, sollten Symptome wie diese nicht mehr auftreten.« Er reicht mir mehrere Broschüren und ich verspüre eine seltsame Mischung aus

211

Erleichterung und Überforderung. Erleichterung, weil es nichts von den schlimmen Dingen ist, die ich befürchtet habe, wie ein Blinddarmdurchbruch. Und Überforderung, weil ich mich noch nie mit Glutenunverträglichkeit auseinandergesetzt habe. Ob die Symptome so plötzlich aufgetreten sind, weil wir jeden Morgen Pancakes essen?

»Sie hat einen leichten Eisenmangel, der ist aber gut in den Griff zu bekommen«, fährt er fort. »Morgen sollte es ihr schon wieder bessergehen.«

»Haben Sie vielen Dank, Dr Kirkwood«, bringe ich hervor. »Ich bin gerade einfach nur fix und fertig mit den Nerven.«

Er lächelt mich verständnisvoll an. »Das verstehe ich, Grace. Lesen Sie sich die Broschüren durch, danach ist Ihnen einiges klarer. Viele leben gut mit Zöliakie, man muss nur auf seine Ernährung achten. Sie haben ja meine Nummer, falls was sein sollte.«

Ich nicke. »Wegen dem Vorfall bei der Lesung, Dr Kirkwood-«, setze ich an, als er mich jäh unterbricht.

»Mr Murray war bereits bei mir, es ist alles geklärt.«

»Wirklich? Und werden Sie Anzeige erstatten, oder … ?«

Er macht eine beschwichtigende Handbewegung. »Ich werde davon absehen.«

Eine Last fällt mir von den Schultern, das ist doch mal eine gute Nachricht an diesem Tag. Keir hat sein Versprechen eingehalten, sich bei Dr Kirkwood zu entschuldigen, auch wenn ich skeptisch war, dass er es annehmen würde. Zum Glück hat er das aber.

Ava gibt dem Doktor zum Abschied ein Highfive und winkt ihm hinterher, als er den Raum verlässt. Einen Schnaps könnte ich jetzt gut gebrauchen.

»Kannst du laufen, Schatz? Oder soll ich dich tragen?«, frage ich sie.

Sie schüttelt den Kopf und reibt sich die Augen. »Ich kann allein laufen, Mummy.«

Nachdem ich sie wieder in die Jacke gepackt habe, verlassen wir das Krankenhaus. Nicht nur ich, sondern auch Iona, wirken ebenso bedrückt wie erleichtert. Und wiedermal bin ich ihr unendlich dankbar für ihren Einsatz, wie soll ich ihr das jemals zurückgeben? Sie nimmt mich bei sich auf, bekocht uns und arbeitet mich im Buchladen ein. Obendrein fährt sie Ava und mich ins Krankenhaus, kaum dass sie von ihrem Physiotherapeut kommt, ohne nachzufragen.

Im Wagen dreht Iona die Heizung auf und als wir das Krankenhaus hinter uns lassen, ist Ava schon in einen tiefen Schlaf verfallen. Ich streiche ihr die blonden Haarsträhnen, die sich aus ihrem Zopf gelöst haben, aus dem Gesicht. Ihr Gesicht ist zwar noch ein wenig blass, aber sie sieht schon fitter aus. Wahrscheinlich ist es besser, wenn ich sie morgen nicht zur Schule lasse, damit sie sich erholen kann. *Und ich mich in Glutenunverträglichkeit einlesen kann*, denke ich und betrachte die Broschüren in meinem Schoß.

Ich bin froh, als ich das Ortseingangsschild, welches auch schon bessere Tage gesehen hat, erkenne. Iona parkt vor dem Haus und ich bringe Ava sofort in ihr Bett, wo sie unbekümmert weiterschläft.

Leise klopft es an der Tür und Iona tritt ein. »Schläft sie?«

»Ja, der Tag hat ihr wohl ganz schön zu schaffen gemacht«, antworte ich.

»Gut, dass es dem kleinen Engel besser geht und es nichts Schlimmes ist.«

»Ich hatte so Angst um sie«, gebe ich zu. »Und jetzt komme ich mir dumm vor, weil ich deshalb unbedingt ins Krankenhaus fahren wollte. Ava wird mit einer Glutenunverträglichkeit zurechtkommen, aber-«

»Mach dir keine Vorwürfe, Grace, du hast genau richtig gehandelt. Sie hat sich vor Schmerzen gekrümmt, was hättest du tun sollen? Als Keir damals erst eine Woche bei mir war, hat er sich den Kopf angeschlagen und geblutet. Es war nicht viel Blut, aber ich hab ihn geschnappt und bin sofort ins Krankenhaus gefahren. Die Wunde war nicht groß und ich glaube, der behandelnde Arzt hat mich für verrückt gehalten. Das war mir aber egal.«

»Danke für deine Hilfe«, flüstere ich. »Wiedermal.«

Das Lächeln, das sie mir zuwirft, erreicht nicht ganz ihre Augen. »Hast du was von Keir gehört?«

Ich zögere. »Nein«, sage ich.

»Na gut, dann leg dich aufs Ohr. Ruh dich aus.«

»Okay.«

Dann schließt sie die Wohnungstür hinter sich und die plötzliche Stille im Raum überträgt sich auf mich. Keir. Ob er sich beruhigt hat und auch in seinem Bett liegt? Und ob er mir jemals verraten wird, was genau heute geschehen ist?

Kurz überlege ich, zu ihm rüberzugehen, aber meine Füße tragen mich nicht mehr weit. Ich bin mit den Nerven am Ende und fühle mich kraftlos. Es wird wirklich Zeit für mich, mich ins Bett zu verziehen. Ich schaffe es gerade noch, mir die Schuhe abzustreifen, und lege mich in meinen Klamotten ins Bett. Tausend Sachen schießen durch meinen Kopf, aber mir fallen die Augen zu.

Ich denke an Ava, wie sie zusammengekrümmt und mit blassem Gesicht im Bett liegt. Und an Keir, wie er mich mit tränenüberströmten Gesicht ansieht. Sein Schmerz und seine entsetzliche Panik, die sich darin widerspiegelten. Ich versuche, das Bild vor meinen Augen zu verdrängen – zumindest bis morgen Früh. Ein unruhiger, traumloser Schlaf folgt und ich wälze mich die ganze Nacht lang im Bett herum.

Kapitel 19

Als ich am nächsten Tag die Augen aufschlage, fühle ich mich gerädert, als hätte ich keine sechs Stunden geschlafen. Ich reibe mir den Schlaf aus den Augen, schwinge die Beine über das Bett und schaue gleich in Avas Zimmer. Seelenruhig liegt sie im Bett, ihr Brustkorb hebt und senkt sich regelmäßig.

Danach telefoniere ich mit der Schulsekretärin Ms Paterson und informiere sie über Avas Gesundheitszustand. Ich solle Ava heute und je nachdem sogar morgen Zuhause lassen, damit sie sich ausruhen kann. Auch Ainsly gebe ich kurz Bescheid und an ihrer aufgeregten Stimmlage erkenne ich, dass sie gerne mehr erfahren würde. Und bei Gott, ich habe genug, was ich mir von der Seele reden möchte. Aber gerade geht es darum, dass Ava sich erholt und wir ihre Glutenunverträglichkeit in den Griff bekommen.

Nach einer erholsamen Dusche, bei der ich meinen Gedanken nachhing, schlüpfe ich in frische Klamotten. Notdürftig bürste ich mir die Haare durch und binde sie mir zu einem hohen Pferdeschwanz. Dann gehe ich runter zu Iona, die in der Küche steht und das Frühstück vorbereitet.

»Guten Morgen, Liebes«, begrüßt sie mich und schenkt mir, ohne zu fragen, eine Tasse Kaffee ein, die ich dankend entgegennehme. »Schläft Ava noch?«

Ich nicke. »Ich lasse sie ausschlafen. Ms Paterson meinte, ich könne sie auch morgen noch aus der Schule lassen.«

Sie serviert die Pancakes und setzt sich zu mir an den Tisch. »Aye, sie soll sich auskurieren. Der gestrige Tag war ganz schön aufregend für sie.«

Oh ja. Ich nehme einen großen Schluck Kaffee und kann mich dem leckeren Duft der Pancakes nicht länger entziehen.

»Wo bleibt denn Keir?«

Ich halte inne und die Gabel in meiner Hand macht ein quietschendes Geräusch auf dem Teller. Seinen Namen zu hören, versetzt mir einen Stich. Was wenn Keir wegen des gestrigen Vorfalls dem Frühstück fernbleibt? Was wenn alles doch schlimmer ist als gedacht?

»Sicher bastelt er wieder an seinen Autos und kann sich nicht losreißen«, beantwortet Iona ihre eigene Frage.

Dass ich mit dem folgenden Satz ihre Unbekümmertheit zerstören werde, ist mir klar. Und trotzdem muss ich es sagen, sonst platze ich.

»Ich glaube, es ist wegen gestern.«

Nun ist sie es, die innehält und ihren Blickt hebt. »Was meinst du?«

»Während ich auf Ray und die Lieferung gewartet habe, hat Keir auf Ava aufgepasst«, beginne ich. »Und als ich in die Wohnung kam, saß er weinend an der Wand. Er war völlig fertig, hat immer wieder Avas Namen gemurmelt, als wir vom Krankenhaus kamen, war er weg.«

Jetzt ist es raus. Warum nur fühle ich mich wie der schlechteste Mensch auf Erden? *Gottverdammt, du hast ihn einfach da sitzen gelassen, während er zusammenbrach*, schelte ich mich selbst.

Das Besteckt fällt mir aus der Hand und achtlos auf den Tisch. »Ich hätte ihm helfen müssen«, murmle ich, »aber stattdessen habe ich ihn allein gelassen.«

»Ganz ruhig, Grace.« Iona legt ihre Hand auf meine. »Und seitdem hast du ihn nicht mehr gesehen?«

Ich schüttle den Kopf und bin unfähig, sie anzusehen. Noch gestern habe ich versprochen, ihrem Enkel nicht wehzutun und nun das. Ich kann nichts gegen das schlechte Gewissen tun, das mich plagt.

»Als ich ihn so gesehen habe, wusste ich gar nicht, wie mir geschieht«, stoße ich hervor. »Seine Tränen, sein zitternder Körper, ihn so zu sehen, hat mich fertiggemacht. Aber als er Avas Namen gemurmelt hat und sagte, es tue ihm leid, haben bei mir alle Alarmglocken geschrillt. Ich hatte ja keine Ahnung, was los war. Es hätte was Schlimmes sein können.«

»Mach dir keine Vorwürfe, Grace, du hast richtig gehandelt. Das Wohl deiner Tochter steht an erster Stelle«, spricht Iona mir zu.

Doch diesmal helfen ihre aufmunternden Worte und ihr warmes Lächeln nicht, um mich zu besänftigen. Irgendwas sagt mir, dass mit Keir ganz und gar nicht alles stimmt. Ich muss ihn aufsuchen, jetzt.

Ich schiebe den Stuhl nach hinten und trete durch die Tür, als mir Ava entgegenkommt. Die Haare stehen ihr zu Berge und sie reibt sich den Schlaf aus den Augen.

»Bist du schon ausgeschlafen, mein Schatz?«, frage ich sie und drücke ihr einen Kuss auf die Stirn.

»Ich hab so Hunger, Mummy«, antwortet sie.

»Wie wäre es, wenn ich den Ofen anmache und du dich mit einer Decke aufs Sofa kuschelst?«, klinkt sich Iona ein, woraufhin sich ein kleines Lächeln auf dem Gesicht meiner Tochter bildet. »Ich bringe dir Pancakes und einen Tee, was sagst du dazu?«

»O ja!«, macht Ava und tapst auf ihren kleinen Füßchen ins Wohnzimmer, wo sie es sich mit einer Decke gemütlich macht.

»Die Pancakes aber ohne ...«, will ich widersprechen.

»Ohne Weizenmehl, ich weiß. Ich hab Hirse-, Reis- und Maismehl hier. Wäre doch gelacht, wenn ich daraus keine leckeren Pancakes zaubern könnte, oder?« Sie lächelt mir zu, sodass ich nicht anders kann, als es zu erwidern. »Und du kannst jetzt zu Keir gehen«, sagt Iona. »Ich sehe dir doch an, dass er dir nicht aus dem Kopf geht.«

»Danke«, hauche ich, lege die Hand auf die Türklinke und trete aus dem Haus, wo mich leichter Regen erwartet. Ein dicker Tropfen landet sogleich mitten auf meiner Stirn und ich wische ihn weg. Der Himmel ist grau und von Wolken bedeckt wie meine Stimmung.

Mit großen Schritten gehe ich auf die Werkstatt zu, aber sowohl das Tor als auch die Eingangstür daneben sind geschlossen. Wenn er sogar die Werkstatt schließt, kann es ihm nicht gutgehen, denke ich und beschließe, die wackelige Holztreppe zu seiner Wohnung hinaufzusteigen. Dort angekommen, klopfe ich mehrmals an die Tür. Niemand öffnet. Von drinnen ist kein Geräusch zu vernehmen und als ich die Hand an die Türklinke lege, öffnet sie sich. Na gut, dann eben so.

Im Inneren ist es mucksmäuschenstill, nur das Feuer des Kamins flackert. Eine dampfende Tasse Tee steht in der Küche auf der Theke. Er muss also hier sein.

Unschlüssig bleibe ich im Raum stehen und lasse den Blick über die dunkle Decke, die Bilder auf der Fensterbank und die zerstreuten Zeitungsblätter auf dem Boden gleiten. Es ist unverkennbar, dass das hier sein Rückzugsort ist – in den ich gerade eingedrungen bin.

»Grace.«

Mit einer tief auf der Hüfte sitzenden Jogginghose und einem schwarzen T-Shirt steht er im Türrahmen, der wohl ins Schlafzimmer führt.

»Keir.« Die Worte, die mir seit gestern im Kopf herumspuken, formen sich zu einem einzigen Durcheinander und bleiben in meinem Hals stecken.

Er sieht müde aus, blass, als hätte er die Nacht genauso wenig geschlafen wie ich. Seine Augen sind blutunterlaufen und seine Stimme, rau und tief, fährt mir durch Mark und Bein. Ich halte es nicht aus, ihn so zu sehen. So verloren, so durchdrungen von Schmerz und Versagen.

»Was tust du hier?«, fragt er und geht zur Küchentheke, um seinen Tee zu holen.

»Wir können nicht so tun, als sei gestern nichts passiert. Denn gestern ist eine Menge passiert, das ich nicht verstehe.«

Er senkt den Blick und betrachtet den Dampf, der aus seiner Teetasse steigt. »Wenn du auf eine Erklärung wartest, solltest du besser gehen.«

»Wie bitte?« Ich starre ihn mit geweiteten Augen an. »Ich werde ganz sicher nicht gehen und dich ... wieder allein lassen.«

Er seufzt. »Darum geht es also? Du glaubst, du hättest mich gestern allein gelassen?«

»Es geht um mehr als das«, erwidere ich.

Die Wut, die sich langsam in mir aufbaut, kann ich nicht zurückhalten. Er tut so, als sei nichts gewesen, dabei saß er verstört und schluchzend in meiner Wohnung. Während meine Tochter im Bett lag und sich vor Schmerzen krümmte.

»Grace«, zischt er und fasst sich mit der Hand an die Schläfe. Er kneift die Augen zusammen und stößt geräuschvoll Luft aus.

»Ich will verdammt nochmal wissen, was gestern in den Stunden passiert ist, in denen ich nicht da war!«, poltere ich ungehalten.

Und plötzlich zerbricht der Schein seiner Teilnahmslosigkeit. »Scheiße.« Er schmettert die Tasse gegen die Wand, der Tee spritzt in alle Richtungen und Scherben fallen in tausend Teilen auf den Boden.

»Keir, du kannst mit mir reden. Ich dachte, ich dachte ... –«, stottere ich.

»Du dachtest, ich sei darüber hinweg? Über zwei Tode, für die ich verantwortlich bin?«

Wie kann sich eine so ruhige und beherrschte Stimme wie tausend Nadelstiche anfühlen, die sich in meinen Brustkorb bohren? Er glaubt, er sei für den Tod seiner Frau und Tochter verantwortlich?

»Nein«, entgegne ich, »ich dachte, wir seien uns näher und könnten uns vertrauen, darüber reden.«

Er lässt sich mit dem Rücken gegen die Küchentheke fallen und schaut auf die am Boden liegenden Scherben. Wahrscheinlich, um nicht mich ansehen zu müssen. »Ich vertraue dir, Grace, das tue ich. Sonst hätte ich dich nie so nah an mich herangelassen und dir von der Schuld erzählt, die auf mir lastet.«

Er glaubt es tatsächlich – er glaubt, er sei schuld am Tod von Alyth und Maisie. Er trägt nicht nur seit Jahren Schmerz und Trauer in sich, sondern auch Schuld. Unsagbare Schuld darüber, die zwei wichtigsten Menschen in seinem Leben verloren zu haben. Dabei ist er nicht verantwortlich, für das was an dem Tag geschehen ist. Jeden Tag sterben Menschen bei einem Unfall und der einzig Schuldige daran ist das Schicksal. Nicht Keir, nicht Dr Kirkwood, niemand.

»Wie kannst du nur denken, dass du die Schuld daran trägst?«, flüstere ich.

Am liebsten würde ich ihn von dem fürchterlichen Gedanken befreien und ihm klarmachen, dass er falschliegt. Dass er weder die Schuld am Tod von Alyth noch Maisie hat. Aber wie soll ich das schaffen? Keir würde mir ohnehin nicht glauben, zu sehr ist der Gedanke in ihm verankert. Er hat sich selbst bestraft, in dem er sich zurückgezogen und niemanden an sich herangelassen hat. Er kann sich nicht sein Leben lang für etwas bestrafen, wofür er nichts kann.

»Grace, ich denke jeden einzelnen Tag darüber nach und es gibt nichts, das du mir-«

»Nein, du bestrafst dich jeden einzelnen Tag, Keir, das tust du«, unterbreche ich ihn. »Das wäre das Gleiche, wenn du sagen würdest, du seist für Avas Bauchschmerzen verantwortlich. Das stimmt nicht!«

Als hätte ich bei ihm einen Nerv getroffen, blickt er auf und in meine Augen. Fast erinnert es mich an gestern. Die gleiche Ausdruckslosigkeit und pures Entsetzen liegen in seinem Blick.

»Ich konnte ihr nicht helfen. Ich war wie gelähmt«, stottert er. »Und sie hat so sehr geweint, aber ich konnte nichts tun. Nichts. Ich stand nur da.«

»Keir«, sage ich und gehe einen Schritt auf ihn zu, aber er macht eine abwehrende Handbewegung.

»Nicht, Grace«, widerspricht er. »Ich habe mich genau wie damals gefühlt. Außerstande zu helfen, hab sie einfach weinen lassen, statt mich um sie zu kümmern. Wie ein Versager.«

»Du bist doch kein Versager!« Ich gehe einen weiteren Schritt auf ihn zu, in der Hoffnung, dass er mich an sich heranlässt.

»Ich saß damals am Steuer, wegen mir mussten sie sterben. Verstehst du das nicht, Grace?« Er fährt sich mit den Händen durch das Haar, den Blick von mir abgewendet.

»Du musst dich von der Last befreien, Keir, du musst die Schuld von dir nehmen.«

»Wie geht es Ava? Was ist mit ihr?«, übergeht er meine Worte.

»Sie hat Zöliakie. Sie verträgt kein Gluten.«

Seine Stirn legt sich in Falten, als verstünde er erst jetzt, dass sich Ava zu keiner Zeit in Lebensgefahr befand. »Eine ... Glutenunverträglichkeit?«

Ich nicke. »Ihr geht es den Umständen entsprechend, ich hab sie heute von der Schule befreit.«

»Gut, gut«, murmelt er mehr zu sich selbst.

Schließlich stehe ich direkt vor ihm und ich lege ihm meine Hand auf seine Brust. Sofort versteift er sich und sein Atem geht stockend. Als sei es ihm unangenehm, dass ich ihn berühre. Dabei konnte er gestern nicht genug davon bekommen und ich genauso wenig. Wie kann sich mit einem Mal so viel ändern? Jetzt hab ich das Gefühl, ihn mehr und mehr im Strudel seiner Schuld und Trauer zu verlieren.

»Grace, ich kann das nicht.« Er spricht stockend.

»Tu das nicht, stoß mich nicht von dir.« Meine Finger krallen sich in den Stoff seines T-Shirts, aber es nützt nichts. Ich weiß, dass er mir entgleitet.

»Ich muss allein sein. Bitte geh.«

So muss es sich anfühlen, wenn man ohne Vorwarnung in eiskaltes Wasser gestoßen wird. Jetzt verstehe ich, dass Keir den vergangenen Tagen und Wochen keine Bedeutung beimisst. Die Berührungen, die Küsse, die Nacht, die alles zwischen uns verändert hat.

Doch statt mich weiter an ihm festzukrallen, lasse ich los und verlasse seine Wohnung. Genau deshalb wollte ich es langsam angehen lassen. Denn wenn etwas endet, dann endet es schnell und schmerzhaft.

Bevor ich die Haustür öffne, atme ich kurz durch und blinzle die verräterischen Tränen weg. Ich will nicht weinen, nicht jetzt, am liebsten gar nicht. *Du musst stark sein*, spricht mir meine innere Stimme zu. *Für Ava, für dich.*

***

In eine Decke eingekuschelt, liegt Ava auf dem Sofa im Wohnzimmer und schaut eine Zeichentrickserie im Fernsehen. Iona sitzt daneben im Sessel und strickt. Auf dem Couchtisch stehen zwei dampfende Teetassen und ein Teller, auf dem ein angeknabberter Pancake liegt.

Ich lasse mich neben meiner Tochter auf das Sofa fallen, die ihren Kopf auf meinen Schoß bettet. »Wie geht es dir, mein Liebling?«

»Ich hab nur noch ein bisschen Bauchweh«, antwortet sie.

»Sie hat zwei Pancakes verdrückt und auch fleißig Tee getrunken. Und die Pancakes haben gar nicht so übel geschmeckt, oder?«

»Die haben anders geschmeckt als sonst, aber auch lecker«, meint Ava. »Also darf ich Pancakes nicht mehr so oft essen, Mummy?«

»Doch, das darfst du.« Beschwichtigend streiche ich ihr über den Kopf. »Wir müssen nur darauf achten, kein Gluten zu verwenden und stattdessen was anderes.«

»Was ist Gluten?«

»Das ist ein Eiweiß, das in vielen Getreidesorten vorkommt«, versuche ich ihr verständlich zu erklären. »Zum Beispiel in Weizenmehl, das Iona üblicherweise für Pancakes verwendet. Aber es gibt so viele Mehle ohne Gluten, dass du die unbedenklich weiter essen kannst.«

Ava verzieht den Mund. »Hm, das klingt kompliziert.«

»Mach dir keine Sorgen, Liebling, das kriegen wir schon hin.« War die Diagnose gestern ein Schock, kommt es mir heute halb so schlimm vor. Im Vergleich zu dem, was ich mir gestern in meinen Gedanken ausgemalt habe, erscheint mir Zöliakie harmlos.

Während wir zu dritt im Wohnzimmer sitzen und der Regen gegen die Fenster schlägt, lese ich mir die Broschüren durch, die mir Dr Kirkwood mitgegeben hat.

Sie sind kurz und knapp gehalten, aber informativ. Ob wir ein Buch über Zöliakie im Buchladen haben?

»Ich bin kurz im Buchladen«, sage ich zu Ava und Iona, die beide nicken.

Ich werfe mir eine Jacke über und laufe schnellen Schrittes zum Laden, schließe die Tür auf und lasse die Jacke auf einem der Sessel fallen. Dann lasse ich den Blick über das Regal mit den Sachbüchern gleiten und fahre mit den Fingern über die Einbände, bis mich ein Geräusch zusammenschrecken lässt.

»Du meine Güte, hast du mich erschreckt«, sage ich zu Ainsly, die ihren Regenschirm vor der Tür ausschüttelt und abstellt.

Sie macht ein betretenes Gesicht. »Ups, war keine Absicht. Stör ich?«

Ich schüttle den Kopf. »Komm rein. Ehrlich gesagt, ist es gut, dass du hier bist.«

»Na, da hatte ich wohl den richtigen Riecher«, erwidert sie lachend, knöpft ihren Mantel auf und wirft ihn auf einen Sessel. »Du klangst am Telefon so besorgt.«

Ich ziehe ein Buch über Zöliakie aus dem Bücherregal heraus und halte ihr es unter die Nase.

Ainsly runzelt die Stirn. »Zöliakie?«

»Ein Wunder, dass es noch nicht das ganze Dorf weiß.« Ich hatte schon fest damit gerechnet. So war es ja auch die letzten Wochen gewesen, alles was ich machte und sagte, wusste sofort ganz Glenessie.

»Dass das ganze Dorf was noch nicht weiß?«

»Ich war gestern mit Ava im Krankenhaus, sie hatte fürchterliche Bauchschmerzen und na ja, die Toilette hat gestunken. Das kannst du dir nicht vorstellen.«

»Wieso denn das? Hat Ava etwa ...« Sie deutet auf das Buch in meiner Hand.

Ich nicke. »Jepp. Sie verträgt kein Gluten.«

»Oh je«, macht sie. »Und ich hatte angenommen, Ava hätte einen Infekt oder sowas. Ein Mädchen aus Caits Kindergarten hatte auch Zöliakie, sie kommt aber ganz gut zurecht damit. Sie muss natürlich darauf achten, was sie isst.«

»Es war gestern einfach nur ein Schock, heute hab ich ihn einigermaßen verdaut«, entgegne ich. »Aber das ist nicht alles.«

»Du machst es ja spannend.«

Ich ziehe mir einen Hocker her und setze mich ihr gegenüber darauf. »Ich war bis abends arbeiten, weil sich Ray mit der neuen Lieferung der Bücher verspätet hat. In der Zwischenzeit hat Keir auf Ava aufgepasst und als ich in die Wohnung kam, da saß er in sich zusammengesackt an der Wand. Er war kaum ansprechbar.«

Ainslys Augen weiten sich. »Oh nein.«

»Er konnte mir nicht mal antworten, wo Ava steckt, bis ich sie zusammengekrümmt in ihrem Bett aufgefunden habe. Ich glaube, er hatte sowas wie eine Panikattacke«, fahre ich fort. »Aber ich musste mich um Ava kümmern und dann hab ich ihn allein zurückgelassen, und als wir wiederkamen, war er weg.«

»Du meinst wegen dem, was Alyth und Maisie passiert ist, oder? Ja, das kann ich mir gut vorstellen«, entgegnet sie nickend.

»Heute Morgen hab ich mit ihm gesprochen.«

»Und?«

Die Tränen, die ich die ganze Zeit zurückgehalten habe, laufen mir über die Wangen. Ich wische sie mir mit dem Handrücken weg. »Er ist der Meinung, er sei am Tod von ihnen schuld, weil er am Steuer gesessen hat. Er hat mich weggeschickt, Ainsly.«

Und dann tut sie als Freundin genau das, was ich gerade brauche. Sie zieht mich in eine Umarmung und legt ihre Arme fest um mich. »Keir braucht Zeit für sich, denke ich. Das alles hat wohl Erinnerungen in ihm hervorgerufen.«

»Aber was soll ich tun? Ich kann ihn doch nicht einfach sich selbst überlassen.«

»Du musst seinen Wunsch nach Abstand einhalten. Etwas anderes, kannst du nicht tun, schätze ich«, sagt Ainsly.

Vermutlich hat sie recht. Das Einzige, was ich tun kann, ist, für ihn da zu sein, und das bedeutet momentan eines: Ihm den Abstand geben, den er braucht.

»Keir kann sich doch nicht ewig die Schuld an etwas geben, was er nicht ändern kann«, erwidere ich.

»Grace«, setzt Ainsly an, »ich verstehe, dass du dir große Sorgen um ihn machst. Du magst ihn und er mag dich, das ist unbestreitbar. Aber du darfst seine Probleme nicht zu deinen machen, sonst macht es dich kaputt. Du tust schon alles Mögliche, ihm zu helfen, von Keir muss allerdings auch was kommen.«

Ihre Worte stimmen mich nachdenklich. Ainsly hat mit allem, was sie sagt, recht, aber ich will es nicht wahrhaben. Wie soll ich danebenstehen und zusehen, wie er mehr und mehr in der Last auf seinen Schultern versinkt?

»Danke, dass du für mich da bist«, flüstere ich.

Sie lächelt. »So machen das Freundinnen nun mal.«

Ainsly ahnt nicht, wie viel mir das bedeutet. Wahre, innige Freundschaften habe ich nie gehabt. Dabei kenne ich sie noch gar nicht so lange, aber Freundschaften messen sich auch nicht daran. Sondern daran, wie sehr man sich vertraut, denn auf Vertrauen basiert alles. Liebe in jeder Form – in Familien, in Freundschaften und Partnerschaften. Ohne wahre Aufrichtigkeit kann nichts in Vertrauen bestehen.

Nachdem wir uns voneinander verabschiedet haben und Ainsly mir mehrmals versichert hat, ich könne mich zu jeder Tages- und Nachtzeit bei ihr melden, schließe ich den Buchladen ab. Ich betrachte mein Spiegelbild in der Glasfassade und streiche mir mit dem Handrücken über die geschwollenen Augen. Iona wird es sowieso nicht verborgen bleiben, dass ich geweint habe. Aber Ava soll von alldem nichts mitbekommen, ihre Gesundheit geht vor. Mein Kummer ist nicht ihrer, an Liebeskummer wird sie sicher eines Tages selbst leiden. Und gerade weiß ich nur zu gut, wie es sich anfühlt, wenn das Herz einen Riss bekommt. Das letzte Mal, dass ich Liebeskummer hatte, ist lange her. Nicht einmal bei Ethan, Avas Dad, ging es mir so beschissen wie jetzt. *Reiß dich zusammen*, spreche ich mir zu, als ich das Haus betrete und Avas fröhliches Lachen vernehme. Ihr scheint es jedenfalls besser zu gehen und das hellt auch meine Stimmung auf.

Iona und Ava sitzen über dem Couchtisch gebeugt nebeneinander auf dem Sofa und puzzeln. Im Schneidersitz setze ich mich in den Sessel und schlage das Buch über Zöliakie auf.

Die Stunden bis zum Abendessen vergehen wie im Flug und so bin ich überrascht, als ich den Blick hebe und feststelle, dass es draußen dunkel ist. Sitze ich etwa schon so lange hier? Das Buch habe ich auch schon fast zu Ende gelesen, nur noch zwei Kapitel sind übrig. Ich klappe es zusammen, schließe die Augen und versuche, mich auf meine Atmung zu konzentrieren. Früher hatte ich Yoga gemacht, der bisher einzige Sport in meinem Leben. Ob es Zeit wird, die Yogamatte und -hose auszupacken?

»Das haben wir ja flott hinbekommen, findest du nicht auch?«, nehme ich Ionas Stimme wahr.

»Machen wir es nochmal?«

»Später, Schatz, jetzt bereite ich uns was zu essen.« Das Knarzen des Sofas verrät mir, dass Iona sich erhoben hat. »Du kannst schonmal deine Mummy wecken«, flüstert sie Ava zu.

Ich tue mir schwer, das Grinsen zu unterdrücken – bis Ava auf mich klettert und mir einen Kuss auf die Nase gibt.

»Mummy?«

»Ja, meine Süße?«

»Geht es Keir besser?«, fragt sie.

Die Frage trifft mich unterwartet. Ich öffne die Augen und blicke in ihr besorgtes Gesicht. Natürlich ist ihr Keirs Zusammenbruch nicht entgangen, dafür ist sie viel zu aufmerksam.

»Er braucht ein bisschen Zeit für sich, weißt du?«, antworte ich.

»Aber warum hat er gestern geweint? Wegen mir?«

Ich lege die Arme um sie und drücke sie an mich. »Nein, Ava, nicht wegen dir. Er war nur überfordert und hatte Angst, etwas falsch zu machen.« Da ist nicht mal gelogen.

»Kommt er bald wieder zum Essen her? Es ist immer so lustig mit Keir.«

Was soll ich ihr darauf bloß antworten? Es wäre eine Lüge, Ava zu sagen, er würde bald wiederkommen. Ob er sich überhaupt jemals wieder blickenlässt, wenn wir da sind? Oder wird er uns ewig aus dem Weg gehen? Nein, das kann er nicht tun, denke ich, er hat mich gestern doch noch geküsst. Ich weiß, dass er etwas für mich empfindet. Da kann er nicht einfach so ausblenden.

»Ich weiß es nicht, Schatz. Wir müssen ihm jetzt Zeit lassen, okay?«

Sie nickt bedrückt. »Darf ich morgen wieder in die Schule, Mummy?«

»Fühlst du dich denn dazu bereit?«

»Ja, ich hab kein Bauchweh mehr, wirklich.«

»Na gut, dann darfst du morgen in die Schule«, lenke ich ein. »Aber wenn es dir schlechter gehen sollte, sagst du sofort deiner Lehrerin Bescheid, ja?«

»Versprochen.«

Ich gebe ihr einen Kuss und da ruft auch schon Iona, dass das Abendessen fertig sei. Vermutlich hat sie von dem Gespräch mehr mitbekommen, als mir lieb ist. Aber was habe ich in meiner ersten Woche in Glenessie gelernt? Hier macht sowieso alles schneller die Runde als man glauben kann.

Beim Abendessen schlägt Ava ordentlich zu und verlangt sogar Nachschlag. Dabei unterhalte ich mich mit Iona über glutenfreie Lebensmittel und wie wir sie in den Alltag einbinden können. Ein paar Lebensmittel werden wir verschenken und stattdessen glutenfreie kaufen, damit Ava sich schnell daran gewöhnt.

»Morgen muss ich dringend die neuen Bücher auspacken und die Besteller anrufen«, sage ich, als wir das Geschirr abspülen. »Bei der Wiedereröffnung wurden viele Bücher vorbestellt, das hätte ich niemals gedacht.«

»Ach, das schaffen wir schon«, meint Iona und reicht mir den dritten und letzten Teller.

Spülwasser tropft auf den Boden, die hohe Stimme einer Zeichentrickfigur schallt aus dem Wohnzimmer und eine beunruhigende Stille, wie ich sie noch nie zwischen Iona und mir erlebt habe, stellt sich ein.

»Ich habe mit Keir gesprochen.«

»Es lief wohl nicht gut«, mutmaßt sie.

Ich hänge das Geschirrtuch an seinen Platz und leere mein Glas Orangensaft. »Wusstest du, dass er sich die Schuld am Tod von Alyth und Maisie gibt?«

Iona, die gerade die Spüle sauber macht, hält inne. »Ja, ich weiß.«

»Ist es nicht schrecklich, dass er sowas denkt?« Ich stoße Luft aus und lasse mich auf den Stuhl fallen.

»Das ist es in der Tat«, murmelt Iona, die sichtlich betroffen wirkt.

»Ich habe versucht, ihm klarzumachen, dass ihn keine Schuld trifft. Aber er hält offensichtlich seit Jahren daran fest.«

Sie setzt sich zu mir und ihre glasigen Augen blicken mich an. »Grace, Keir kann Autos reparieren, aber er muss lernen, sich selbst zu reparieren. Du kannst ihm lediglich Starthilfe leisten.«

Die Menschen in Glenessie scheinen immer die passenden Worte zu finden. Sie treffen mich immer da, wo sie sollen. Auch als ich Ava ins Bett bringe und warte, bis sie eingeschlafen ist, gehen mir die weisen Worte von Ainsly und Iona nicht aus dem Kopf.

Du darfst seine Probleme nicht zu deinen machen, sonst macht es dich noch kaputt. Du kannst ihm lediglich Start-hilfe leisten.

Sie haben beide so recht, mit dem, was sie sagen, aber so einfach kann ich mir Keir nicht aus dem Kopf schlagen. Ich habe mich Hals über Kopf in ihn verliebt und noch schwerer werde ich ihn aus meinem Herzen bekommen.

Die Nacht wird, wie die vergangenen, eine schlaflose und unruhige werden. Das weiß ich bereits, als ich das Zopfgummi aus meinem Haar löse, mir die Decke bis zum Kinn hochziehe und das Licht lösche.

Ich will nicht, dass du dich aufgibst, Keir. Ich wünschte, er könnte meine Gedanken hören und endlich verstehen, dass er sich selbst verzeihen kann.

Kapitel 20

Die Woche vergeht, ohne dass ich Keir ein einziges Mal zu Gesicht bekomme. Der Alltag pendelt sich ein, morgens fährt Ava mit dem Bus zur Schule und ich schmeiße den Buchladen, bis sie nachmittags heimkommt. Meistens gebe ich Iona frei, damit sie nicht ewig ackern muss – und vielleicht auch, weil sie so viel für mich getan hat und ich ihr etwas zurückgeben möchte. Iona und Ava wachsen enger zusammen, verbringen die Nachmittage zusammen und erwarten mich abends mit einem warmen Essen.

Es ist erstaunlich, wie schnell sich herumspricht, dass ich den Buchladen übernommen habe. Die meisten Kunden, die ihn betreten, begrüßen mich mit meinem Vornamen, obwohl ich ihren nicht erwidern kann. Das ist im ziemlich schräg, aber man gewöhnt sich dran. Was mich allerdings erfreut, ist, dass ich immer öfter Gesichter wiedererkenne und die Namen richtig zuordne. Mit dem Gewinn, den der Buchladen abwirft, werde ich keine großen finanzielle Sprünge machen können, aber ich komme besser über die Runden als in London. Die Entscheidung, einen Neuanfang zu wagen, war goldrichtig und ich bereue ihn keine Sekunde.

Alle paar Wochen fahre ich mit Iona in das Einkaufszentrum, um den Großeinkauf zu erledigen, und bringe Ava manchmal eine Kleinigkeit mit. Das war in London nie drin, oft musste ich sie enttäuschen, wenn sie einen

Lolli oder einen Schokoriegel wollte. Umso schöner ist es, in ihr strahlendes Gesicht zu blicken, wenn ich ihr eine Kleinigkeit mitbringe.

Jeden Abend laufe ich an Keirs Werkstatt vorbei, die seit Wochen geschlossen ist. Von innen höre ich aber Geräusche und wenn ich aus meinem Schlafzimmer aus dem Fenster schaue, sehe ich ihn hin und wieder in der Auffahrt herumlaufen. Mal holt er Werkzeug, mal fährt er einen Wagen in die Werkstatt und mal steht er einfach nur da und blickt auf den See. Ich frage mich, woran er denkt. An Alyth und Maisie? Oder vielleicht auch an mich?

Auf einmal komme ich mir dumm vor, solche Hoffnung zu haben. Genau das wollte ich vermeiden. Einen Mann kennenlernen, um es kurz darauf schneller zu beenden als es angefangen hat. Wobei – hatten Keir und ich überhaupt einen richtigen Anfang? Iona und Ainsly sind die Einzigen, die davon wissen. Irgendwann hätten Keir und ich es sicher nicht mehr verheimlichen können – oder vielmehr wollen. Das spielt nun keine Rolle mehr.

Es ist Samstag und ich schließe den Buchladen um 16 Uhr. Alle Geschäfte in der Shore Road schließen samstags um diese Uhrzeit, da in den Straßen sowieso nicht mehr viel los ist. Gerade prüfe ich den Kassenbestand, als das Glöckchen über der Eingangstür klingelt.

»Ich hoffe, ich bin nicht zu spät«, stößt Elspeth zwischen mehreren Atemzügen hervor und schiebt sich die Brille auf der Nase zurecht.

Ich winke ab und greife unter den Tresen, wo ihr vorbestellter Krimi liegt. »Ich hab's nicht eilig. Außerdem dachte ich mir, dass du deinen Krimi keinen Tag länger als nötig auf dich warten lassen willst.«

Sie lacht und legt mir das Geld hin. »Genau das hat dein Onkel auch immer zu mir gesagt. Erstaunlich, wie ähnlich ihr euch seid.«

»Ich habe fast mein ganzes Leben bei ihm verbracht«, antworte ich. »Ich glaube, er wäre beleidigt, wenn ich nicht ein wenig von ihm hätte.«

»Wie geht es der kleinen Ava? Gefällt es ihr in der Schule?«, fragt sie.

»Oh ja, sie liebt die Schule. Und wie sollte es anders sein, sie will am liebsten jetzt schon beginnen Bücher zu lesen.«

»Wie ihre Mum und ihr Großonkel.«

»Es hätte mich schlimmer treffen können. Zum Beispiel wenn sie total auf Mathe abführe«, scherze ich.

Wir plaudern noch ein bisschen und dann schließe ich den Laden hinter uns ab. Kaum betrete ich das Haus, steigt mir der Duft von Tee in die Nase. Ich folge ihm und im Wohnzimmer erwarten mich Iona und Ava, die gemeinsam die letzten Hausaufgaben erledigen. Neben ihnen steht eine Teekanne und ich hole mir gleich eine Tasse, in die ich mir einschenke. Als Londonerin kommt man wohl mit einer Teekanne auf die Welt.

»Wie kommt ihr voran?«, frage ich die beiden.

Ava blickt auf und verdreht die Augen. »Mathe ist blöd. Aber Englisch find ich toll!«

Ich muss an Elspeth' Worte vorhin denken. Wie ihre Mum und ihr Großonkel. Vielleicht aber auch wie ihr Dad. Seit wir in Glenessie sind, denke ich kaum mehr an meinen Ex. In London hat er uns ständig aufgelauert

– was er wohl stattdessen treibt? Ich will es gar nicht wissen und eigentlich ist es auch egal. Es wäre schon verwunderlich, wenn er hier auftauchen würde. Zumal ich nicht mal weiß, ob Glenessie, so winzig wie es ist, überhaupt auf einer Landkarte abgebildet ist.

Schnell schiebe ich die Gedanken beiseite und beuge mich über Ava. Bei den einfachen Matheaufgaben kann ich noch mithalten, in der weiterführenden Schule wird es höchstwahrlich schwierig werden.

»Ich habe mir überlegt, später an Gregorys Grab zu gehen«, sagt Iona mit gedämpfter Stimme zu mir. »Möchtest du mitgehen?«

Daran hatte ich bisher gar nicht gedacht. Natürlich fand eine Beerdigung für meinen Onkel statt, zu der ich aber nicht anreisen konnte, weil ich mit dem Umzug beschäftigt war. Ich musste mich darum kümmern, die Wohnung und meine zwei Jobs fristgerecht zu kündigen, alle Möbelstücke und sonstigen Kram zu verkaufen, um nur das Allernötigste einzupacken.

»Ja, gerne«, antworte ich.

***

Eine Stunde später treten wir durch das bronzene Törchen am Friedhof. Ava war mit ihren bald sechs Jahren noch nie hier, aber sie weiß, dass sowohl ihre Großeltern als auch ihre Großtante und Großonkel nicht mehr leben. Sie geht davon aus, dass sie im Himmel über uns friedlich weiterleben und auf uns hinabschauen. Das ist auch das, an was ich immer noch glaube. Das Leben ist nicht einfach vorbei wie eine Kinovorstellung, bei der die Vorhänge zugezogen werden und alles in Dunkelheit erstickt. Die Seele eines jeden

Menschen lebt an einem Ort weiter, der einzig und allein für sie da ist.

Der Friedhof ist überschaubar und gepflegt, viele Bäume und Sträucher blühen und verwandeln es in einen weniger tristen Ort. Bei einem Grab nahe einer Eibe bleibt Iona stehen und streicht mit den Fingerspitzen über den Grabstein. Ein Blick auf den eingemeißelten Namen verrät mir, dass es sich um ihren Ehemann und ihren Sohn handelt.

»Hast du je überlegt, zurück nach Irland zu gehen?«, frage ich.

Sie schüttelt den Kopf. »Nie. Hier habe ich die Liebe gefunden und hier werde ich immer bei ihr bleiben.«

Ihre Worte sind rührend. So muss sich wahre, tiefe Liebe anfühlen. Man gibt alles für den anderen, ohne etwas zu erwarten, weil es dem anderen ebenso geht. Wenn man mit ganzem Herzen liebt, gibt man sich nicht auf – weil man in der Liebe ganz man selbst sein kann. Man muss nicht seine Kanten und Ecken abschleifen, um perfekt zu sein, denn man ist es.

»Lasst uns weitergehen«, sagt Iona, nachdem sie ein kleines Gesteck auf das Grab gelegt hat, und sich die Tränen von der Wange wischt.

Ich lege meine Hand tröstend in ihre und Ava tut es mir gleich. Sofort schleicht sich ein Lächeln auf ihr Gesicht.

Nach wenigen Metern erreichen wir Onkel Gregorys Grab. Es liegt unter einer dichtbewachsenen Traubeneiche, auf der rotbraunen Grabplatte stehen Gestecke und Kerzen. Iona zündet eine Kerze an, deren Flammen sich im Wind wiegt, und stellt sie dazu.

»Mummy? Ist Onkel Gregory jetzt auch im Himmel?«, fragt Ava.

»Genau, mein Schatz.«

Sie betrachtet das Grab. »Bei Grandma und Grandpa?«

»Ja«, murmle ich.

Das Ganze lässt mich doch nicht so kalt wie erwartet. Auch wenn ich selbst kaum Erinnerungen an meine Eltern habe, wünsche ich mir, ich hätte mehr Zeit mit ihnen gehabt. Jetzt vor Onkel Gregorys Grab zu stehen, macht seinen Tod schmerzhaft real.

»Liebling, willst du das Gesteck auf das Grab legen?« Iona hält es ihr hin.

Ava ergreift es und legt es behutsam auf dem Grab ab, dann deutet sie mit einem Finger auf etwas hinter uns. »Ist das Keir?«

Kaum hat sie seinen Namen ausgesprochen, schnellt mein Kopf herum, und tatsächlich er ist es. Mit dem Rücken zu uns steht er an einem Grab, ein Gesteck in seinen Händen und den Kopf nach unten gebeugt. Mein Blick trifft Iona und ich bin mir nicht sicher, ob ich das tun soll, was ich glaube, in ihren Augen zu lesen. *Geh zu ihm.*

Ich will ihn nicht bedrängen. Ich will nicht, dass er mich ein zweites Mal wegschickt, weil er meine Nähe nicht erträgt.

Aber bevor sich die Gedanken in meinem Kopf überschlagen, tragen mich meine Füße zu ihm. Mit Abstand bleibe ich neben ihm stehen. Auf dem Grabstein, vor dem Keir steht, lese ich zwei Namen: Alyth und Maisie Lyall Murray. Mit den Fingerspitzen fährt er über die eingemeißelten geschwungenen Buchstaben und legt das Gesteck ab.

»Hallo.«

Er fährt herum und wirkt überrascht. »Hallo.«

Ich schlucke den Unmut darüber, wie verkrampft wir uns verhalten, herunter. Es fühlt sich an, als sei er meilenweit von mir entfernt, dabei konnten wir vor Wochen die Nähe zueinander kaum abwarten.

»Was machst du hier?«, fragt er.

»Ich, äh, verfolge dich nicht oder so«, antworte ich schwachsinniger Weise und verdrehe die Augen. Was Besseres ist mir nicht eingefallen.

Er zieht eine Augenbraue in die Höhe und ich erkenne den Anflug eines Lächelns. »Das habe ich auch nicht gedacht.«

»Oh, gut.«

Sonst bin ich nie auf den Mund gefallen, aber gerade fällt mir nichts ein. Mein Kopf ist wie leergefegt, dabei rauschen das Blut und die Anspannung nur so durch meinen Körper. Ich will ihm am liebsten so viel sagen, aber wo fang ich an?

»Geht es dir gut?«, erkundigt sich Keir.

Das fragt er mich?

»Sieht ganz so aus.«

Hab ich das etwa laut gesagt? Offensichtlich ja. Manchmal redet mein Mund schneller als mein Hirn denken kann. Ganz zu meinem Leidwesen.

»Ich weiß nicht«, sage ich. »Gut, weil der Buchladen läuft und Ava in der Schule zurechtkommt. Und schlecht, weil … na ja, das kannst du dir denken.«

Ein Friedhof ist kein geeigneter Ort, um Gefühlsausbrüche zuzulassen, denke ich, nachdem mir klar wird, was ich gerade von mir gegeben habe.

»Grace«, setzt er an, »es ist nicht so, dass ich dich nicht in meinem Leben will. Denn das will ich, mit allem Drum und Dran. Aber die Schuld hat mich in dem Moment heimgesucht, als es mich nicht hätte heftiger treffen können. Was wenn du nicht rechtzeitig gekommen wärst, als es Ava plötzlich schlecht ging?«

»Du musst mit keiner Schuld leben, Keir, weil dich keine trifft«, halte ich dagegen.

Er seufzt, blickt auf den Grabstein und wendet sich von mir ab. Mit schweren Schritten entfernt er sich immer mehr von mir.

»Grace.« Er hat sich nochmal umgedreht.

Die Art, wie er meinen Namen spricht und dabei das R rollt, bringt mich jedes Mal um den Verstand. Eine Woche lang seine Stimme nicht gehört zu haben, genauso.

»Ich weiß, dass du fast jeden Tag an deinem Fenster im Schlafzimmer stehst. Ich spüre deinen Blick auf mir.«

Und ich bin davon ausgegangen, er merke es nicht. Tja, da hab ich wohl falschgedacht.

»Dann verfolge ich dich ja irgendwie doch«, erwidere ich lachend, um meine Unsicherheit zu überspielen.

»Dass du immer noch da bist, Grace, hier, *nam chrihe.* Trotz allem, was passiert ist.«

Die Ernsthaftigkeit in seiner Stimme lässt mein nervöses Lachen abrupt enden. Und was war das wieder für ein gälischer Ausdruck in seinem Satz? Gott, ich sollte meine Nase öfter in *Oor Wullie* stecken, dann wären seine Worte nicht mehr ganz so rätselhaft für mich.

Ich zucke mit den Schultern. »Ich verschwinde nicht einfach, so bin ich nicht.«

»Ja, das stimmt«, sagt er. »Sag Ava liebe Grüße von mir. Sie soll in der Schule die Ohren steifhalten.«

»Mach ich.«

Er schiebt die Hände in die Hosentaschen und fängt meinen Blick auf. »*Tha gaol agam ort*, bonnie lass.«

Schneller, als ich die gälischen Worte aufnehmen kann, hat er sich abgewendet und den Friedhof verlassen. Das ist nicht fair von ihm. Er schmeißt mir gälische Worte an den Kopf, die ich nicht verstehe. Wenigstens weiß ich mittlerweile, was *bonnie lass* bedeutet. Hübsches Mädchen.

Ein letztes Mal schaue ich auf den Grabstein und stelle fest, dass sich der Todestag von Alyth und Maisie bald zum vierten Mal jährt. Das meinte Keir also, als er vorhin gesagt hat, die Schuld hätte ihn nicht heftiger treffen können.

»Was haltet ihr davon, wenn wir uns ein Stück Torte bei *MacNally's* holen?«, schlägt Iona vor, als wir uns auf den Heimweg machen.

»Haben die auch Torten ohne Gluten?«, fragt Ava und ich muss grinsen. Sie lernt schnell.

»Bestimmt, mein Schatz.« Ich streiche ihr über das blonde Haar und sie hakt sich zwischen Iona und mir ein. Gemütlich schlendern wir durch die Gassen Glenessies, treffen hier und da auf ein bekanntes Gesicht, plaudern kurz und erreichen bald darauf die Bäckerei.

Zu meiner Überraschung ist nicht viel los. Drinnen steht Ms MacNally hinter dem Tresen, die kurzen graumelierten Haare unter eine Haube gesteckt, und füllt frische Brötchen auf. Es riecht wie immer köstlich und ich glaube kaum, ich könnte nur von einem Brötchen satt werden.

»Ach, hallo ihr Lieben«, begrüßt sie uns lächelnd, »schön, euch zu sehen. Was kann ich euch Gutes tun?«

»Wie wäre es mit drei Stücken deiner Marzipantorte?« Iona sieht zwischen Ava und mir hin und her. »Der kann schließlich keiner widerstehen.«

»Ist da denn Gluten drin?«, hake ich nach.

»Die meisten der Backwaren machen wir ohne, die Nachfrage wird immer größer.«

»Na, wenn das so ist, gerne. Wie wir neuerdings erfahren haben, hat Ava nämlich eine Glutenunverträglichkeit.«

Ms MacNally horcht auf. »Soll ich euch eine Tüte mit glutenfreien Backwaren zusammenstellen? Dann könnt ihr euch mal durchprobieren.«

»Das würden Sie machen?«

»Aber sicher!« Sie macht sich gleich daran, uns die Tortenstücke auf drei Teller zu servieren und eine Tüte mit Backwaren zu packen. »Und, findet bei dir bald wieder der jährliche Geburtstagsumtrunk statt?«, fragt sie Iona.

»Ich schätze schon. Das hat sich mittlerweile so durchgesetzt, dass die meisten entsetzt wären, wenn ich es nicht tun würde«, entgegnet diese.

»Was für ein Geburtstagsumtrunk?«, schalte ich mich ein. »Hab ich was verpasst?«

Iona winkt ab. »Ach, nur mein Geburtstag.«

»Du hast bald Geburtstag? Wann denn? Und warum um Himmels Willen weiß ich nichts davon?«

»Wir hatten doch beide so viel um die Ohren und ich habe schon so viele Geburtstage gefeiert, dass es für mich nichts Besonderes mehr ist, ein weiteres Jahr zu altern.«

Nichts Besonderes, dass ich nicht lache. Iona ist sich nicht bewusst, wie viel sie die letzten Wochen für Ava und mich getan hat. Sie hat lange genug zurückgesteckt und da ist es das Mindeste, dass wir ihren Geburtstag ausgelassen feiern. Ich muss mir was einfallen lassen, so einfach kommt sie mir nicht davon.

»So, hier sind eure drei Stücke Marzipantorte. Sucht euch doch einen gemütlichen Platz aus und lasst es euch schmecken.« Ms MacNally reicht uns die Teller auf einem Tablett und wir rutschen auf eine Eckbank, deren Sitzpolster flauschig und warm sind.

Die Marzipantorte schmeckt himmlisch und ich weiß jetzt schon, dass ich sie bei meinem nächsten Besuch bestellen werde. Auch Ava hat ihren Teller leergeputzt und kratzt die letzten Krümel mit den Fingern ab.

»Was bedeutet *nam chrihe*?«, stelle ich endlich die Frage, die mir seit dem Friedhofbesuch auf der Zunge brennt. Wahrscheinlich spreche ich es total falsch aus und höre mich wie ein einziger Sprachfehler an. Gälisch ist wahrlich keine einfache Sprache, auch wenn sie sich in meinen Ohren melodisch anhört. Die vielen *ch*'s und rollenden *r*'s klingen so andersartig und dennoch klangvoll.

Sie sieht mich an. »Du meinst *nam chrihe*? Das bedeutet mein Herz.«

Bei Iona klingt es weitaus besser als bei mir, ihr irischer Akzent hingegen ist für mich unüberhörbar. »Mein Herz«, murmle ich. »Okay, danke.«

»Soll ich raten oder es für mich behalten?« Sie hat ihre Stimme gesenkt und sieht mich mit vielsagendem Blick an, sodass ich ihr mit einem ebenso bedeutungsvollen

Lächeln antworte. Als wüsste sie nicht ohnehin, was los ist.

Mit der von Ms MacNally zusammengestellten Tüte glutenfreier Backwaren verabschieden wir uns und laufen nach Hause. Dort lassen wir den Tag entspannt ausklingen, während ich in meinem Kopf einen Plan für Ionas Geburtstag zusammenspinne. Das wird grandios.

Kapitel 21

Sechs Tage später stehe ich freitagmittags im Buchladen, sortiere Rechnungen und prüfe die neuesten Bestellungen, als Elspeth eintritt. Sie hat sich schickgemacht. Sie trägt ein geblümtes, knöchellanges Kleidchen, hat knallbunten Lidschatten aufgetragen und ihren Hals schmückt eine goldene Kette.

»Läuft alles wie geplant?«, frage ich und merke, dass ich flüstere. Als könnte Iona vom Haus nebenan bis in den Buchladen hören, oder als wäre hier eine Wanze versteckt.

Elspeth reckt beide Daumen nach oben. »Sie zieht sich gerade um. Ich glaube nicht, dass sie irgendwas ahnt. Sie denkt, wir gehen bei Hamish einfach essen. Wenn sie nur wüsste, was sie da erwartet.«

Wir kichern und ich kann Ionas verblüfftes Gesicht nicht abwarten, wenn wir sie in der Gaststätte überraschen. Glenessie ist nicht groß und da war es einfach, in wenigen Tagen eine Geburtstagsfeier auf die Beine zu stellen. Jeder scheint Iona gern zu haben und ganz Glenessie war Feuer und Flamme. So einen Zusammenhalt in einer Gemeinde habe ich noch nie erlebt.

»Was heckt ihr denn aus?«

Ionas Stimme lässt uns beide herumfahren, aber wir haben schneller eine Unschuldsmine aufgesetzt, als dass sie gucken kann. Puh, nochmal Glück gehabt. Es wäre zu schade, wenn kurz vor knapp alles auffliegen würde.

»Bist du fertig, Liebes?«, fragt Elspeth, woraufhin Iona sich um ihre eigene Achse dreht.

Auch sie hat sich in Schale geschmissen und sich ein blütenweißes Spitzenkleid angezogen, in dem sie noch mehr strahlt als sonst.

»Ach, bin ich dusselig.« Elspeth klatscht sich mit der Hand gegen die Stirn. »Ich hab dein Geschenk bei mir in der Änderungsschneiderei vergessen.«

»Das kannst du mir auch nach dem Essen geben, oder nicht? Ein Verdauungsspaziergang hat noch niemandem geschadet und in unserem Alter müssen wir uns fit halten.«

»Tzz«, macht Elspeth. »Was wäre das denn für ein Geburtstag? Das Geschenk bekommst du natürlich vorher! Also, lass uns los. Bis spä ... äh, dann, Grace!«

Und schon hat sie sich bei Iona eingehakt, sie aus dem Laden gezerrt und zwinkert mir zu, ehe sie in der Gasse verschwinden.

Eine halbe Stunde habe ich nun Zeit, so ist es mit Elspeth ausgemacht. Hamish, Ray, Ainsly, Callun und die anderen warten bereits in der Gaststätte, seit heute Morgen sind sie am Schmücken und ich renne zwischen Buchladen und Geburtstagsvorbereitungen hin und her.

Ich gehe rasch die letzten Rechnungen durch, als mir ein zerfledderter Brief in die Hände fällt. Nanu, wo kommt der denn her? Die Schrift darauf kommt mir bekannt vor, aber ich kann sie nicht zuordnen. Ich öffne den Umschlag und klappe den darin befindlichen Zettel auf.

Mein Hals schnürt sich zu und alles um mich herum beginnt zu flimmern. Nein, das ist unmöglich. Das darf nicht wahr sein! Haben Ava und ich nicht mal hier Ruhe vor ihm? Gönnt er uns keinen Neuanfang? Haben ihm die Gerichtsverfahren und der Umgangsverbot nicht die Wahrheit vors Auge geführt? Die ganzen Jahre hat Ethan sich nie für seine Tochter interessiert, nie Unterhalt gezahlt, ihr nie zum Geburtstag gratuliert – warum will er mir sie unbedingt wegnehmen? Was zum Teufel hat er davon?

Ich zerknülle das Stück Papier, stopfe sie in meine Handtasche und ziehe mich wie in Trance um. Das kleine Schwarze schmeichelt meiner Figur und als ich ein letztes Mal in den Spiegel blicke, um mir das Haar zu bürsten, sehe ich nicht mich darin. Sondern ihn. Sein boshaftes Grinsen. Die Bürste fällt achtlos auf den Boden. Ich muss hier raus. Ich schnappe mir die Tasche, schließe den Laden mit zittrigen Händen ab und verstaue den Schlüssel. Mein Blick gleitet in der Shore Road auf und ab. Was, wenn er irgendwo hier ist?

Großer Gott, ich muss zu Ava!

Schnellen Schrittes passiere ich die enge Gasse und die Brücke, die zum Dorfplatz führt, wo sich die Gaststätte befindet. Dreimal klopfe ich an der Tür, um mich zu erkennen zu geben und trete dann ein. Die urige Gaststätte erstrahlt mit dutzenden Lichterketten, Luftballons und Girlanden. Ein großes Büfett mit reichlich Auswahl an schottischen Gerichten und Fingerfood ist an der langen Seite des Raumes aufgebaut.

»Da bist du ja, Grace! Du siehst fantastisch aus!«, ruft mir Ainsly zu.

»Danke, du aber auch«, murmle ich.

»Ist alles in Ordnung?«

»Ja, sicher.« Die Nachricht von Ethan in meiner Handtasche wiegt mehr als tausend Tonnen. Immer wieder schweifen seine drohenden Worte in meinem Kopf herum und klammert Ava sich an mich. »Versteckt euch, Iona müsste gleich da sein!«, weise ich alle an, woraufhin sich jeder ein Versteck sucht. Hinter oder unter dem Tisch, hinter Stühlen oder Vorhängen – Hamish' Gaststätte bietet genug Platz.

Wir müssen nicht lange warten, bis wir vor der Tür zwei Stimmen wahrnehmen. Die Aufregung im Raum ist spürbar und hier und da kichert jemand hinter vorgehaltener Hand.

Doch trotz der spannungsgeladenen Stimmung und der Vorfreude auf eine Geburtstagsparty schweifen meine Gedanken immer wieder ab. Dass ausgerechnet Ethan mir einen Strich durch die Rechnung machen muss, war ja klar. Was habe ich erwartet? Dass er kampflos aufgibt? Das wäre zu schön gewesen.

Schließlich wird die Tür geöffnet und fast zeitgleich springen alle aus ihren Verstecken hervor und rufen aus vollem Halse: »Happy Birthday!«

Ionas überraschtes Gesicht ist noch besser als in meiner Vorstellung. Ihre Augen sind so weit aufgerissen, dass ich glaube, ihre Augäpfel fallen heraus.

»Ihr seid doch verrückt«, murmelt sie und schaut sich in der Runde um, bis sie mein Gesicht ausfindig macht. »Grace! Das war deine Idee, stimmt's?«

Ich zucke grinsend mit den Schultern. »Schuldig.«

Iona lacht, kommt mit ausgebreiteten Armen auf mich zu und zieht mich in eine Umarmung. »Das ist der wohl schönste Geburtstag, den ich je hatte. Danke.«

»Ich danke dir«, entgegne ich, »für alles.«

Die nächsten Stunden verbringen wir tanzend, singend, lachend und in Gespräche vertieft mit leckerem Essen in der Gaststätte. Ava spielt mit Cait und den anderen Kindern in der Gaststube verstecken und ich lasse sie keine Sekunde aus den Augen. Musik dudelt aus einer Anlage und die Stimmung ist ausgelassen.

Fast habe ich die Nachricht von Ethan vergessen, als ich aus dem Fenster schaue und dahinter einen Umriss erkenne. Dass mir das Sektglas in dem Moment nicht aus der Hand fällt und es in tausend Teile zerbricht, wundert mich. Das kann nicht Ethan sein, oder?

Hast du etwa angenommen, ich würde dich nie aufspüren? Seine drohenden Worte hallen in meinem Kopf in Endlosschleife wider.

Wie zur Hölle hat er uns ausfindig gemacht? Wie ist er an die Adresse gekommen? Was soll ich jetzt nur machen? Zur Polizei gehen, Glenessie verlassen? *Und was dann, Grace,* denke ich, *versteckst du dich dein Leben lang vor ihm?*

»Du siehst aus, als hättest du einen Geist gesehen.«

Mein Kopf schnellt herum. »Keir. Was machst du denn hier?«, bringe ich stockend hervor.

»Ich wollte vorbeischauen«, antwortet er.

»Ach so. Schön.«

Da er sich seit knapp zwei Wochen weder bei Iona noch mir hat blickenlassen, habe ich nicht mit ihm auf der Feier gerechnet. Ich kann nicht leugnen, dass ich ihn und die gemeinsame Zeit vermisse. Ob ihm noch was an mir liegt?

»Ja, *du* siehst heute Abend sehr schön aus, Grace.«

Mit einem Kompliment habe ich genauso wenig gerechnet wie mit dem durchdringenden Blick, mit dem er mich mustert. »Ähm, danke.«

»Ist alles in Ordnung?«

Ich leere das Sektglas in einem Zug und stelle es neben mir auf den Tisch ab. Keir hat genug um die Ohren, ich will ihn nicht mit meinen Sorgen belasten. In London hab ich auch alles allein auf die Reihe bekommen. Auch die regelmäßig roten Zahlen auf dem Bankkonto haben mich nicht aus dem Gleichgewicht gebracht. Ich werde schon alles hinbekommen, wie immer.

»Ja, wieso?«, schwindle ich.

Er schiebt die Hände in seine Hosentaschen, sieht sich im Gastraum um und dann wieder mich an. »Du wirkst ... angespannt.«

»Es ist alles gut, Keir.« Gott, wem versuche ich eigentlich was vorzumachen? Ihm oder mir? »Warum bist du wirklich hier?«

»Weil ich das alles vermisse«, sagt er, »das sorglose und heitere Miteinander, Ava, Iona. Und vor allem dich.«

»Tust du das?« Mir wird heiß und kalt zugleich. Das bedeutet, er hat noch Gefühle für mich. Oder nicht?

»Glaubst du mir nicht?«

»Du versteckst dich seit Wochen in deiner Wohnung und redest nicht mit mir. Was soll ich da denken, Keir? Dass alles ist wie sonst?«

Er seufzt. »Was kann ich tun, damit du mir glaubst?«

Wie soll ich ihm das beantworten, wenn ich selbst keine Antwort darauf weiß? Das, was zwischen uns war, oder immer noch ist, war nie gespielt. Die Gefühle, die Berührungen, sie waren echt. Aber wenn er sich nicht von der Last befreit, die er sich seit Jahren aufzwingt, wird sie ihn immer wieder heimsuchen.

Ich hebe den Blick. Die Musik, die lauten Gespräche und das Lachen im Raum sind wie ausgeschaltet. Als würde uns eine Blase umgeben, die uns abtrennt. Und auf einmal küsst er mich.

Seine warmen Lippen legen sich auf meine, seine Hände liegen an meinem Gesicht und ziehen mich an ihn. Er küsst mich vor der ganzen Gemeinde von Glenessie.

Ich nehme gedämpftes Applaudieren und Jubeln wahr und als wir uns voneinander lösen, schaue ich in lächelnde Gesichter. Ich glaube, sogar in Ionas Augen Tränen erkennen zu können. So ein Geburtstagsgeschenk hat sie wohl nicht erwartet. Zugegeben, ich auch nicht. Jetzt weiß jeder von uns.

»Mummy? Gehört Keir nun zu uns?« Es ist Avas aufgeregte Stimme, die die Aufmerksamkeit aller auf sich zieht. Hinter ihr steht Cait mit leuchtenden Augen.

»Ja, Süße, ich gehöre zu euch«, beantwortet Keir die Frage und legt seinen Arm um mich.

Ab da ist die Geburtstagsfeier in vollem Gange, Songs aus allen Jahrzehnten werden abgespielt und kleine Spiele veranstaltet. So viel Spaß hatte ich schon lange nicht mehr und Keirs heiseres Lachen, seine Körpersprache und Mimik verraten mir, dass es ihm genauso geht.

Am späten Abend, als sich sowohl die Gaststätte als auch das Büfett leeren, sitzen Keir und ich auf den Stufen am Eingang. Der am Himmel stehende Halbmond wirft sein fahles Licht auf uns.

»Am Friedhof«, setze ich an, »hast du mich *nam chrihe* genannt. Ich weiß, was es bedeutet.«

Keir zieht mich näher an sich heran. »An der Aussprache arbeiten wir aber noch, *bonnie lass*.«

Ich strecke die Zunge heraus. »Aber was war das andere, das du zu mir gesagt hast?«

»Ausgerechnet das weißt du nicht? Das ist noch einfacher herauszufinden.«

»Nun sag schon«, bitte ich ihn.

»Hast du kein gälisches Wörterbuch im Laden? Eine Schande«, zieht er mich weiter auf.

»Keir!«

Unser Lachen vermischt sich miteinander. Wie gerne würde ich diesen Moment in einem Marmeladenglas einfangen, um es öffnen zu können, wann immer ich den Augenblick noch einmal abspielen will.

»Es bedeutet *ich liebe dich*«, antwortet er.

Ich traue mich kaum, zu atmen oder mich zu bewegen. Hat er ... hat er das wirklich gesagt? Ich muss mich verhört haben.

»Du ... liebst mich?«

Keir nickt. »Ist das zu viel? Der Kuss vorhin und na ja, das?«

»Ob es zu viel ist? Spinnst du?« Ich lache los, die Glücksgefühle in meinem Bauch fahren Achterbahn. Niemals habe ich erwartet, dass der Abend so endet – mit einer Liebeserklärung, die nicht hätte schöner sein können. Nur wir zwei im gottverdammten Mondschein, wie absurd romantisch ist das bitte? Das kann mit so ziemlich jeder Liebeserklärung in einem Hollywoodfilm mithalten.

»Ich weiß ja nicht, ob das eine gängige Reaktion darauf ist, wenn …«

»Ich liebe dich auch, Keir«, bringe ich ihn zum Schweigen und lege meine Hand in seine. »Sag es nochmal, auf Gälisch.«

»*Tha gaol agam ort.*«

»Du musst mir Gälischunterricht geben.«

Er grinst. »Und für jedes A bekommst du was? Einen Orgasmus?«

»Einen? Mindestens zwei!«

Manchmal ist es schön, sich in Träumen zu wiegen, auch wenn sie meilenweit entfernt scheinen. Entfernung ist da, um sie zu überwinden und jeder Schritt, so schwer er sein mag, bringt einen näher.

***

Die Wirklichkeit holt mich jedoch schneller ein, als mir lieb ist. Am nächsten Morgen krame ich in meiner Handtasche nach dem Schlüssel, um den Buchladen zu öffnen. Dabei fällt mir die Drohnachricht von Ethan in die Hände. Gut, dass Keir und Ava gestern abend vereinbart haben, den Tag heute mit Matheaufgaben und

Puppenspielen zu verbringen. Falls Ethan wirklich in Glennessie auftauchen sollte, was ich nicht hoffe, wird er sich wohl kaum trauen, einen großgewachsenen, grimmig dreinblickenden Mann anzugreifen. Ich wäre ein leichtes Opfer für ihn.

»Ihr erledigt schön die Matheaufgaben und bleibt im Haus, verstanden?«, versuche ich den beiden klarzumachen, bevor ich mit Iona zum Laden aufbreche.

»Mach dir keinen Kopf, wir schaffen das«, sagt Keir und gibt mir einen Kuss auf den Mund.

Für Ava scheint es keine große Sache zu sein, dass Keir und ich ein Paar sind. Sie hatte ihn ja schon nach wenigen Tagen um ihren Finger gewickelt.

Nachdem wir den Buchladen geöffnet haben und Iona sich um den Tisch mit den Bestsellern kümmert, fällt es mir schwer, mich zu konzentrieren. Ich will Ethans Nachricht nicht wahrhaben. Vielleicht will er mich nur verschrecken und mir Angst einjagen? Selbst wenn, seine Worte stellen eine Bedrohung dar. Ich habe in den letzten Jahren genug Zeit in Gerichtsräumen verbracht und die Polizei gerufen, weil Ethan Ärger gemacht hat. Ich hatte gehofft, es wäre endlich vorbei.

Das Klingeln des Glöckchens über der Eingangstür und mehrere eintretende Kunden reißen mich aus den Gedanken. Es kommt mir vor, als würden nach der gestrigen Geburtstagsfeier noch mehr Kunden in den Laden kommen. Ich finde kaum Zeit, Iona beim Anbieten der neuen Bücher zu helfen. Aber ich sollte nicht meckern, sondern mich darüber freuen, dass es so gut läuft. So muss ich nicht befürchten, Onkel Gregorys

Buchladen aufgeben zu müssen. Das wäre eine Katastrophe.

Die Zeit bis 16 Uhr vergeht in Windeseile und diesmal kann ich es noch weniger als sonst erwarten, Ava in meine Arme zu schließen. Ob sie wieder auf dem Boden sitzen und zusammen mit den Puppen spielen werden? Ich sollte davon ein Foto schießen oder noch besser, es auch in einem Marmeladenglas einfangen.

Die Stille, die uns empfängt, als wir das Haus betreten, verunsichert mich allerdings. Kein Lachen, kein aufgeregtes Plappern, kein schottischer Akzent.

»Wo sind sie?«

»Vielleicht oben«, rät Iona, die ihren Mantel an die Garderobe hängt.

Zwei Stufen auf einmal nehmend hetze ich die Treppe hoch und reiße die Wohnungstür auf. Da ist niemand. Wo zum Teufel stecken Keir und Ava? Dahinter wird doch nicht ...

Lautes Gepolter und Stimmengewirr lassen mich herumfahren. Und tatsächlich, im Flur unten stehen meine Tochter und Keir. Ebenso schnell wie ich hochgeflitzt bin, renne ich herunter.

»Wo verflucht nochmal wart ihr?«, herrsche ich Keir an, der mich verständnislos anschaut.

»Wir waren mit den Matheaufgaben fertig und Ava wollte unbedingt Hochlandrinder sehen, also-«

»Also hast du gedacht, du setzt dich über meine Anweisung hinweg, indem ihr das Haus verlasst? Ich hab doch gesagt, dass du mit ihr drinnen bleiben sollst!«

»Aber Mummy«, sagt Ava, die zwischen uns hin- und herblickt, »Keir sagt die Wahrheit. Und mir ist ja nichts passiert.«

Ich stoße geräuschvoll Luft aus und versuche mich zu beruhigen. »Schon gut, mein Schatz.« Ich streiche ihr über den Kopf. »Geh zu Iona in die Küche, du kannst ihr bestimmt helfen. Und wir«, wende ich mich Keir zu, »müssen reden.«

Nachdem ich sichergegangen bin, dass Ava für eine Weile in der Küche beschäftigt ist, ziehe ich Keir an der Hand mit in die Wohnung nach oben. Dort wechsle ich schnell mein T-Shirt gegen ein neues aus.

»Ich dachte, wir müssten reden«, meint Keir mit einem anzüglich Unterton in seiner Stimme, der mich unter anderen Umständen erregt hätte. »Oder bedeutet reden neuerdings Sex?«

»Sieht dieses Gesicht aus, als würde es gleich Sex haben wollen?« Ich deute mit dem Zeigefinger auf mein Gesicht, in dem sich momentan nur Wut widerspiegelt.

Er verzieht den Mund. »Eher nicht. Ist es, weil ich mit Ava bei den Hochlandrindern war? Wir haben stundenlang im Haus gesessen und da dachte ich, etwas Bewegung täte gut. Ich wollte mich keinesfalls als ihren Dad aufspielen oder-«

»Das weiß ich doch, Keir, und das wollte ich damit auch nicht sagen.«

Plötzlich überkommt mich Erschöpfung und ich lasse mich auf das Sofa fallen. Ich fahre mir mit den Händen über das Gesicht. Warum konnte nicht alles so reibungslos weiter verlaufen wie bisher? Warum konnte Ethan nicht endlich einsehen, dass er uns in Ruhe lassen soll?

Keirs Arme legen sich um mich und umschließen mich wie ein Kokon. Ich lehne mich gegen ihn und lausche unserem regelmäßigen Atem. Die Wärme seines

Körpers überträgt sich auf meinen und ich merke, wie ich mich entspanne.

»Grace, sag, was ist los?«

»Es ist nur so, in London hat uns mein Ex ständig aufgelauert und nie konnte ich Ava aus den Augen lassen, ohne sicher zu sein und …«

Er streicht mir eine Haarsträhne hinter das Ohr. »Ihr seid nicht mehr in London, ihr seid hier. Bei mir.«

Seine Worte, seine Berührung, reichen aus, um mich gut zu fühlen. Ich bin hier, bei ihm, in seinen Armen. Das ist alles, was zählt.

Unsere Lippen finden sich, verschmelzen in einem Kuss und drängen sich immer wieder aufeinander. Keir schmeckt so gut, so frisch, einfach nach sich selbst. Und ich kann nicht genug von ihm bekommen.

»Was meinst du, ob uns noch Zeit für eine kurze Dusche bleibt?«, frage ich zwischen zwei Küssen.

»Ich muss dir wohl die schmutzigen Gedanken vom Körper waschen«, murmelt Keir und zieht mich sogleich an der Hand hinter sich ins Badezimmer.

Als wir nackt unter der Dusche stehen und der warme Wasserstrahl auf uns rieselt, ist jedes Duschgel egal. Wir lieben uns. Zärtlich, hart, verlangend, mit gedämpftem Stöhnen und voller Lust. Keir in mir zu spüren und mich bei ihm vollkommen gehenlassen zu können, lässt mich in einem Orgasmus erzittern.

Nach dem schnellen, aber intensiven Erlebnis unter der Dusche trocknen wir uns ab und ziehen uns die Klamotten über. Ein Glück, dass morgen ein freier Tag ist, an dem ich mich ausruhen kann. Von den Ereignissen der vergangenen Tage und dem Orgasmus, der mich förmlich überrollt hat.

»Am Montag werde ich nicht zum Frühstück kommen«, sagt Keir.

»Zum Abendessen?«

»Nein.« Er kratzt sich am Hinterkopf. »Ich werde für mich bleiben. Ist das okay für dich?«

»Wieso sollte es das nicht?«

»Ich sehe doch, wie du guckst. Es hat aber rein gar nichts mit dir zu tun.«

In meinem Gesicht kann man wie in einem offenen Buch lesen, manchmal sehr zu meinem Leidwesen. Natürlich frage ich mich, warum Keir schon wieder Zeit für sich braucht. Sind Ava und ich ihm zu anstrengend? Dann sollte er sich schleunigst jemand anderen suchen, denn Ava gehört zu mir wie alles andere.

»Zu meinem Leben gehört nun mal ein Kind«, äußere ich vorsichtig meine Gedanken.

»Siehst du, das meinte ich. Es geht eben nicht um euch, es geht um ...«

Und dann fällt es mir wie Schuppen von den Augen. Der Todestag von Alyth und Maisie steht an. Wie konnte ich so dumm sein und nicht darauf kommen?

»Ihr Todestag«, sage ich, »ja, natürlich. Gott, Keir, tut mir leid.«

»Muss es nicht, Grace. Ich möchte diesen Tag nur gerne allein verbringen, das ist alles.«

»Und dich bestrafen?«

Er seufzt. »Das hatten wir schon mal und wir werden wohl nie auf einen gemeinsamen Nenner kommen.«

»Iona sieht es genauso!«, fahre ich dazwischen.

»Du hast es ihr gesteckt? Na klar«, murmelt er und weicht meinem Blick aus.

»Ich war einfach so durcheinander und habe jemanden zum Reden gebraucht. Aber du hast recht, wir werden nie auf einen gemeinsamen Nenner kommen und
ich kann dir auch nicht dabei helfen es zu verstehen.
Das musst du nämlich ganz allein.«

Wir stehen uns gegenüber, die bedrückende Stimmung zwischen uns, und sehen uns einfach an. Der Unfall wird immer zwischen uns stehen, wenn Keir es
nicht bald begreift. Es wird immer sein Leben belasten.

»Bleibst du zum Abendessen?«, frage ich ihn.

»Natürlich bleibe ich.« Er lächelt mich an und sofort
strömt wieder die vertraute Wärme durch meinen Körper. Ein Streit wäre das Letzte gewesen, was ich hätte
gebrauchen können.

Kapitel 22

Das Wochenende, an dem ich mich die meiste Zeit auf Wolke sieben befunden habe, endet, als ich montagmorgens die Augen öffne. Es ist sechs Uhr und ich reibe mir den Schlaf aus den Augen. Wie gerne würde ich jetzt einfach in meinem kuschligen Bett liegen bleiben, aber da ich einen Laden zu führen habe, geht das leider nicht.

Ich stelle mich unter die Dusche und während ich mich mit Duschgel einreibe, schweifen meine Gedanken wieder zu Keir. Zu seinen Händen, die meinen Körper erforscht und mich damit an den Rand des Wahnsinns getrieben haben. Und zu seinem Mund, der meine Brustwarzen umschloss und daran saugte. Okay, stopp, ich muss damit aufhören. Ich würde im Boden versinken, wenn Ava mich dabei erwischte, wie ich es mir selbst mache.

Schnell rubble ich mich trocken, ziehe mir frische Kleidung über und wecke Ava, die sofort hellwach ist. Woher hat sie am frühen Morgen die gute Laune?

In der Küche schenke ich mir erstmal Kaffee ein und mache Ava eine heiße Schokolade, dann verputzen wir gemeinsam mit Iona – natürlich glutenfreie – Pancakes.

»Mummy, ich bin schon groß, ich kann allein zur Bushaltestelle laufen«, sagt Ava, nachdem wir den Tisch abgeräumt haben und sie sich den Schulranzen aufgesetzt hat.

»Ich, äh, weiß. Aber ich mache eh gleich den Buchladen auf, also begleite ich dich, okay?«, rede ich mich raus und komme mir wie eine verfluchte Helikopter-Mutter vor.

Sie zuckt mit den Schultern. »Na gut.«

Als wir aus dem Haus treten, ziehen dicke, graue Wolken über den Himmel. An der Haltestelle, die nur wenige Meter entfernt liegt, steht bereits Cait, die Ava aufgeregt zuwinkt. Ob ich es mir nur einbilde, dass ich mich beobachtet fühle? Sollte sich ein Fremder zwischen den Gassen schlängeln oder sich hier niederlassen, würde das schnell die Runde machen. Es ist also kaum möglich, dass Ethan sich unbemerkt hierherschleicht.

Schließlich fährt der Schulbus vor, ich drücke Ava einen Kuss auf den Mund und bleibe noch eine Weile, als der Bus losgefahren ist. Die dicht an dicht gelegenen Häuser scheinen mich für meine abstrusen Gedanken auszulachen. Ich muss mich ablenken, sonst drehe ich noch durch.

Früher als üblich öffne ich den Buchladen und bei dem Anblick der großen Lieferung, die im Lager auf mich wartet, stürze ich mich sofort darauf. Alles was dafür sorgt, dass ich nicht ständig an Ethans Nachricht denken muss. Denn sonst bekommt er das, was er damit erreichen will: Dass ich in Angst lebe.

Ich bin so sehr damit beschäftigt, die Neuerscheinungen in die Regale zu räumen und mir Gedanken um herbstliche Deko fürs Schaufenster zu machen, dass ich zusammenzucke, als Iona eintritt. Seite an Seite packen wir die neuen Bücher aus und räumen sie ein, während ich ihr von meinen Ideen für die Herbstdeko erzähle. Sie ist sofort begeistert und schnell haben wir ein Konzept für die Gestaltung zusammengestellt. Der nächste Großeinkauf im Einkaufszentrum steht fest.

»Du ahnst auch, warum Keir heute nicht kommt«, spreche ich meine Vermutung an.

Iona nickt und ein trauriger Ausdruck legt sich auf ihr Gesicht. »Wie könnte ich nur den Tag vergessen, als uns die schreckliche Nachricht des Autounfalls erreichte?«

Daraufhin gibt es nichts, was ich erwidern könnte. Der Schmerz über den Verlust seiner Frau und seiner Tochter hat sich in ihre Herzen gebrannt und eine Narbe hinterlassen, die nur langsam verheilt, aber nie verschwinden wird.

Die nächsten Stunden versuchen wir aber, uns den schönen Dingen zuzuwenden, und schreiben eine Liste, was wir im Einkaufszentrum brauchen werden. Auch Romane, die in der herbstlichen Jahreszeit spielen, oder Kinderbücher, die sich mit dem Herbst beschäftigen, kommen auf der Vorbestellerliste. Das ist ein aufregendes Projekt. Der Herbst hat mich schon als Kind fasziniert und nie losgelassen. Es ist für mich die schönste Zeit des Jahres, wenn sich die Blätter der Bäume verfärben und man es sich mit einer kuscheligen Decke und einer Tasse Tee gemütlich machen kann, während draußen ein Sturm tobt. Es ist schon viel zu lange her, dass ich sowas gemacht habe.

Iona und ich stecken mitten in den Vorbereitungen für die kommende Jahreszeit, da nehme ich auf einmal das gedämpfte Klingeln meines Handys in der

Handtasche wahr. Als ich es herauskrame und den Namen auf dem Display lese, habe ich Angst, was mich erwarten wird.

»Keir? Was gibt's?«

Am anderen Ende der Leitung redet er so schnell, dass ich ihn kaum verstehe. »Ich bin ... Friedhof ... habe gesehen wie ... und dann Ava ...«

»Nicht so schnell, ich versteh nicht, was los ist«, fahre ich dazwischen und klemme mir das Handy noch fester gegen das Ohr. Als würde das was nützen.

»Ich war auf dem Rückweg vom Friedhof«, höre ich ihn nun mit deutlicherer Stimme erzählen, »als ich gesehen habe, wie Ava von einem Typen ins Auto gezerrt wurde.«

»Was? Keir, sag mir, dass das nicht ...«

»Ich bin dem Typen hinterher, die Polizei ist schon verständigt. Bleib, wo du bist.« Dann knackt es und der Anruf ist beendet.

Ich starre auf das Handy in meiner Hand, während Tränen des Schocks unaufhaltsam in meinen Augen schießen. Ethan. Er hat Ava entführt! Er hat seine Drohung in die Tat umgesetzt. Was, wenn er schon längst über alle Berge ist? Was, wenn er Ava etwas antut?

»Das darf nicht wahr sein, das darf nicht wahr sein«, stammle ich hilflos.

»Was ist denn passiert, Liebes?« Iona sieht mich besorgt an.

»Er hat Ava! Er hat sie entführt!«

Ihre Augen weiten sich vor Schreck, kaum habe ich die Worte ausgesprochen. »Was? Wer?«

»Ethan, mein Ex«, stoße ich hervor. »Keir hat es gesehen und ist ihm nach. Die Polizei ist schon unterwegs.

Oh Gott, was soll ich nur tun? Ich kann doch nicht hier rumstehen und warten!«

Ionas Arme legen sich schützend um mich und ziehen mich in eine Umarmung. »Sie werden Ava finden, Grace.«

»Ich hab seine Nachricht ignoriert, Iona, ich hab es drauf ankommen lassen!«

»Was redest du da?«

Ich fische den Brief von Ethan aus meiner Tasche und übergebe ihn ihr. »Ich wollte es nicht wahrhaben. Dabei hat er uns in London immer wieder aufgelauert. Ich hatte gehofft, wir haben hier endlich Ruhe vor ihm. Aber dass er sie entführt ... meine Ava, das hätte ich niemals gedacht!«

Ioan schürzt die Lippen. »Die Gegend ist klein und überschaubar, weit kann er nicht gekommen sein. Wir fahren der Polizei entgegen oder hinterher. Komm, Grace!«

Überrascht von ihrem Eifer starre ich sie an. Dann springen wir in die flotte Schnecke und rasen die Shore Road hinab, die durch alle nahegelegenen Dörfer führt. Als wir das Dorfschild passieren, hält Iona und spricht einen Mann in Uniform an, der gerade aus seinem Wagen steigt. Ein Polizist! Ob er mehr weiß?

Sie unterhalten sich kurz, Iona steigt wieder ein und tritt auf das Gaspedal. »Das war Gawen, er arbeitet bei der Polizei. Er weiß, dass seine Kollegen zu einem Einsatz nach Achmore unterwegs sind. Das ist ein Dorf nördlich der Primary School, Grace, sie können also nicht weit sein.«

»Oh Gott«, murmle ich. »Fahr schneller, Iona, bitte.« Dabei weiß ich, dass Ionas Schnecke nicht viel PS

draufhat und sie ohnehin schon die Geschwindigkeits-
begrenzung überschritten hat. Es kommt mir vor, als
arbeite die Zeit gegen mich. Wenn Ava etwas passieren
würde, kann ich mir das niemals verzeihen – wahrscheinlich geht es Keir genauso wegen Alyth und Maisie. Die Gedanken an ihn, an Ava, an Ethan und an alles,
was ihr passieren kann, überschlagen sich in meinem
Kopf. Wenn er ihr nur ein Haar krümmt, kann ich für
nichts garantieren.

Die Grundschule, umliegende Häuser und die Highlands ziehen an uns vorbei, ohne dass wir einem Polizeiwagen begegnen. Da erkenne ich in der Ferne ein
Ortseingangsschild mit der Aufschrift Achmore und
ich kann mich kaum mehr im Beifahrersitz halten. Mit
mehr als 20 Meilen zu viel auf dem Tacho rast Iona in
den kleinen Ort und tritt in die Bremsen, als vor uns das
Blaulicht eines Polizeiwagens aufblitzt. Zwei Wagen
versperren quer die Durchfahrt und mehrere Mann
halten einen Flüchtigen auf.

Da ist Ava! Sie hat die Arme um Keir geschlungen, der
ihr beruhigend über den Kopf streicht.

Ich stürze aus dem Auto und auf sie zu, als zwei Polizisten Ethan festnehmen. Der Blick meines Ex ist direkt
auf mich gerichtet, während sie ihm Handschellen an-
legen, und in ihm liegt so viel Zorn, dass mir die auf-
kommenden Worte fast im Mund steckenbleiben.

»Wie konntest du nur?«, schreie ich ihm ungehalten
entgegen. »Sie ist deine Tochter! Hättest du das früher
begriffen, wäre es niemals dazu gekommen!«

Tränen der Wut und Erleichterung laufen über meine
Wangen, nehme sie in meine Arme und bin heilfroh,
dass sie unversehrt ist.

»Mummy, nicht weinen«, murmelt sie. »Mir geht's gut.«

Traurig lächelnd schaue ich sie an. »Ich hatte solch eine Angst um dich, mein Schatz.«

Unsere Nasenspitzen berühren sich und Ava reibt ihre an meine. »Daddy hat gesagt, er will mich zu einem Ausflug abholen. Das war komisch, sonst hat er das auch nie gemacht. Aber dann war die Polizei da und dann Keir!«

Schützend lege ich meine Arme um sie und will sie am liebsten nie wieder loslassen.

»Du kleine Schlampe, damit kommst du nicht ...«, zischt Ethan, als ihn die Polizisten abführen und auf die Rückbank des Wagens drücken.

Die Polizisten sprechen mit mir und erklären mir die weitere Vorgehensweise. Später soll ich aufs Revier kommen und mich zu dem Vorfall äußern, auch die Drohnachricht soll ich mitbringen. Aus der Entführungs-Nummer kommt Ethan jedenfalls nicht so schnell raus und wird dafür büßen müssen, was mich fürs Erste erleichtert.

»Was haltet ihr davon«, meint Iona, als der Polizeiwagen mit Ethan abgefahren ist, »wenn ich uns einen schönen deftigen Eintopf mache und wir ihn mit einer Tasse Tee genießen? Ich glaube, das haben wir uns alle verdient.«

Ich schaue in die Runde und als ich Keir ansehe, fängt er meinen Blick auf. Trotz der ganzen Aufregung umspielt ein Lächeln seine Lippen, das einzig und allein für mich bestimmt ist. Er hat Ava das Leben gerettet. Wäre er nicht zur rechten Zeit am rechten Ort gewesen, wäre Ethan mit Ava verschwunden. Ich will gar nicht daran denken und verliere mich stattdessen lieber in Keirs braunen Augen, sodass ich vergesse Iona zu antworten. Aber es ist ohnehin klar, dass wir alle eine Stärkung gebrauchen können.

Nachdem wir in die Autos gestiegen und zurück nach Glenessie gefahren sind, machen wir es uns im Wohnzimmer auf der Couch gemütlich. Keir zündet den Ofen an und so wird das Zimmer bald von einer Wärme durchflutet, die mich sowohl von außen als auch innen wärmt. Ava fallen innerhalb kürzester Zeit die Augen zu und ich lege ihr eine Wolldecke über. Ich lausche ihren regelmäßigen Atemzügen, als mir Keir plötzlich auf die Schulter tippt.

Er macht eine Kopfbewegung, die mir bedeutet, ihm nach draußen zu folgen, wo uns ein sternenloser Himmel erwartet. Wie vor wenigen Tagen, als er mir eine Liebeserklärung gemacht hat.

»Frierst du nicht?«, fragt mich Keir, als wir uns im Schein der Straßenlaterne gegenüberstehen.

Ich schüttle den Kopf. »Du hast ihr das Leben gerettet, Keir, ohne dich ... ohne dich hätte er sie womöglich verschleppt.«

Er legt mir einen Finger auf die Lippen und bringt mich zum Verstummen. »Aber ich war da, Grace, alles ist gutgegangen.«

»Wie kann ich dir jemals dafür danken?«

Das Rascheln der Blätter im Wind und unser gleichmäßiger Atem füllt die Stille aus, in der so viel mehr liegt als Dankbarkeit und Erleichterung. In ihr liegt die ganze Facette von Glücksgefühlen.

Keir legt seine Stirn an meine, unsere Lippen berühren sich zaghaft. »Du musst mir nicht danken, das muss ich dir. Ich hab versucht, Dr Kirkwood für den Tod von Alyth und Maisie etwas verantwortlich zu machen und mich auf ewig dafür zu bestrafen.«

»Wäre Ava heute etwas passiert, hätte ich es mir auch nicht verziehen«, sage ich.

»Auch wenn es mir schwerfällt, ich will nach vorn sehen. Ich will mich nicht in ewiger Schuld wälzen, ich will für dich und Ava da sein.«

Diesmal sind es Tränen der Freude, die mir in die Augen schießen, und die ich nicht wegblinzle. Dass der heutige Tag so eine aufregende Wendung nehmen würde, hätte nicht geglaubt.

»Keir«, wispere ich an seiner Brust.

»Ja, *nam chrihe?*«

»Sag es nochmal«, bitte ich ihn.

Er lacht heiser. »*Nam Chrihe.*«

»Und jetzt küss mich.«

Es fühlt sich wie ein Versprechen an, als sich unsere Lippen finden und in einem niemals endenden Kuss versinken.

Wir werden füreinander da sein.

Epilog

Keir

Can't Take My Eyes Off you – Shawn Mendes

Als ich die Wohnungstür öffne und mir die Schuhe von den Füßen streife, vernehme ich etwas, das sich wie eine Melodie in meinen Ohren anhört. Grace' klares Lachen vermischt sich mit dem von Ava und prompt schlingen sich ihre kleinen Ärmchen um meine Beine.

»Lässt du mich erst meine Hände waschen oder willst du unbedingt eine Gesichtsbemalung, Süße?«, frage ich sie belustigt und gestikuliere mit den ölverschmierten Händen.

»Gestern hast du mir einen Stern auf die Wange gemalt«, erwidert sie. »Heute einen Dino?«

Ich lache und mein Blick fällt auf Grace, die im Türrahmen steht. Ihr blondes Haar reicht ihr mittlerweile bis zur Brust und ihr Lächeln, seit ihr Ex verurteilt wurde, bis zu ihren Augen und darüber hinaus.

Hier, wo mich die schlimmsten Gefühle und die schwerste Last heimsuchte, habe ich mein neues Glück gefunden. Und ich kann verflucht nochmal nicht meine Augen davon nehmen, sie jedes Mal aufs Neue anschauen und es nicht fassen. Das Glück hat mich

gelehrt, loszulassen und den Blick nach vorn zu richten. Zu Grace, zu Ava, und es fällt mir Tag für Tag leichter.

»Nam chrihe«, sagt Grace, kommt auf mich zu und
drückt mir einen Kuss auf den Mund. Ihr britischer Akzent schwingt in ihrer Stimme mit, wenn sie etwas auf
Gälisch sagt. Und ich hoffe, es wird ein Leben lang so
bleiben.

Danksagung

Der kleine Buchladen zum Verlieben ist das dritte Buch, unter das ich das Wort Ende geschrieben habe, und dennoch kommt es mir unwirklich vor. Es war mein Kindheitstraum, Schriftstellerin zu werden und nun? Nun ist er in Erfüllung gegangen (ich kann es immer noch nicht glauben) und das wäre er nicht ohne einige Menschen in meinem Leben.

Zuallererst danke ich meiner Agentin Alisha Bionda, ohne die die Geschichte um Grace und Keir niemals ein Zuhause gefunden hätte!

Die Leidenschaft zum Schreiben war schon immer da, aber der Mut zu veröffentlichen nicht. Denn den Mut dazu habe ich durch dich bekommen, Sarah! Du bist immer die Erste, der ich mein Geschreibe zeige, und ohne dich wäre ich niemals da, wo ich jetzt bin. Ich hoffe, wir bleiben ewig Schreibbuddys und Freundinnen.

Aber auch ohne dich, Rebecca, wäre alles niemals so gekommen, wie es jetzt ist. Ich glaube, wir haben uns nicht gesucht aber gefunden. Egal welche Sorgen und Gedanken ich mir mache, welche Geschichten ich gerade schreibe, du bist immer da. Und ich hoffe, das wirst du auch noch in fünfzig Jahren, wenn wir beide alt und grau sind.

Und dann gibt es da noch dich, Thommy (ärger dich nicht über den Kosenamen, ich find ihn süß). Während ich stundenlang den Bildschirm anstarre, spielst du an deiner Playstation und stellst keine doofen Fragen, wenn ich einen plötzlichen Einfall habe. Auch wenn ich manchmal so verschlossen wie Keir und so impulsiv wie Grace bin, liebst du mich mit meinen Ecken und Kanten. Und die sind ganz schön eckig und kantig. Du und ich, das ist alles, was zählt.

Für so viel mehr als nur aufmunternde Worte und Umarmungen danke ich dem wichtigsten Menschen auf dem Planeten: nämlich dir, Mama. Wir finden immer wieder zueinander, egal was passiert und du stehst für mich ein wie eine Löwin. Wenn ich nur ein bisschen deiner Stärke und deines Muts habe, kann ich alles schaffen.

Ein besonderer Dank gilt vor allem dp DIGITAL PUBLISHERS, die meiner Geschichte eine Chance gegeben und ihr den letzten Schliff verpasst haben!

Und dann danke ich natürlich euch! Ihr, die die Geschichte um Grace und Keir lest. Wenn sie euch gefallen hat, freue ich mich über jede noch so kurze oder lange Rezension. Ich hoffe, euch hat die Reise in die schottischen Highlands ebenso viel Spaß bereitet wie mir!

Alles Liebe und bleibt stark,
Eure Sophie